Ein tödlich heißer Sommer in Ahlbeck

Elke Pupke

EIN TÖDLICH HEISSER SOMMER IN AHLBECK

HINSTORFF

Prolog

Der Mann war weiß wie das Laken im Bett, neben dem er stand. Er presste die Frau mit aller Kraft an sich, ihr Gesicht an seiner Schulter. Stammelnd redete er auf sie ein, sinnloses Zeug. Er wusste selbst nicht, was er sagen wollte, sagen konnte. Es gab keine Worte für diese Situation. So sehr er es wollte, er konnte ihr nicht helfen. Er konnte nicht eindringen in ihren Kokon aus Schmerz und Entsetzen. Sie nahm ihn nicht einmal wahr, sie hörte nichts, sie sah nichts – nur ihr totes Kind.

Dann endlich konnte sie schreien. Sie schlug mit den Fäusten auf ihn ein. »Du bist schuld! Du warst bei deiner Geliebten, du hättest hier sein sollen!«

»Nein, nein, nein, hör auf!« Mühelos hielt er ihre Hände fest. »Niemand hat Schuld. Es ist einfach gestorben.«

»Nein! Sie war kerngesund! Wie kann sie jetzt tot sein? Sie ist nicht tot!« Mit einem plötzlichen Hoffnungsschimmer sah sie auf das Baby, das jetzt im Ehebett lag, nachdem sie es aus dem Kinderbettchen herausgerissen hatte. Sie wollte es anfassen, zuckte aber zurück und begann wieder zu schreien. »Du hättest bei mir sein müssen, nicht bei ihr!« Wut und Hass betäubten den Schmerz für einen Moment.

»Ich rufe jetzt einen Arzt.« Er versuchte, vernünftig zu handeln, einer musste es tun. Er ließ den eigenen Schmerz nicht zu – noch nicht. Er musste durchhalten, stark für sie sein. Er ließ sie los und wandte sich zur Tür.

»Ja, vielleicht – schnell, er muss ihr helfen. Sie ist nicht tot, nur …« Jetzt hatte sie das tote Baby doch in den Arm genommen. Es war bereits eiskalt. Er wusste, gleich würde sie wieder schreien. Aber sie sah ihn hoffnungsvoll an. Er konnte es kaum ertragen, konnte das Zimmer nicht verlassen.

Zwei Stunden später hatte er noch keinen Arzt geholt. Jetzt saßen sie beide auf dem Bett, sie hielt das Kind umklammert. »Sie nehmen es mir weg«, murmelte sie. »Sie werden es aufschneiden und verbrennen. Dann ist es weg, für immer. Ich halte das nicht aus. Bitte, hilf mir doch!«

Er war entsetzt, aber er dachte jetzt völlig klar. Sie hatte recht, sie würde es nicht aushalten. Er wollte gar nicht darüber nachdenken, was sie getan hatte; ob sie dem Kind etwas angetan hatte. Sie würde spätestens bei der Beerdigung durchdrehen. Sie würde das leere Kinderbett nicht ertragen. Und sie würde ihn nicht ertragen. Er liebte sie sehr, er wollte sie nicht verlieren, aber er wusste, das würde er jetzt.

Dann hatte er eine Idee, beinahe eine Eingebung. Die perfekte Lösung. Für seine Frau, für ihn selbst und für ... Eine Möglichkeit, das traumatische Ereignis einfach ungeschehen zu machen. Ihr den Schmerz erleichtern. Oder ihn wenigstens für kurze Zeit zu betäuben.

Es war völlig absurd, das wusste er, aber war es nicht eine Chance? Er wollte darüber nachdenken, dann deutete er die Möglichkeit an und sie griff sofort zu. Er konnte nicht mehr zurück.

Erst Jahre später wusste er, dass das, was er für eine glückliche Lösung gehalten hatte, niemandem Glück gebracht hatte.

1

Es ist ein heller sonniger Frühlingstag, an dem Ina Jansen ihren Heimatort Ahlbeck nach langer Abwesenheit neu entdeckt. Ein Tag, an dem alles möglich scheint, wie geschaffen für einen Neuanfang.

Sie schlendert auf der Promenade entlang, bleibt immer wieder stehen, um ein Haus oder einen Baum zu betrachten oder einfach das Gesicht in die Sonne zu halten und die Glückshormone zu spüren. Vielleicht liegt es an der Sonne und der milden Brise, dass sie nur in lächelnde Gesichter sieht, ihr in sich vertiefte Liebespaare begegnen und die Rentner können auch endlich wieder auf ihren Bänken sitzen, denkt sie. Die Rabatten sind neu bepflanzt, farblich geordnet stehen die Blumen in Reih und Glied, Bänke und Zäune sind frisch gestrichen, die Wege geharkt. Die Fenster der Restaurants und Geschäfte sind blank geputzt, die Auslagen und einige Reklameschilder erneuert.

Es ist erstaunlich still. Immer, wenn sie an Ahlbeck gedacht hat, hatte sie Lärm und Hektik in Erinnerung. Aber es ist noch Vorsaison, wenige Gäste sind im Ort. Man kann in alle Richtungen weit sehen, die Menschen gehen langsam, sprechen leise, als wollten sie das Seebad noch nicht aus seinem Winterschlaf erwecken. Möwengeschrei und das Zwitschern der Spatzen sind die einzigen Geräusche.

Ina geht in einen Strandzugang hinein, bleibt an der Düne stehen und sieht auf das Meer. Ein großes, weißes Schiff, die

Schwedenfähre, verschwindet langsam im Dunst am Horizont. Die meisten Strandkörbe warten noch in den Winterquartieren auf ihren Einsatz, die übrigen stehen unberührt, so wie ihre Besitzer sie hingestellt haben, ordentlich aufgereiht, mit Gittern verschlossen. Aber schon buddeln einige Kinder im trockenen weißen Sand.

Sie blickt nach links, auf die Ahlbecker Seebrücke. Und da ist es endlich, das Gefühl von Nach-Hause-Kommen, das sie schon den ganzen Tag erwartet hat, seit sie der Usedomer Bäderbahn entstiegen ist. Jahrelang hat sie unter Heimweh gelitten, sich immer wieder vorgestellt, wie es sein würde, aber dann erschienen ihr der Ort und die Menschen, einfach alles, so fremd.

Sie schließt für einen Moment die Augen, atmet ganz tief die Seeluft ein und blickt dann erneut zur Seebrücke hinüber – *ihre* Seebrücke mit dem roten Dach und den grünen Türmchen, viel schöner, als sie sie in Erinnerung hat. Ahlbeck. Zuhause!

Mit diesem Glücksgefühl geht sie jetzt beschwingt weiter auf der Strandpromenade. Ihr Rollkoffer klappert über das Pflaster. Noch tragen die Bäume keine Blätter, nur ein Hauch von Grün liegt auf den kahlen Zweigen. Tische und Stühle stehen bereits vor den Restaurants, aber noch sitzt dort niemand. Alles ist in Erwartung.

Ina fühlt sich in völliger Übereinstimmung mit ihrem Heimatort. Nicht ganz so aufgeräumt und blankgeputzt, aber offen und bereit für einen Neuanfang. Diese Aufbruchstimmung hat sie schon oft in ihrem Leben gespürt, besonders im

Frühling – Birkengrün und Himmelblau, Frische und Duft, Hoffnung – und dann ein kalter Regenschauer, der alles zerstörte.

Hier, endlich wieder zu Hause, muss es gut gehen! Dieser herrliche Frühlingstag ist ein Zeichen für den Beginn eines schönen friedlichen Lebens. Kein Mensch kann immer nur Pech und Unglück haben, nicht einmal, wenn er zur Familie Kannenbach gehört.

2

Die Pension namens Daheim steht an der östlichen Strandpromenade von Ahlbeck, weit entfernt vom Zentrum, dort,
wo es auch im Sommer etwas ruhiger und im Herbst und
Winter beinahe einsam ist.

Ina bleibt am rostigen Tor stehen und mustert die schad-
hafte Fassade. Es macht alles einen recht verwahrlosten
Eindruck. Den freundlichsten Anblick bietet noch ein blü-
hender Forsythienstrauch, der an einer Hausecke den brö-
ckelnden Putz verbirgt. Sie legt ihre Hand auf den Rah-
men des niedrigen Tores. Das erwartete Quietschen bleibt
jedoch aus, als sie es aufstößt. Mühsam schleppt sie den
schweren Koffer die Stufen hinauf. Die große dunkle Haustür sieht wenig einladend aus, aber das nimmt sie jetzt gar
nicht wahr. Sie öffnet sie schnell, der Koffer lärmt über
den schwarz-weiß gefliesten Fußboden. Es ist kühl, dunkel und still.

Etwas irritiert bleibt sie stehen und sieht sich um. Eigentlich
hat sie erwartet, dass ihre Tante schon an der Tür stehen und
sie überschwänglich und freudestrahlend begrüßen würde. Es
wird doch nichts passiert sein? Ach was. »Tante Rosi!«, ruft
sie dennoch etwas ängstlich und bemüht fröhlich.

Plötzlich öffnet sich rechts von Ina eine Tür. Licht fällt in
den dunklen Flur, dann ein mehrstimmiger Schrei: »Über-
raschung!«

Zuerst umarmt sie ihren Neffen Niklas, der sich wie immer rücksichtslos, aber herzlich in den Vordergrund drängt.

Seine Mutter Fiona lächelt verlegen und hat feuchte Augen, als sie wispert: »Wir haben uns so lange nicht gesehen.«

Ina nimmt sie spontan in den Arm und blickt hinüber zu ihrer ältesten Schwester.

Nelda hat ein spöttisches Lächeln in den Mundwinkeln. »Schön, dass du auch da bist!«, klingt aber dennoch aufrichtig.

Nelda hat sich in den vergangenen Jahren kaum verändert. Sie ist immer noch sehr schlank und sehr elegant, trägt eine dunkelblaue Marlene-Hose, das rote Muster auf der hellen Bluse harmoniert perfekt mit der Farbe ihrer High Heels und den sorgfältig manikürten Fingernägeln. Das glatte blonde Haar trägt sie als Pagenkopf, ganz ähnlich wie ihre jüngste Schwester.

›Meine Haare glänzen nie so schön und die liegen auch nie so gut‹, denkt Ina ein bisschen neidisch.

Allerdings kann Neldas Make-up nicht verbergen, dass sie 42 Jahre alt, also acht Jahre älter als Ina, ist.

Aber neben ihrer zwei Jahre jüngeren Schwester wirkt Nelda beinahe jugendlich. Ina muss sich bemühen, ihr Erschrecken nicht zu zeigen, als sie Fiona erblickt. Dünn war sie schon immer, aber jetzt sieht sie hager aus. Sie scheint in der letzten Zeit viel abgenommen zu haben, ihre Kleidung wirkt fast, als gehöre sie jemand anderem. Dabei trägt wohl nur Fiona diese langen geblümten Röcke, in der Taille durch einen nicht passenden Gürtel gehalten und ein viel zu weites weißes T-Shirt. Die krausen langen Haare, die einmal leuchtend rot waren, sehen aus, als wäre sie an eine Steckdose angeschlossen und sind völlig grau geworden, aber am meisten erschreckt Ina das Gesicht. Ungeschminkt wie immer, aber so faltig und eingefallen, als wäre sie nicht 40, sondern mindestens 60 Jahre alt.

›Die sieht ja älter aus, als unsere Mutter‹, denkt Ina und lächelt bemüht. »Rosi hat gar nichts davon gesagt, dass ihr hier seid«, wundert sie sich. »Wo ist sie überhaupt?«

»Sie hat sich hingelegt, es war heute wohl alles ein bisschen zu viel für sie. Wir sollen sie wecken, wenn du da bist, dann will sie mit uns Kaffee trinken.« Fiona weist auf den gedeckten Tisch. »Oder willst du erst in dein Zimmer gehen und dich frisch machen? Niklas, bring doch mal Inas Koffer nach oben! Sie hat das linke Eckzimmer im ersten Stock.«

»Im ersten Stock, im Ernst?« Ina lässt sich in einen Sessel fallen, zieht ihre Schuhe aus und massiert sich stöhnend die Füße. Dabei sieht sie ihre Schwester Fiona erstaunt an. Deren Frage ignoriert sie, ebenso wie Niklas die Anweisung.

Nelda zieht einen Stuhl von der Kaffeetafel weg und setzt sich ebenfalls. »Wir wohnen alle im ersten Stock. Rosi vermietet die Zimmer nicht mehr, die Pension ist geschlossen.«

»Ach.« Ina schlüpft wieder in ihre Schuhe und sieht ihre Schwestern fragend an.

Eine Weile schweigen die drei Frauen. Sie denken darüber nach, was das zu bedeuten hat. Hat Rosi sie deswegen eingeladen? Will sie vielleicht das Haus verkaufen?

›Dann kommen wir gar nicht mehr nach Ahlbeck‹, denkt Ina. ›Eine Ferienwohnung oder gar ein Hotelzimmer kann sich wohl keine von uns leisten. – Na ja, Nelda vielleicht.‹

»Was ist denn nun? Soll ich Tante Rosi wecken? Ich hab Hunger«, mault Niklas. Trotz seiner 21 Jahre benimmt er sich noch immer wie ein verwöhntes Kind.

Fiona behandelt ihn auch so. »Ja, ja, geh schon! Ich mache uns Kaffee.«

Während sie aus dem Zimmer eilt, hält Nelda ihren Neffen am Arm fest. »Du bringst Inas Koffer hoch, ich wecke Rosi!«, befiehlt sie.

Im Gemeinschaftsbad im ersten Stock betrachtet sich Ina in dem fleckigen Spiegel. Was sie sieht, ist ein hübsches, herzförmiges Gesicht, mit hoher Stirn und einem kleinen, spitzen Kinn. Die großen, blassblauen Augen und eine Stupsnase verleihen der Vierunddreißigjährigen noch immer ein etwas naives, beinahe kindliches Aussehen. Von der Schminke, die sie heute Morgen aufgetragen hat, ein wenig Wimperntusche und rosa Lippenstift, ist nichts mehr zu erkennen. Ina befindet, dass sie alt und müde aussieht.

Ihr Optimismus ist verflogen. Sie hatte sich auf Ahlbeck gefreut, hatte gehofft, dass sie über den Sommer hierbleiben und in der Pension ihrer Tante arbeiten und wohnen könnte. Wie gern hätte sie wieder in der kleinen Kammer direkt unter dem Dach geschlafen, wo man weit über das Meer sehen kann, wenn man den Kopf aus der Luke steckt, und wo es manchmal durchregnet. Jetzt ist sie in dem großen Eckzimmer untergebracht, das vorher nur an die besten Gäste vermietet wurde. Das bedeutet doch wohl, dass sie nicht allzu lange, jedenfalls nicht über Sommer, hierbleiben darf. Und warum sind ihre Schwestern auch hier? Was hat Rosi vor? Mit Sicherheit findet sie es nur heraus, wenn sie jetzt nach unten zur Familie geht.

Ina wäscht sich gründlich die Hände, kämmt langsam die kurzen blonden Haare, überlegt, ob sie ihr Make-up auffrischen sollte, entscheidet sich aber dagegen. Dann geht sie doch noch einmal in ihr Zimmer, öffnet den Koffer, tauscht den Pulli gegen eine Bluse und wechselt die Schuhe.

Sie schaut kurz aus dem Fenster hinaus auf die Ostsee. Wie gern würde sie hierbleiben, am liebsten für immer. Aber natürlich steht ihr wieder eine Enttäuschung bevor. Wie schon so oft in ihrem Leben. Immer wenn sie dachte, jetzt würde alles gut werden, und Pläne für die Zukunft machte, fiel sie wieder auf die Nase. Dass Rosi die Pension nicht mehr weiter betreibt, war ja eigentlich abzusehen. Das Haus ist mittlerweile eher eine Bruchbude. Wahrscheinlich muss es demnächst abgerissen werden. Kurz denkt Ina an Geld. Selbst das Grundstück hier direkt an der Strandpromenade muss einen Riesenwert haben. Rosi hat zwar eine Tochter, aber zu der hat sie schon lange keinen Kontakt mehr. Oder ist die vielleicht wieder aufgetaucht? Ansonsten sind ihre drei Nichten und deren Mutter, Rosis Schwester, ihre nächsten Verwandten. ›Aber sie ist ja noch nicht tot.‹ – Ina schämt sich für ihre Spekulationen. Rosi wird das Geld für sich selbst brauchen, für eine kleine Wohnung oder ein Pflegeheim. Das wird es dann wohl auch sein, was sie ihnen mitteilen will.

Gewohnheitsmäßig greift Ina nach dem Zimmerschlüssel, schüttelt dann aber den Kopf und lässt ihn in der Tür stecken. Es sind keine Fremden im Haus. Sie läuft schnell die Treppe hinunter und betritt betont munter das Speisezimmer ihrer Tante.

Die sitzt bereits am Kaffeetisch und versucht, mithilfe einer Krücke aufzustehen, als ihre Nichte an sie herantritt, lässt sich aber stöhnend zurückfallen.

Ina, die ihre Tante als agile, resolute und attraktive Dame in Erinnerung hat, bemüht sich, ihr Entsetzen nicht zu zeigen. Es ist doch noch keine drei Jahre her, dass sie zum letzten Mal hier war. Es scheint aber, als wäre die Frau inzwischen um Jahrzehnte gealtert. Das ehemals dunkel glänzende Haar ist grau und zottelig, nachlässig zu einem Alte-Frauen-Knoten zusammengesteckt. Die unkleidsame Strickjacke erscheint zu groß für den schmalen, gebeugten Körper. Das Gesicht, das Ina heute zum ersten Mal ungeschminkt sieht, ist grau und faltig. Vorsichtig umarmt Ina die alte Frau und sieht sie dann erschrocken an. »Hast du Schmerzen, Tante Rosi? Bist du gefallen?«

»Nein, nein. Das ist nur das Alter. Mal geht es besser, mal schlechter. Heute ist kein so guter Tag. Aber macht euch keine Sorgen, das wird schon wieder. Nun setzt euch endlich hin, wir wollen Kaffee trinken!«

Ina setzt sich neben ihre Tante an den Tisch. Niklas hat sich bereits ein Stück Kuchen genommen und beißt beherzt hinein, ohne auf den Kaffee zu warten, den Nelda gerade einschenkt. Fiona lässt sich neben ihrem Sohn nieder. Sein schlechtes Benehmen ignoriert sie.

›Wahrscheinlich bemerkt sie es gar nicht mehr‹, denkt Ina. ›Es ist ja auch sowieso zu spät, ihn zu erziehen.‹

Sie blickt sich in dem großen Zimmer um. Früher war das der Speiseraum. Jetzt wirkt alles sehr provisorisch. Drei kleine Tische wurden zu der Kaffeetafel zusammengestellt, weitere Tische und Stühle sind an die Wände geschoben worden. Das lange Sideboard, auf dem sonst das Frühstücksbüfett angerichtet wurde, sieht schäbig aus, eine moderne, aber billige Kaffeemaschine und einige Tassen stehen darauf. Durch die hohen Fenster kann man die Dünen und einen Strandzugang, aber nicht das Meer sehen. Die alten Gardinen wirken frisch gewaschen, hängen aber viel zu dicht und stören den Blick auf die Promenade. Der Eingangstür gegenüber führt eine andere Tür in die Küche.

Die Stimmung am Tisch ist etwas gedrückt. Nur Niklas greift unbefangen nach dem zweiten Stück Kuchen, bevor die anderen überhaupt mit dem Essen begonnen haben.

Neldas Miene ist undurchdringlich wie immer.

Fiona sieht ihre Schwestern und dann ihre Tante beinahe ängstlich an, räuspert sich, als wolle sie etwas sagen, schweigt dann aber und nippt an ihrem Latte macchiato.

Rosi trinkt in aller Ruhe ihren Kaffee, dann lehnt sie sich zurück, blickt ihre Nichten der Reihe nach an und lächelt plötzlich. »Was sitzt ihr da, wie die Gänse, wenn es donnert? Habt ihr Angst, dass ich die Hütte verkaufe und ihr habt keine Unterkunft mehr in Ahlbeck?« Sie wartet einen Moment lang.

Nelda blickt misstrauisch. Ina und Fiona schauen sie eher verlegen an.

»Und wo soll ich dann hin? Ins Seniorenheim mag ich nicht, da sind nur alte Leute.« Rosi wird ernst. »Nein, Kinder, ich möchte hierbleiben, so lange wie es eben geht. Aber ihr seht ja selbst: Gäste kann ich hier nicht mehr aufnehmen. Verkaufen wäre das Vernünftigste, aber ich kann mich wirklich nicht dazu überwinden. Ich habe seit Jahren nichts mehr investiert, weil ich einfach nicht wusste, wie es weitergeht. Dadurch habe ich aber auch ein bisschen was gespart und es nicht unbedingt eilig, eine Entscheidung zu treffen. Ich wollte im Alter immer reisen, vielleicht eine Kreuzfahrt machen und mein Leben genießen. Aber damit habe ich zu lange gewartet und jetzt keine Kraft und auch keine Lust mehr. Alles, was mir jetzt noch geblieben ist, das seid ihr.«

Ina schluckt, vor Mitleid steigen ihr Tränen in die Augen. Sie hat Rosi immer als vitale und selbstbewusste Frau gesehen. Sie hat alles gewusst, alles entschieden und sich um alles gekümmert. Auch um ihre Nichten. Wie oft hat Ina sich als Jugendliche bei ihr ausgeweint, wenn mal wieder alles schiefgelaufen war? Wenn sie nicht mehr weiter wusste, fuhr sie nach Ahlbeck, zu Tante Rosi, da fand sie Trost und Rat und Kraft. Ihren Schwestern ging es vermutlich ähnlich, auch sie waren manchmal in Ahlbeck.

Untereinander haben sie kein so enges Verhältnis, sie sehen sich nicht mehr so oft. Auch in Ahlbeck waren sie immer zu unterschiedlichen Zeiten und immer nur für einen kurzen Besuch, ein oder zwei Nächte, länger hat sich keine von ihnen hier aufgehalten, seit die Familie vor siebenundzwanzig Jahren den Ort verlassen hat.

Liebevoll betrachtet Rosi die drei Frauen und den jungen Mann, dann fährt sie betont munter fort: »Macht euch keine

Sorgen, Kinder! Ich will hier zwar kein Geld mehr reinstecken, aber ich verkaufe auch nicht. Ich habe mir genau überlegt, was ich will: meine Ruhe. Und meine Familie um mich herum. Ich will einfach den Sommer genießen, vielleicht ist es ja der letzte für mich. – Nun guckt nicht so erschrocken! Ich falle nicht gleich tot um, vielleicht lebe ich auch noch zwanzig Jahre, wer weiß das schon. Also, was ich sagen will: Ich möchte, dass ihr hierbleibt. Ihr könnt im Haus wohnen, ich gebe jeder von euch auch etwas Überbrückungsgeld für den Anfang.« – »Ja, ja, ich weiß«, wehrt sie die Proteste ab, »ihr wollt das nicht, aber ihr hattet ja auch Ausgaben und ich kann es mir leisten.«

Das weitere Kaffeetrinken verläuft schweigsam, jede der vier Frauen ist mit den eigenen Gedanken beschäftigt. Niklas versucht einen Scherz, der nicht ankommt, dann geht er nach draußen, um zu rauchen.

»Ich gehe mich mal umziehen«, verkündet Rosi. »Ich möchte noch einen kleinen Spaziergang auf der Promenade machen. Vielleicht wollt ihr mich begleiten? Aber ihr könnt in Ruhe euren Kaffee austrinken, bei mir dauert es eine Weile.«

Die Schwestern beobachten, wie ihre Tante mühsam aufsteht und mithilfe ihrer Krücke aus dem Zimmer humpelt. Ihre Wohnung befindet sich auf der anderen Seite des Hausflures.

»Wann hat sie eigentlich so abgebaut?«, fragt Ina leise, nachdem die Tür geschlossen ist.

»Keine Ahnung.« Fiona zuckt mit den Schultern. »Als ich vor zwei Jahren hier war, hat sie zwar auch schon über das Treppensteigen gejammert, aber sonst ging es ihr noch gut. Dachte ich jedenfalls.«

»Ich bin auch erschrocken«, gibt Nelda zu. »Über ihren Zustand, aber besonders über ihre Bemerkung ›Vielleicht ist es mein letzter Sommer‹. Ist euch das nicht aufgefallen?«

Ina hat gleich wieder Tränen in den Augen. »Ja, natürlich! Und sie lässt sich in ihrem Äußeren absolut gehen, als hätte sie sich aufgegeben. Glaubst du, sie ist ernsthaft krank? Aber – das würde sie uns doch sagen, oder?«

»Keine Ahnung, wohl eher nicht. Aber was machen wir jetzt? Wollt ihr hierbleiben?«

»Ja natürlich, das müssen wir doch. Wir können sie doch nicht alleinlassen, wenn sie uns schon bittet. Und wenn sie wirklich … Also, das sind wir ihr doch schuldig!«

»Ja, ja, nun krieg dich wieder ein!«, unterbricht Nelda Fionas Gestammel. »Die Frage ist doch nur, ob wir das so ohne Weiteres können. Wie sieht es denn bei euch aus?«

»Ich kann sofort hierbleiben«, erklärt Ina. »Das hatte ich sowieso geplant. Eigentlich wollte ich Rosi im Haus helfen. Sie hat so was angedeutet, als wir das letzte Mal telefoniert haben. Aber als Verkäuferin finde ich hier in der Saison bestimmt einen Job.«

»Ja, ich kann auch, ich habe als Aushilfe in der Kita gearbeitet, ich muss nur noch mal nach Hause, wegen der Wohnung, und ich brauche meine Sachen. – Ob ich hier Arbeit finde? Und Niklas? Der muss aber auch hierbleiben.«

»Ja, ja.« Nelda winkt ungeduldig ab. »Natürlich kann der hierbleiben, ist ja Platz genug. Und Arbeit findet hier jeder, der arbeiten will.« Den kleinen Seitenhieb auf Fionas faulen Sohn kann sie sich nicht verkneifen. »Ich muss natürlich noch einmal zurück nach Brandenburg, ich kann die Kanzlei nicht so von heute auf morgen verlassen, die Kündigungsfrist muss ich schon einhalten. Aber eigentlich passt es mir ganz gut. Ich wollte mir sowieso etwas Neues suchen. Steuerberaterinnen brauchen sie hier ja sicher auch.«

Nelda stellt das Geschirr zusammen und bringt es dann in die Küche.

Fiona will auch aufstehen, aber Ina nimmt ihre Hände und sieht ihr in die Augen. »Freust du dich?«, fragt sie leise. »Bist du gern in Ahlbeck?«

Ihre Schwester nickt zögernd. »Wenn es Rosi nur besser ginge. Aber ja, – natürlich – ich habe immer Heimweh nach Ahlbeck. Ich würde so gern hierbleiben. Du auch?«

»Ja. Ich war ja erst sieben, als wir hier weggezogen sind. Aber trotzdem, Ahlbeck – das ist für mich Zuhause: Kindheit, Familie, heile Welt – ja, ich möchte auch hierbleiben«, gibt Ina zu.

Über den wichtigsten Grund, dass sie es in dem Dorf bei Rostock, in dem sie bis vor Kurzem glücklich mit ihrem Mann gelebt hat, nicht mehr aushält, mag sie nicht reden. Aber ihre Schwester, die ebenfalls schon Witwe ist, ahnt es, sie fühlt genauso.

3

Als älteste der drei Schwestern fühlt Nelda sich immer ein wenig für die anderen verantwortlich. Fiona ist zwar nur zwei Jahre jünger, besitzt aber keinerlei Selbstbewusstsein und bekommt nicht einmal ihr eigenes Leben auf die Reihe. Mit Ina verhält es sich genauso, obwohl sie stärker als ihre große Schwester wirkt. Aber sie ist eben das Nesthäkchen der Familie. Nicht, dass sie deswegen verwöhnt wurde, im Gegenteil. Nelda und Fiona haben in Ahlbeck eine unbeschwerte Kindheit in einer glücklichen, fröhlichen Familie erlebt. Die gab es nach dem Umzug aufs Festland nicht mehr. Den Eltern gelang kein Neuanfang, beide hatten gesundheitliche, aber auch finanzielle Probleme. Über die Gründe, warum die Familie die Insel verlassen hat, wurde nie offen gesprochen. Nelda hatte Gerüchte über ihren Vater gehört, sehr schlimme Gerüchte, so schlimm, dass sie ihn nie danach fragen konnte. Als sie mit einigem Abstand, räumlicher und zeitlicher Entfernung, darüber nachdachte, machte es sie wütend. Nichts davon stimmte, es war einfach frei erfunden. Warum haben die Eltern sich nie mit ihnen an einen Tisch gesetzt und offen mit ihnen gesprochen? »Irgendjemand erzählt grässliche, ekelhafte Sachen über uns, wir wissen nicht, wer, und wir wissen nicht, warum. Was tun wir dagegen?« Vielleicht hätten sie gar nichts tun können. Vielleicht hätten sie es einfach aushalten müssen, abwarten, bis es wieder neue Gesprächsthemen geben würde. Aber nein, dieser Verdacht hätte wie Dreck an ihnen gehaftet, noch jahrelang hätte jeder neugierige Blick, jedes Getuschel von Einheimischen wehgetan.

Haben ihre Eltern wirklich geglaubt, die Kinder hätten nichts davon mitbekommen? Sie könnten einfach wegziehen und ihre Probleme zurücklassen? Das hat jedenfalls nicht funktioniert. Die Familie ist niemals richtig angekommen in dem Dorf, keiner von ihnen hat sich dort wohlgefühlt. Vielleicht sind ihnen die Gerüchte sogar gefolgt, Nelda hat öfter geglaubt, hinter den neugierig-kühlen Blicken der neuen Nachbarn Verachtung und Abscheu zu spüren. Das kann sie sich eingebildet haben, aber sie haben dort niemals Freunde gefunden, nicht einmal Ina, die wohl am meisten darunter gelitten hat.

Während sie die Kaffeetassen in den Geschirrspüler räumt, denkt Nelda darüber nach, was es für ihre Schwestern und sie bedeuten würde, wieder in Ahlbeck zu leben. Nach siebenundzwanzig Jahren sollten die alten Gerüchte eigentlich vergessen sein, obwohl man das nicht so genau weiß. Wenn man sich die Touristen wegdenkt, ist Ahlbeck eigentlich ein Dorf, in dem jeder jeden kennt. Oder ist das heute nicht mehr so? ›Ich müsste mit meinen Schwestern darüber reden‹, denkt Nelda. ›Aber was bringt das? Fiona ist schon nervös und unsicher genug. Und Ina? Weiß sie überhaupt etwas darüber? Wer sollte es ihr erzählt haben? Aber sie muss sich doch gewundert haben, dass die Familie aus Ahlbeck weggezogen ist, obwohl sie alle Heimweh hatten und jeder Einzelne am liebsten zurückgekehrt wäre.‹ Nelda seufzt. In dieser Familie gibt es viel zu viele Geheimnisse. Das ist vermutlich ihr größtes Problem: Sie reden nie offen miteinander, schon gar nicht über ihre Gefühle und Ängste. Sie weiß das, aber sie wird es nicht ändern können. Auch sie spricht nur in Gedanken mit ihren

Eltern und Geschwistern. Macht ihnen Vorwürfe, stellt ihnen Fragen – und schweigt. Außerdem, warum soll sie Wunden aufreißen, vielleicht ist sie ja die Einzige, die noch an die Vergangenheit denkt, die Einzige, die immer noch darunter leidet. – ›Außer Rosi. Natürlich!‹

Nelda erinnert sich nun, was sie eigentlich auf diese düsteren Gedanken gebracht hat. Als sie vorhin in der Wohnung ihrer Tante war, um die alte Frau zu wecken, ist ihr das Bild aufgefallen. Es hängt über der Kommode und fällt sofort ins Auge, wenn man das Zimmer betritt. Es ist das große gerahmte Foto aus einer Zeit, als die fünf Kannenbachs noch eine glückliche Familie waren. Alle stehen auf der Strandpromenade, im Hintergrund ist die Seebrücke zu erkennen. Nelda selbst ist darauf etwa zehn Jahre alt. Sie trägt ein weißes Blüschen, das ordentlich in den Rockbund gesteckt ist, einen Seitenscheitel und sieht mit ernstem Blick in die Kamera. Daneben Fiona, die an Pippi Langstrumpf erinnert, mit Zahnlücke im lachenden Mund, wirrem roten Haar und heruntergerutschten Kniestrümpfen an den dünnen Beinchen. Ihre Mutter hält das Baby Ina auf dem Arm, sie sah genauso aus wie Ina heute: hübsch, blond und zierlich. Nur glücklicher, das ist sogar auf dem Foto zu erkennen. Ihr Vater, groß und hager, mit den krausen roten Haaren, die nur Fiona von ihm geerbt hat, lächelt stolz und versucht, mit seinen langen Armen die ganze Familie zu umfassen.

Es ist das einzige Foto, das Nelda in dem kleinen aufgeräumten Wohnzimmer gesehen hat. Warum hat Rosi kein Bild ihrer Tochter aufgehängt? Hat sie wirklich jede Verbindung zu ihr abgebrochen?

4

Es ist schon später Nachmittag, als die drei Schwestern und ihre Tante über die Ahlbecker Promenade bummeln. Niklas hatte keine Lust, sie zu begleiten, er hat im Hausflur ein Fahrrad entdeckt und ist damit nach Polen gefahren, um Zigaretten zu kaufen. Die Grenze ist nicht einmal zwei Kilometer von Rosis Haus entfernt.

Sie gehen langsam und schweigend, jede mit ihren eigenen Gedanken beschäftigt. Es ist schön hier, alles erinnert an die Kindheit, an die Jugend, an unbeschwerte Zeiten und alte Freunde. Hier sind sie zu Hause, in Sicherheit. Hier ist niemand, der ihnen Böses will.

Die Schwestern ahnen nicht, wie viel Hass sie in Ahlbeck erwartet.

Rosi hat sich bei Ina untergehakt, in der anderen Hand hält sie einen Spazierstock. Hin und wieder bleiben sie stehen, Rosi redet ein paar Worte mit Leuten, die die Schwestern nicht kennen und von denen sie neugierig gemustert werden. Ihre Tante stellt sie nicht vor, sie hat keine Lust und nicht genügend Atem für lange Gespräche.

Kurz vor der Seebrücke, sie können bereits die Jugendstiluhr sehen, weist Tante Rosi mit ihrem Stock auf einen kleinen Kiosk. »Guck mal, Ina, hättest du nicht Lust, darin zu arbeiten?«

Ina ist freudig überrascht. Gerade hat sie überlegt, ob sie auf dem Arbeitsamt nach freien Stellen fragt oder doch eher direkt in den Geschäften. Sie weiß, dass hier immer Verkäuferinnen gesucht werden, besonders jetzt, zu Saisonbeginn. Sie hat dabei an Boutiquen gedacht, sie ist Textilverkäuferin. Hier direkt auf der Promenade zu arbeiten, praktisch im Freien, wo man die Möwen hört und das Rauschen der Wellen, das hat schon was. Sie mustert das kleine Holzgebäude. Es ist keine zehn Quadratmeter groß, weiß gestrichen, ein paar Schnitzereien am Dachvorsprung geben ihm ein verspieltes Aussehen, passend zur historischen Seebrücke ganz in der Nähe. Die großen Schiebefenster sind noch geschlossen und durch ein Eisengitter gesichert.

Rosi erzählt, dass der Besitzer ein Bekannter von ihr ist. »Er ist der Inhaber von der Gaststätte da drüben«, zeigt sie. »Der Kiosk gehört dazu. Er ist froh, wenn er jemanden findet, der sich darum kümmert, weil er sowieso zu wenig Personal hat. Du kannst dir aussuchen, ob er dich einstellen soll, dann kriegst du monatlich deinen Lohn oder ob du den Kiosk pachtest. Dann kümmerst du dich selbst um alles und zahlst ihm praktisch Miete. – Na, was meinst du?«

»Natürlich machst du das selbstständig«, bestimmt Nelda, bevor Ina etwas sagen kann. »Das ist doch eine Goldgrube hier, in der Lage. Bei der Abrechnung helfe ich dir dann schon.«

»Aber ich habe doch keine Ahnung von Gastronomie«, wendet ihre Schwester ein. »Was verkauft man denn hier? Kaffee und Fischbrötchen? Und wie ist das mit der Hygiene?« Zweifelnd betrachtet sie die drei Stehtische.

Rosi hat sich inzwischen auf eine Bank gesetzt. »Clausen wird dir das schon alles sagen – der Besitzer«, fügt sie erklärend hinzu. »Der ist in Ordnung. Ein Ahlbecker, ich kenne ihn schon ewig. Ich denke auch, du schaffst das allein. Ich kann dir sicher ein paar Ratschläge geben. Und Nelda sowieso.«

Als Ina etwas sagen will, zieht Rosi sie am Arm zu sich auf die Bank.

»Du musst dich nicht gleich entscheiden. Denk in Ruhe darüber nach!«

»Ja, ähm …« Ina starrt immer noch auf den Kiosk. Sie hat sich schon entschlossen, so ein Angebot kann man einfach nicht ablehnen. Dabei denkt sie nicht einmal an das Geld, das sie verdienen kann. Allein die Aussicht, den ganzen Sommer hier auf der Ahlbecker Strandpromenade zu verbringen, versetzt sie in freudige Erregung. Es ist also doch ein Neuanfang, besser, als sie ihn sich erträumt hat. »Natürlich möchte ich das machen. Am besten, ich gehe gleich morgen früh zu dem Besitzer, bevor er noch jemand anderen findet. Ach, und danke, Tante Rosi!« Sie umarmt die alte Frau, die ihr zärtlich über den Rücken streicht.

Fiona freut sich für ihre Schwester. Kurz hat sie überlegt, ob sie Ina ihre Mitarbeit anbieten soll. Aber nein, der kleine Kiosk bringt sicher nicht genug für zwei ein. Außerdem – so mitten auf der Promenade zu stehen, im Zentrum von Ahlbeck, wo sie jeden Tag so viele Menschen sehen –, der Gedanke ist ihr unbehaglich. Sie fühlt sich unwohl, wenn jemand sie mustert. Seit dem Tod ihres Mannes ist es wieder fast so schlimm wie in ihrer Jugend. In der Pubertät hielt sie sich für furchtbar hässlich und ihre Mitschüler fanden das auch und zeigten es ihr täglich. Sie war mit fünfzehn Jahren plötzlich in die Höhe geschossen, ihr roter Krauskopf ragte aus jeder Gruppe heraus, obwohl sie ihn möglichst einzog und versuchte, sich klein zu machen. Wie beneidete sie Nelda um ihr absolut durchschnittliches Aussehen und ihr ruhiges Selbstbewusstsein.

Aber das war ja eigentlich später, hier in Ahlbeck hat sie sich doch immer wohlgefühlt. In der Schule war sie sogar ziemlich beliebt, sie war ein fröhliches, freundliches Kind, obwohl schon immer sehr schusselig und unkonzentriert. Über ihre kleinen Ungeschicklichkeiten hat ihr Vater immer gelacht und ihre Mutter in gespielter Verzweiflung den Kopf geschüttelt.

Ina, Nelda und Rosi reden auf dem Heimweg aufgekratzt über den Kiosk, sie schmieden Pläne.

Rosi versucht sich zu erinnern, was dort in den vergangenen Jahren verkauft wurde. »Ich weiß gar nicht, wie viel Fläche dazugehört, vielleicht kann man noch wenigstens einen Tisch mit ein paar Stühlen aufstellen«, überlegt sie. »Aber die Leute können sich mit ihrem Fischbrötchen oder ihrer Bratwurst auch auf eine Bank setzen. Oder sie nehmen es gleich mit zum Strand. Von dort werden sowieso die meisten deiner Kunden kommen. Gut, dass dort gleich ein Strandaufgang ist.«

Nelda dreht sich um. »Komm schon, Fiona, du sagst ja gar nichts! Was hältst du denn davon? Du und Niklas, ihr müsst Ina sicher auch öfter mal helfen. Eigentlich ist es eine Entscheidung für die ganze Familie.«

Die Schwestern sehen sich an und plötzlich lächeln sie alle drei. Es fühlt sich so gut an, nach langer Zeit wieder eine Familie zu sein, aufeinander angewiesen und sich gegenseitig helfend. Vor allem hier in Ahlbeck. Vielleicht ist die schlimme

Zeit nun wirklich vorbei. Sie haben so viel Furchtbares erlebt in den vergangenen Jahren, jede von ihnen mehr, als die anderen wissen. Ihre Mutter hat es in bitterer Ironie den »Fluch der Kannenbachs« genannt. Nelda hat nur missbilligend den Kopf geschüttelt über diesen Begriff und etwas von »Blödsinn« gemurmelt, aber bei der abergläubischen Fiona hat er eine Gänsehaut erzeugt. Jetzt ist sie erleichtert. Natürlich, deshalb hatte sie auch immer diese Sehnsucht nach ihrem Heimatort. Hier waren sie glücklich und hier können sie es auch wieder sein. Sie glaubt fest an das Schicksal und daran, dass es einiges gut zu machen hat an ihr.

Abends im Bett, als wohlbekannte Unruhe und diffuse Angst sie mal wieder am Einschlafen hindern, versucht Fiona, das Gefühl von Geborgenheit und freudiger Erwartung zurückzuholen, aber es gelingt ihr nicht. Stattdessen erinnert sie sich plötzlich an die letzten Wochen in Ahlbeck, bevor die Familie weggezogen ist.

Im Herbst 1991 hatte sich auf einmal alles verändert. Ihr Vater scherzte nicht mehr mit seinen Töchtern. Sonst tat er das ständig. In seinem Gesicht sah Fiona einen Ausdruck von hilfloser Wut, der ihr Angst machte. Ihre Mutter hatte oft verweinte Augen und die Eltern führten leise, erregte Gespräche miteinander. Sogar Ina mit ihren sieben Jahren spürte, dass in der Familie etwas nicht stimmte, aber sie war noch zu klein, um es zu verstehen.

Und Fiona hatte Angst. Einmal fragte sie ihren Vater zögerlich »Was ist denn los?", aber auf sein verzweifeltes Kopfschütteln zog sie sich zurück, sie fürchtete sich vor einer Antwort, fürchtete hören zu müssen, dass ihre Eltern sich scheiden lassen würden oder dass einer von beiden unheilbar krank sei. Es musste etwas sehr Schlimmes sein, wenn man nicht darüber reden konnte.

Dann belauschte sie zufällig ein Gespräch zwischen zwei Lehrern: »Die Kleine hat sich auch verändert in letzter Zeit. Sie ist stiller geworden und wirkt eingeschüchtert, beinahe verängstigt. Na, und Fiona – ihr Verhalten war ja schon immer etwas auffällig.«

»Schon, sie ist eben sehr lebhaft und ein bisschen tollpatschig. Aber das sind doch keine Anzeichen für Missbrauch, oder? Ich kann es mir nicht vorstellen.«

»Ich hoffe ja auch, dass es nur dummes Gerede ist. Aber du weißt: Kein Rauch ohne Feuer.«

Das Mädchen, die einzige Fiona an der Schule, hatte sich mit wild klopfendem Herzen davongeschlichen. Über das Gesagte hat sie lange nachgedacht und es erst allmählich begriffen. Sie protestierte dann auch nicht, als ihre Eltern von Umzug sprachen. Im Gegenteil, sie meinte, den Feinden ihrer Familie, die sich unerkannt zwischen ihren Nachbarn und Freunden in Ahlbeck verbargen, zu entkommen.

Darüber reden konnte sie mit niemandem. Bis heute nicht.

5

Die vergangenen zwei Wochen waren aufregend und sind wie im Flug vergangen. Herr Clausen erwies sich als sehr entgegenkommend. Offenbar war er erleichtert, dass Ina seinen Kiosk übernehmen wollte. Sie machte einen guten Eindruck auf ihn und ihre Tante Rosi hält sich zwar aus den Geschäften raus, ist aber so gut wie eine Bürgschaft. Sie haben sich schließlich geeinigt, dass Ina nun doch bei ihm angestellt ist und monatlich ein festes Gehalt und eine Provision auf den Umsatz bekommt. Ihre Bestellungen laufen über die Gaststätte, dort kann sie auch ihre Fischbrötchen zubereiten und, wenn sie Zeit und Lust hat, Salate. Ina denkt dabei an Kartoffel- und Nudelsalat, aber sie will abwarten, ob sich das lohnt. Man kann ja auch alles fertig bestellen. Sie hätte gern ein besonderes Angebot, zum Beispiel hausgemachte Salate, schon um sich von den vielen Imbissständen in der Umgebung abzuheben. Aber Rosi hat ihr versichert, dass das gar nicht notwendig sein wird, im Sommer haben alle mehr als genug Gäste. Außerdem wird sie eher mit dem Verkauf zu tun haben, schließlich ist sie ganz allein. Niklas hat einen Job als Kellner auf der Seebrücke bekommen und Fiona beginnt heute ihre Probezeit in einer Kita. Nelda kehrt erst in zwei Wochen zurück, um eine neue Stelle bei einem Steuerberater in Ahlbeck zu beginnen.

Ina genießt es, wieder auf Usedom zu sein. Sie liebt den Frühling, der hier zwar etwas später kommt, aber dafür noch schöner ist. Weiße Blütenpracht an Obstbäumen, bunte Tulpen und überall frisches, helles Grün, dazwischen die dunklen Nadelbäume. Der Himmel ist wolkenlos, die Sonne wärmt bereits, aber der Wind, der über die strahlend blaue Ostsee kommt, ist noch kalt. Heute ist Inas erster normaler Arbeitstag. Es riecht noch immer ein wenig nach frischer Farbe, sie sind erst am Freitag fertig geworden. Gut, dass noch nicht viele Gäste da sind und der Ansturm auf ihren Kiosk vorläufig ausbleibt. Genau genommen kam erst ein Kunde, der sich für ihr Angebot interessiert hat, das ihr selbst etwas dürftig erscheint. Immerhin hat sie aus der Gaststätte eine gute Kaffeemaschine übernommen, mit der sie auch Cappuccino und Espresso zubereiten kann, wenn nicht gerade zu viele Gäste auf einmal am Verkaufstresen stehen. Im Regal an der anderen Seite liegen ein paar Süßigkeiten, in der Kühlvitrine stehen alkoholfreie Getränke sowie Flaschenbier und vor ihr in der Auslage zwischen den Glasscheiben ein Tablett mit Fischbrötchen.

»Du solltest die Folie von den Brötchen herunternehmen, sonst sehen die so nach ›ewig im Kühlschrank gelegen‹ aus«, rät Rosi, die plötzlich vor dem Kiosk auftaucht.

Ina zuckt zusammen. Sie hat gerade überlegt, ob sie sich vielleicht einen Stuhl hereinholt. Hier den ganzen Tag zu stehen, besonders, wenn nichts zu tun ist, wird anstrengend. Immerhin hat sie vier Stühle und einen kleinen runden Tisch neben der Bude.

Dort lässt Rosi sich gerade nieder. »Komm, setz dich ein bisschen zu mir, wenn jemand kommt, kannst du immer noch reingehen!«, fordert sie ihre Nichte auf.

Ina freut sich, ein paar Ratschläge und etwas Aufmunterung kann sie gut gebrauchen.

»Ist doch hübsch geworden. Noch ein bisschen kahl, aber das wird schon. Was du noch brauchst, merkst du ja, wenn die Kunden danach fragen.«

»Stimmt.« Ina ist erleichtert. »Ich warte einfach erst mal ab.«

»Das Wichtigste ist die Lage. Hier kannst du eigentlich gar nichts falsch machen. Wirst schon sehen!« Rosi sieht sich um. »Vielleicht sollte dein Chef hier noch zwei oder drei Stehtische mehr aufstellen. Und diesen hier müsstest du reservieren, damit du dich ab und zu mal hinsetzen kannst.«

»Meinst du, dazu habe ich im Sommer Zeit?«

»Nein, wohl eher nicht.« Rosi überlegt. »Aber den ganzen Tag zu stehen, das geht auf den Rücken. Vielleicht könnten wir dir so eine Art Barhocker besorgen ... Na, da fällt uns schon noch was ein.«

Ina nickt und trinkt einen Schluck Kaffee. Sie fühlt sich schon viel besser. Es ist so schön, dass sich mal wieder jemand um sie kümmert. Endlich hat sie wieder eine Familie.

6

Ina fühlte sich wie im Urlaub. Auf Anraten von Herrn Clausen hat sie den Kiosk für ein paar Tage geschlossen. Es lohnt sich nicht, den ganzen Tag dort für einen geringen Umsatz zu stehen, zumal es noch immer kühl ist. Die Sonne scheint zwar, aber der Wind bringt die Kälte der Ostsee mit. Der strahlend helle Himmel lockte sie schon früh aus dem Haus und sie hat spontan beschlossen, einen Ausflug zu unternehmen, wie eine richtige Urlauberin. Mit einem Schiff ist sie von der Ahlbecker Seebrücke aus nach Bansin gefahren. Die Ostsee war blau und glatt, sie hat auf Deck gesessen und die Küste betrachtet, den Strand, der erwartungsvoll mit ordentlich aufgereihten Strandkörben und nur wenigen Spaziergängern aufwartet, dahinter viel Grün, in dem sich weiße Villen verstecken. Als sie in Heringsdorf anlegten, hat Ina die lange Seebrücke bestaunt, die es noch nicht gab, als sie 1991 die Insel verlassen haben, und die ebenso imposanten Häuser in Strandnähe.

In Bansin hat sie das Schiff verlassen und ist eine Weile auf der Plattform am Ende des Anlegesteges stehen geblieben. In aller Ruhe betrachtet sie nun das Seebad, das mit seinen Pensionen und Hotels an der breiten, gepflegten Strandpromenade im Gegensatz zu Heringsdorf und Ahlbeck eine vornehme Ruhe ausstrahlt. Die Häuser stammen noch aus der Gründerzeit des Seebades. Nur ein etwas überdimensionierter Hotelbau im Zentrum und eine Baustelle daneben stören die Harmonie. Sie blickt nach rechts. In westlicher Richtung gibt es keine Häuser mehr, auch keine Strandkörbe, nur Strand und Steilküste, soweit man sehen kann. Dann noch vereinzelte Spaziergänger und ein Hund, der glücklich durch den Sand tobt.

Ina hat keinen Plan, sie sieht auch nicht auf die Uhr, als sie zum Strand hinuntergeht. Sie läuft dicht am Ufer entlang, unter ihren Füßen knirschen kleine Steine und Muscheln. Einmal hebt sie eine besonders schöne auf, betrachtet sie und wirft sie wieder ins Wasser. Als an der Steilküste vor ihr eine Treppe auftaucht, geht sie hinauf. Oben bleibt sie eine Weile stehen und blickt über das Meer zu den großen weißen Schiffen am Horizont. Sie atmet die würzige Luft, ein Gemisch aus Meeresbrise und Kieferndruft, tief ein und wandert dann langsam an der Steilküste zurück. Vor dem dunklen Nadelwald hebt sich schon das frische Buchengrün ab, noch blühen Anemonen und Veilchen, an einer sonnigen Stelle schon Maiglöckchen. Ina fühlt sich zum ersten Mal nach dem Tod ihres Mannes ruhig und beinahe glücklich. Aber dann macht sich ihr Schuldgefühl, das ständig im Hinterkopf lauert, wieder bemerkbar. Was würde sie darum geben, jetzt mit ihm zusammen hier zu stehen! Als ihr ein älteres Paar Hand in Hand entgegenkommt, blinzelt sie die Tränen weg und geht schnell weiter.

Eigentlich hat sie geplant, an der Strandpromenade entlang zurück nach Ahlbeck zu laufen, aber das erscheint ihr nun doch zu anstrengend. Als direkt vor ihr die kleine blau-weiße Bahn anhält, die sie schon oft an der Ahlbecker Seebrücke gesehen hat, steigt sie ein. Während Ina nach der Fahrt auf der Ahlbecker Strandpromenade zurück zur Pension bummelt, bemerkt sie, wie anstrengend die ungewohnte Wanderung war. Sie fühlt sich körperlich erschöpft, aber geistig frischer und erholter als in den vielen Monaten zuvor. Ina ist sicher, endlich einmal wieder richtig gut schlafen zu können.

Jetzt ist es nach Mitternacht. Sie hat noch kein Auge zugemacht, dreht sich unruhig hin und her und lauscht auf Geräusche im Haus, die gar nicht existieren. Es ist totenstill, die Schritte über ihr und das Klappen einer Tür im Obergeschoss hat sie sich mit Sicherheit eingebildet. Was sie sich aber bestimmt nicht einbildet, ist, dass jemand in ihrem Zimmer war und ihre Schränke durchwühlt hat. Oder?

7

Am Morgen war Ina noch etwas aufgeregt, mehrere Kunden wollten gleichzeitig Kaffee, sie hat die Bestellungen durcheinandergebracht und das Gefühl, viel zu langsam zu sein. Aber niemand beschwerte sich, alle waren freundlich und geduldig. Vielleicht lag es am Wetter, dem blauen Himmel, der Sonne, der wunderschönen großen Möwe, die sich auf einem der Stehtische vorm Kiosk ausruhte – die entspannte Stimmung übertrug sich auf Ina.

Jetzt trinkt sie langsam ihren Kaffee und betrachtet die Menschen auf der Promenade. Es ist noch immer ruhig. Ina zuckt zusammen, als ein Mann sie plötzlich anspricht. Sie hat ihn nicht gesehen, er ist wohl von der anderen Seite, vom Strand her gekommen.

Er hat ein sympathisches Lachen, als er sich halbherzig entschuldigt: »Ich wollte Sie nicht erschrecken. Aber ich brauche auch dringend einen Kaffee.«

Dann bleibt er mit seiner Tasse in der Hand vor Ina stehen und mustert erst den Kiosk und dann die Frau gründlich, während er den heißen schwarzen Kaffee in kleinen Schlucken trinkt. Was er sieht, scheint ihm zu gefallen, er lächelt freundlich. »Ich werde Ihr neuer Stammgast«, erklärt er dann. »Ich bin Rettungsschwimmer, da auf dem Turm«, vage deutet er mit dem Kopf zum Strand, »ich brauche viel Kaffee und ich liebe Fischbrötchen.«

»Gut!« Ina nickt zufrieden. Der Mann mit den freundlichen braunen Augen ist ihr auf Anhieb sympathisch und außerdem genau ihr Typ, obwohl sie sich dessen gar nicht bewusst ist. Vielleicht liegt es daran, dass er ihrem verstorbenen Mann ziemlich ähnlich sieht, obwohl dieser mindestens zehn Jahre älter war. Ihr Kunde ist auch kräftiger, unter der dünnen Sportjacke zeichnen sich deutlich Muskeln und breite Schultern ab. Seine Statur, der kahle Kopf und das breite Grinsen erinnert sie an Meister Propper. »Herzlich willkommen, Stammgast! Vielleicht lässt sich ja dann auch über einen Mengenrabatt reden, schauen wir mal.«

Der kleine Flirt wird unterbrochen, als eine Familie an den Kiosk kommt. Der Rettungsschwimmer winkt Ina kurz zu und geht in Richtung Strand. »Die Tasse bringe ich zurück«, ruft er und verschwindet zwischen den Dünen.

Während Ina ihre Kunden bedient, sieht sie besorgt einer Menschengruppe nach, die einer großen rothaarigen Frau in Richtung Seebrücke folgt. ›Wenn die jetzt alle Kaffee oder Fischbrötchen wollen, breche ich hier vollkommen ein‹, denkt sie. Sie beobachtet, wie die Rothaarige an der Jugendstiluhr stehen bleibt und sich zu ihren Gästen umdreht. Was sie sagt, kann Ina nicht verstehen, sie kann es sich aber denken. »Älteste Seebrücke Deutschlands – 1898 gebaut – Symbol der Insel Usedom – Loriot –«

Ihre Sorge war mal wieder unbegründet, zehn Minuten später hat sich die Reisegruppe auf der Seebrücke und in den umliegenden Geschäften verteilt und nur die Reiseleiterin steht am Kiosk und wartet auf ihren Kaffee. »Anne«, hat sie sich vorgestellt, was überflüssig war, denn der Name steht groß auf einem Schild, das sie auf der Brust trägt, und »Ich komme jetzt öfter« hinzugefügt. Genau wie der nette Rettungsschwimmer, nur dass der sich nicht vorgestellt hat, fällt Ina gerade ein.

»Bist du aus Ahlbeck? Ich hab dich noch nie hier gesehen.«

›Sie ist ein bisschen neugierig‹, findet Ina, aber die Frau blickt sie mit großen Augen offen an und macht einen sympathischen Eindruck, sodass sie bereitwillig antwortet: »Nein – das heißt, eigentlich schon. Wir sind weggezogen, als ich noch ein Kind war.«

»Na, ist doch schön, dass du wieder da bist«, stellt Anne zufrieden fest, als würden sie sich schon ewig kennen. »Die meisten Usedomer kommen ja irgendwann wieder. Und? Bleibst du jetzt hier?«

»Mal sehen. Jedenfalls erst mal über den Sommer.«

»Okay, dann sehen wir uns, dein Kaffee ist nämlich gut.« Sie legt Geld auf den Tresen und trinkt hastig den letzten Schluck. »Ich muss sehen, dass ich die alle wieder in den Bus kriege.«

Mit langen Schritten geht sie auf eine Gruppe älterer und sehr alter Leute zu, die mit mehreren Rollatoren vor einer Stufe stehen und diskutieren.

»Aber hier war doch vorhin keine Treppe«, behauptet eine Frau mit schriller Stimme.

Behutsam fasst Anne eine alte Dame am Arm und führt sie auf den richtigen Weg. »Kommen Sie, wir gehen hier entlang! Hier sind keine Stufen. Immer langsam, wir haben viel Zeit.« Während sie am Kiosk vorbeigehen, fügt die Reiseleiterin zu Inas Verblüffung hinzu: »Nur keine Hektik, langsam ernährt sich das Eichhörnchen.«

8

Sonnabend, 12. Mai

Beim Abendessen im ehemaligen Speisesaal der Pension Daheim herrscht eine beinahe ausgelassene Stimmung. Zum ersten Mal seit ihrer Ankunft in Ahlbeck vor vier Wochen sitzen alle drei Schwestern, ihre Tante und Niklas wieder gemeinsam am Tisch.

Die erste Aufregung über den Neuanfang hat sich gelegt, beinahe ist schon der Alltag eingekehrt. Niklas erzählt begeistert von seiner neuen Arbeitsstelle auf der Seebrücke: »Super, direkt über der Ostsee. Wer hat das schon? Die Kollegen sind auch in Ordnung.«

Seine Mutter drückt insgeheim die Daumen, sie hat schon zu oft erlebt, dass seine Begeisterung nicht lange anhielt. Aber er wird ja schließlich auch älter, irgendwann muss er doch mal zur Vernunft kommen. Und wenn nicht hier in Ahlbeck, wo dann? Sogar sie selbst, die ewig Ängstliche, die schon aus Erfahrung niemals ihrem Glück traut, ist vorsichtig optimistisch. Der Kindergarten, in dem sie seit zwei Wochen arbeitet, ist ganz in der Nähe, sie kann zu Fuß dorthin gehen, die Kollegen sind nett und nach einer Probezeit von drei Monaten kann sie mit einer Festeinstellung rechnen. Das Gehalt ist zwar niedriger als bei ihrer letzten Arbeitsstelle, aber das ist ihr überhaupt nicht wichtig, zumal sie bei Tante Rosi mietfrei wohnt.

Das ist auch für Nelda der Grund, in Ahlbeck zu bleiben, wie sie offen zugibt. »Also ehrlich gesagt, wenn ich von dem

Gehalt noch eine Wohnung hier im Seebad bezahlen sollte, da müsste ich mich ganz schön einschränken. Ich weiß gar nicht, wie die Leute das hier machen. Kein Wunder, dass die überall Arbeitskräfte suchen. Die niedrigsten Löhne und die höchsten Mieten – das kann ja nicht funktionieren.«

›War ja klar, dass von Nelda wieder etwas Negatives kommt‹, denkt Ina, was sie heute aber nicht stört, sondern eher belustigt. Sie wechselt einen Blick mit ihrer Tante, die ebenfalls zufrieden lächelt.

»Hier, Niklas«, Rosi greift einen einzelnen Schlüssel aus dem umfangreichen Bund und hält ihn ihrem Neffen hin, »das ist der Schlüssel vom Weinkeller. Treppe runter, gleich links, die erste Tür. Hol uns einen schönen Wein hoch, zur Feier des Tages! Du weißt ja, was ihr trinkt, oder?«

Der junge Mann nickt. »Mama und Ina halbtrockenen Weißwein, Nelda natürlich einen trockenen Rotwein«, sagt er etwas spöttisch. »Ich würde lieber ein Bier trinken, wenn du nichts dagegen hast.«

Niemand hat etwas dagegen. Eine Stunde später geht Niklas noch einmal in den Keller, um Nachschub zu holen.

Die Schwestern genießen das Zusammensein. Jede von ihnen war schon zu lange allein, musste Schicksalsschläge verkraften, ohne die Geborgenheit einer Familie, ohne jemandem, mit dem man über alles reden und dem man rückhaltlos vertrauen kann. Auch jetzt sprechen sie nicht über die schweren letzten Jahre, sie stellen keine Fragen, es ist ja noch so viel Zeit. Ihr Zusammenleben fängt doch gerade erst an. Heute wollen sie sich nur über ihre Zukunft in Ahlbeck unterhalten, auf die sie sich alle freuen. Und dann reden sie über ihre Kindheit, erinnern sich an die langen heißen Sommerferien am Strand, die Eisschollen auf der winterlichen Ostsee, ihre damals neue, hochmoderne Schule, die gerade restauriert wird. Sogar Nelda lässt sich von der lockeren Stimmung anstecken, erinnert sich kichernd daran, wie ihr Vater sich jedes Jahr wieder als Weihnachtsmann verkleidet hat, selbst als die beiden Großen schon Teenager waren, aber da war ja noch Ina, auch für sie sollte alles perfekt sein.

Ina schluckt, als sie an ihren Vater denkt. Sie hat ein schlechtes Gewissen und möchte ihre Schwestern fragen, wann sie zuletzt die Eltern besucht haben. Aber sie will jetzt nicht daran denken, will sich und den anderen nicht den Abend verderben. Schnell das Thema wechseln. »Tante Rosi, warum wurde das Haus hier zu DDR-Zeiten eigentlich nicht als Hotel genutzt? Ihr hättet euch doch vor den Nachfragen der Sachsen und Berliner nicht retten können, oder?«

»Ja, sicher. Aber wir mussten ja Mieter aufnehmen. Als 1945 die ganzen Flüchtlinge aus dem Osten kamen, wurden die erst einmal in den Hotels und Pensionen untergebracht. Wo hätten sie auch sonst hin sollen?«

»Und später? Das Haus gehörte doch deinen Schwiegereltern? Konnten die damit nicht machen, was sie wollten?«

Rosi zuckt mit den Schultern. »Nein, wohl nicht. Sonst hätten die es ja wieder als Pension betrieben, so wie vor dem Krieg. Aber ehrlich gesagt, weiß ich das alles nicht so genau. Mein Schwiegervater war schon tot, als ich hier eingeheiratet habe und meine Schwiegermutter – na ja. Ich war ja nun nicht gerade eine Vertrauensperson für sie. Sie war stinksauer auf die DDR, auf die Gemeinde Ahlbeck und eigentlich auf alles und jeden. Besonders auf mich.«

»Da hattest du es ja auch nicht gerade leicht hier?«, vermutet Nelda.

Die alte Frau lacht kurz und schüttelt den Kopf. »Nein, wirklich nicht. Die Alte konnte mich nicht ausstehen und das hat sie mich merken lassen, jeden verdammten Tag. Sie hat sich für ihren Sohn was Besseres gewünscht. Am meisten hat sie geärgert, dass ich mit in ihrer Wohnung gelebt habe. Aber mir blieb gar nichts anderes übrig. Ihr könnt euch das heute nicht mehr vorstellen, wie das war. Mein größter Traum war eine eigene Wohnung mit meinem Mann und meinem Kind. Aber in Ahlbeck gab es eine lange Liste mit Wohnungssuchenden, viele lebten noch beengter als wir. Theoretisch hätten wir in den drei Zimmern auch Platz genug gehabt, aber meine Schwiegermutter hat uns die ganzen Jahre wie unerwünschte Gäste behandelt. Wir hausten zu dritt – mein Mann, meine Tochter und ich – in ihrem Schlafzimmer. Der Kleiderschrank war noch voll mit ihren alten Pelzmänteln und uralter Bettwäsche. Sie schlief in einer kleinen Kammer, meist hielt sie sich in der Küche auf. Kochen durfte ich nur, wenn sie gerade nichts auf dem Herd hatte, und das kam selten vor. Trotzdem hat sie im ganzen Ort erzählt, dass ich nicht kochen könne.«

Die Schwestern hören erstaunt zu. Rosi hat noch nie viel über sich selbst und ihr Leben in diesem Haus erzählt, vielleicht liegt es am Wein, dass sie heute auch über ihren Mann spricht, an den die beiden Älteren sich nur sehr vage erinnern. Hatte ihre Mutter nicht mal erzählt, dass er ihre Schwester sehr schlecht behandelt und sie dauernd betrogen hat?

»Mein Mann und euer Vater haben sich nicht so richtig verstanden«, erklärt ihre Tante. »Er ist dann ja auch schon 1995 gestorben.«

Ina glaubt, ein kurzes Lächeln auf dem Gesicht ihrer Tante zu erkennen, als diese mit einem kräftigen Schluck ihr Weinglas leert.

»Meine Trauer hielt sich in Grenzen«, gibt die dann auch unumwunden zu. »Er war kein Guter – wirklich nicht. Danach ging es mir entschieden besser.«

»Aber für Sandra muss es doch schwer gewesen sein?«, überlegt Fiona. »Sie war doch erst vier oder fünf?«

»Ja, schon, aber sie ist schnell darüber hinweggekommen. Sie kommt eben ganz nach ihrem Vater. – Nicht nur äußerlich.«

Ina möchte gern nach ihrer Cousine fragen, aber sie weiß, das würde die Stimmung verderben. Rosi spricht nie über ihre Tochter, die schon mit sechzehn aus Ahlbeck verschwunden ist. Angeblich wusste jahrelang niemand, wo sie sich aufhielt. Es gibt nur Gerüchte in der Familie, sie sei rauschgiftsüchtig, sie sei in Amerika, dann wieder, dass sie in Berlin sei. Ob ihre Tante jetzt wohl weiß, wo ihre Tochter ist? ›Ich sollte unsere Mutter mal fragen‹, überlegt Ina. ›Sie hat doch wieder ein gutes Verhältnis zu ihrer Schwester, soweit ich weiß, telefonieren sie oft miteinander. Vielleicht hat Rosi ihr was über Sandra erzählt?‹

Niklas kommt herein, er war draußen, um zu rauchen. Hier drin hat Nelda es ihm verboten, angeblich bekommt sie Kopfschmerzen vom Zigarettenrauch. »Ihr sitzt ja noch alle hier«, stellt er erstaunt fest. »Wer ist denn außer uns noch im Haus? Ich habe eben ganz deutlich eine Tür klappen gehört.«

»Das wird der Wind gewesen sein«, vermutet Rosi. »Die Fenster sind alle undicht, vielleicht ist auch eins offen. Geh doch morgen mal durchs Haus und sieh nach!«

»Es ist gar nicht windig«, murrt Niklas leise.

Fiona ist plötzlich sehr blass und ihre Hand zittert, als sie schnell das Weinglas absetzt.

»Musst du immer so einen Unsinn erzählen?«, fährt Nelda ihren Neffen an. »Du weißt doch, dass deine Mutter schon vor ihrem eigenen Schatten Angst hat, also fang jetzt nicht mit irgendwelchen Spukgeschichten an. Wer weiß, was du gehört hast!?«

Niklas giftet zurück, es entbrennt ein Streit, den Rosi beendet, in dem sie Ina bittet, sie in ihr Zimmer zu bringen. »Ich bin schon nüchtern wacklig auf den Beinen«, erklärt sie verlegen lächelnd, »und nach ein paar Gläsern Wein brauche ich tatsächlich jemanden, der mich ins Bett bringt.«

Als Ina zurückkommt, sind Nelda und Fiona beim Aufräumen, Niklas hat sich beleidigt zurückgezogen. ›Schade‹, Ina wollte ihn bitten, noch heute die oberen Etagen zu kontrollieren. Auch sie meint, gestern Nacht Schritte und Türenklappen von oben gehört zu haben. Aber wahrscheinlich hat sie nur geträumt.

9

Montag, 14. Mai

Ina entscheidet sich, den Kiosk heute etwas früher zu schließen. Das Wochenende lief richtig gut, es sind bereits eine Menge Gäste auf der Insel. Das liegt vermutlich am Wetter, es ist für die Jahreszeit schon warm, der Himmel und das Meer sind strahlend blau, alles wird jetzt sehr schnell grün und überall an der Promenade blühen Tulpen. Die Menschen sind freundlich und gut gelaunt, Ina ganz besonders. Sie denkt nicht mehr täglich an ihren verstorbenen Mann. Ihr Gefühl, dass Ahlbeck einen Neuanfang bedeutet, hat sie nicht betrogen. Es gefällt ihr, endlich wieder eine Familie zu haben, mit der sie zusammen reden, essen und lachen kann. Ein Zuhause eben, in das man nach der Arbeit gern zurückkehrt. Einer Arbeit, die anstrengend, aber erfüllend ist, mit vielen Menschen um sich herum und sogar einem besonderen. Sie lächelt, als sie an den Rettungsschwimmer denkt. Für eine neue Beziehung ist sie noch nicht offen, aber sie hat schon wieder Spaß an einem kleinen Flirt. Inzwischen weiß sie, dass er Simon heißt, in Hamburg wohnt, aber ein paar Wochen im Sommer regelmäßig in Ahlbeck bei seinen Eltern verbringt und als Rettungsschwimmer arbeitet. Das ist nicht viel, aber sie hat auch kaum etwas über sich erzählt. Sie genießen die Gegenwart, reden über belanglose Dinge und lachen oft gemeinsam. Sie haben den gleichen Humor, hat Ina festgestellt, und das ist doch schon eine Menge.

Es ist erst früher Nachmittag, aber alle Fischbrötchen sind bereits verkauft und ihr Rücken schmerzt ein wenig – die letzten drei Tage waren doch ziemlich anstrengend. Während sie auf der Promenade entlang nach Hause schlendert, denkt sie über Rosis Idee nach, sich einen Barhocker in den Kiosk zu stellen. Den ganzen Tag zu stehen, das hält sie über Sommer nicht durch. Und ein Stuhl ist zu niedrig, sie will hinaussehen können. Mit einem Barhocker könnte sie vielleicht sogar im Sitzen die Kunden bedienen. ›Oder sieht das blöd aus? Ich müsste es einfach mal probieren‹, denkt Ina. ›Aber wo kriege ich so ein Ding her? Hatte Rosi nicht mal eine Bar im Haus?‹

Sie will gerade an Rosis Tür klopfen, als sie von der anderen Seite, aus dem Speiseraum, deren Stimme hört. Ina versteht nicht, was ihre Tante sagt, aber, dass sie ziemlich ärgerlich ist und jemanden beschimpft. Hat Niklas wieder was angestellt? Sie öffnet die Tür und erblickt einen jungen Mann, der sich lässig auf einen Stuhl geflegelt hat, die langen Beine weit von sich gestreckt, während Rosi offenbar erregt vor ihm steht.

Als sie Ina bemerkt, schweigt sie und wirft ihrem Gegenüber einen wütenden Blick zu. »Das ist Malte«, stellt ihre Tante ihn dann widerwillig vor. »Malte Schlüter, mein –« Sie zögert.

»Stiefsohn?«, schlägt der Mann vor und grinst.

»Der uneheliche Sohn meines verstorbenen Gatten«, erklärt Rosi bissig.

Ina versucht zu schätzen, wie alt dieser Fehltritt ist. Auf jeden Fall sieht er sehr gut aus, ein bisschen Typ Wikinger mit seiner großen, kräftigen Statur und den blonden, leicht gelockten Haaren, aber dafür sind seine Gesichtszüge zu feminin. Ina mag ihn nicht, alles an ihm ist ein bisschen drüber, etwas zu unecht, die Haare zu glänzend, die Zähne zu weiß, die Lippen zu voll und das Lächeln zu freundlich. Auch die Kleidung passt dazu: weiße Jeans, rosa Hemd, Sonnenbrille im Haar – wofür hält der sich?

Rosi jedenfalls scheint nicht viel von ihm zu halten, sie verzichtet darauf, Ina vorzustellen, und fordert ihn auf: »Verschwinde jetzt, ich hab zu tun!«

Er lächelt weiterhin, nun allerdings etwas mühsam, während er sich betont langsam erhebt. »Also schön, man sieht sich. War nett, dich kennenzulernen! Wenn auch nur inkontinent.«

»Wie bitte?« Ina sieht verblüfft auf die Tür, die hinter dem Mann zugefallen ist, und dann zu ihrer Tante. »Was hat der gesagt?«

Rosi lacht. »Er meinte wahrscheinlich ›inkognito‹. Vergiss es, er ist einfach ein Idiot!«

»Was wollte er denn von dir? Warum hast du ihn eigentlich angeschrien?«

»Weil er andauernd irgendwas von mir will. Meistens Geld. Jetzt will er hier im Haus wohnen. Ich will ihn aber nicht um mich haben.«

»Aber du hast doch keine Verpflichtung ihm gegenüber, oder? Schmeiß ihn doch einfach raus!«

»Das mach ich ja dauernd. Aber er kommt immer wieder. Und ich habe auch ein schlechtes Gewissen ihm gegenüber. Immerhin hat das Haus ja mal seinem Vater gehört. Ich habe es natürlich geerbt, das war so im Testament festgelegt.

Außerdem hat mein Mann ihn nie offiziell anerkannt. Aber der sieht ihm so ähnlich – also da gibt es gar keinen Zweifel. Hat der nun irgendwelche Rechte, auf einen Pflichtteil, oder so was? Ich müsste mich da wohl wirklich mal drum kümmern.«

»Ich weiß das auch nicht. Hat er denn was davon gesagt?«

»Nein, nicht so direkt. Er labert nur herum. ›Das bist du mir schuldig‹ und so was. Er ist auch viel zu dämlich, um die Rechtslage zu kennen.« Rosi stützt sich am Tisch ab und lässt sich dann stöhnend auf einem Stuhl nieder. »Komm, setz dich einen Moment her zu mir! Ich wollte dich sowieso mal allein sprechen. Weißt du, ich habe euch drei ja jetzt ein bisschen besser kennengelernt. Das war ehrlich gesagt auch ein Grund, weshalb ich euch gebeten habe, hier zu wohnen. Ich mag euch alle drei, wirklich. Und auch Niklas. Aber nur eine von euch kann das Haus übernehmen. Wenn ich es euch zu gleichen Teilen vermache, werdet ihr es verkaufen, das geht gar nicht anders.«

»Wir könnten es doch zu dritt betreiben«, wirft Ina schnell ein. Sie will das Gespräch nicht. In Sekunden gehen ihr Szenarien durch den Kopf: erbitterter Streit mit den Schwestern; die ziehen sich zurück, sie ist wieder allein in Ahlbeck; Sandra, die ihr Erbe einfordert; Malte, der sie verklagt; und im besten Fall eine marode Pension, die sie nicht verkaufen darf, weil sie es ihrer Tante versprochen hat. ›Aber, Moment, noch hat sie nicht gesagt, wem sie das Haus überlassen will.‹ – »Oder«, fährt sie ein wenig erleichtert fort, »gib es Nelda! Die ist die Älteste, die Vernünftigste und sie versteht was von Finanzen.« – ›Natürlich, das ist das Beste. Vermutlich wollte Rosi das auch gerade sagen.‹

Aber die schüttelt den Kopf. »Nein, Ina, ich möchte, dass du das Haus bekommst. Du stehst mir am nächsten, bist wie eine Tochter für mich.«

»Ja, aber, was ist mit Sandra? Es ist doch ihr Erbe.«

»Schon, aber ich habe schon seit Jahren keinen Kontakt mehr zu ihr.« Rosis Stimme wird brüchig, sie zittert und Ina nimmt sie schnell in den Arm. »Du glaubst gar nicht, wie sehr sie mir fehlt, trotz allem. Ich denke jeden Tag an sie«, flüstert die alte Frau.

Eine Weile schweigen beide, dann richtet Rosi sich auf und wischt eine Träne aus dem Augenwinkel. »Sie kommt bestimmt irgendwann wieder und dann werden wir die Vergangenheit vergessen und ich tue alles für sie, was ich kann. Aber davon habe ich schon zu lange geträumt. Jetzt muss ich endlich etwas tun. Bitte Ina, sag, dass ich mich auf dich verlassen kann! Versprich mir, dass das Haus in der Familie bleibt! Ich weiß, dass du das kannst.«

Ina fühlt sich überfordert von der Verantwortung, die ihr da aufgebürdet wird, ist aber auch ein wenig stolz. Noch nie hat ihr jemand wirklich etwas zugetraut. Rosi ist eine kluge Frau und mit Sicherheit eine gute Menschenkennerin. ›Wahrscheinlich kennt sie mich besser, als ich mich selbst. Bisher bin ich immer den leichtesten Weg gegangen, habe meine Fähigkeiten noch nie ausgetestet.‹

»Der Mensch wächst mit seinen Aufgaben«, fährt Rosi fort.

›Anscheinend kann sie auch Gedanken lesen.‹

Die beiden Frauen sehen sich in die Augen. Liebevoll und ermunternd die eine, ängstlich, aber zunehmend entschlossen die andere.

»Siehst du«, flüstert Rosi und streicht Ina über die Hand, »du kannst alles schaffen, was du willst. Du musst nur an dich glauben! Und noch bin ich ja da, ich helfe dir schon.«

Noch während Ina darüber nachdenkt, wie ihre Schwestern diese Entscheidung aufnehmen werden, schlägt ihre Tante vor: »Wir können es ja erst einmal für uns behalten. Im Moment kann alles so bleiben, wie es ist. Ich gehe zum Notar und lasse das Testament aufsetzen. Dann bin ich beruhigt und weiß, dass alles seine Ordnung hat, wenn es mal schnell geht.«

Ina zuckt zusammen und will fragen, was sie damit meint, aber Rosi schüttelt unwillig den Kopf und fährt schnell fort: »Dann frage ich auch gleich, ob Malte uns Ärger machen kann. Wahrscheinlich steht ihm irgendein Pflichtteil zu, das kann so viel nicht sein. Vielleicht kann ich ihn ja auszahlen, dann hast du wenigstens Ruhe vor ihm.«

10

Ina konnte nicht einschlafen, sie war aufgeregt, schwankend zwischen Stolz, Freude und blanker Angst. Sie überlegte, mit Nelda darüber zu reden. Oder mit Fiona? Nein, Rosi hat recht, erst einmal soll es bleiben, alles läuft gerade gut. Flüchtig hat sie an Simon gedacht und dann eine Schlaftablette genommen.

Sie wird von einem gellenden Schrei geweckt, fährt hoch und glaubt für einen Moment, doch nur aus einem ihrer Albträume zu schrecken. Dann hört sie Fionas Stimme, noch aufgeregter als sonst, panisch. Nelda – ist das Nelda? Die Stimme klingt fremd. Eilige Schritte auf dem Flur, weiter hinten wird eine Tür aufgerissen. Fiona schreit noch immer: »Niklas! Niklas!«. ›Den wird sie doch sowieso nicht wachbekommen. Wie spät ist es überhaupt?‹ Als ihre Tür aufgestoßen wird, öffnet Ina mühsam die Augen. »Lass mich in Ruhe, Fiona!«, murmelt sie.

Dann sieht sie Nelda am Türrahmen lehnen. Korrekt gekleidet wie immer, aber ungeschminkt und ungekämmt, leichenblass. Sie hält die rechte Hand hoch, die in ein Handtuch gewickelt ist, und stöhnt. »Hilf mir bitte! Es tut so weh!«

Ina hält sich kurz am Schrank fest, nachdem sie aus dem Bett gesprungen ist, ihr ist schwindlig. Was zum Teufel ist hier los?

Um elf Uhr vormittags wärmt die Sonne bereits, der Ostwind ist noch frisch, aber hier, hinter dem Kiosk, lässt es sich aushalten. Anne hat ihren Gästen wieder eine halbe Stunde Freizeit gegeben, inzwischen kann sie in Ruhe einen Kaffee trinken und mit Ina plaudern. Ina mag die rothaarige Reiseleiterin, die sie immer zum Lachen bringt und mit der man so gut reden kann. Vielleicht liegt es auch daran, dass sie eine Freundin braucht. Ina hat zwar ihre Schwestern, mit denen sie sich inzwischen auch ganz gut versteht, aber Fiona ist stets nervös und regt sich über jede Kleinigkeit auf. Nelda kehrt zu gern die große Schwester heraus, die alles besser weiß und ständig versucht, andere zu erziehen. Außerdem hat jede von ihnen mit sich selbst zu tun. Nur schade, dass Anne meistens nur wenig Zeit hat.

Jetzt blickt sie Simon hinterher, der seinen Kaffee schon getrunken hat und zum Strand geht. »Wieso haut der eigentlich immer ab, wenn ich komme? Hab ich euch gestört? Da fühlt man sich ja wie das vierte Rad am Wagen.«

»Ach Quatsch, da ist nichts. Ich hab wirklich andere Probleme.«

»Was ist denn los? Du bist heute so nervös. Ist was passiert?«

»Nelda ist im Krankenhaus.« Ina möchte weiterreden, steht aber auf, als Kunden an den Kiosk kommen.

Anne sieht ihr erschrocken hinterher. »Ich kann heute Nachmittag noch mal herkommen, wenn du willst. Meine Gäste sind sowieso hier im Ostseehotel. Gegen halb fünf bin ich wieder da, dann können wir in Ruhe reden«, schlägt sie vor, als sich Ina wieder an den Tisch setzt.

»Das wäre echt toll.«

»Gut, ich muss dann auch. Also, bis später!«

»Super, bis dann!« Ina freut sich wirklich. Obwohl Anne meist sehr laut und lebhaft ist, strahlt sie doch eine gewisse Ruhe aus, was vermutlich an ihrem Selbstbewusstsein und ihrem Humor liegt. Sie ist es gewohnt, dass sich alle auf sie verlassen, und kann damit umgehen. Viel weiß Ina nicht über die große rothaarige Frau, die vermutlich um die 50 Jahre alt ist. Nur dass sie keine Familie, aber eine sehr gute Freundin hat, die ein Hotel in Bansin betreibt.

Als die Reiseleiterin am Nachmittag zurückkommt, ist Ina noch mit den Kunden beschäftigt. Anne setzt sich an den kleinen Tisch, streckt die Beine von sich und blinzelt in die Sonne.

»Herrlich!«, stellt sie fest, als Ina ihr einen Kaffee hinstellt. »Es ist schon richtig warm, endlich braucht man keine Jacke mehr. Ich liebe den Sommer.« Sie blickt ihr Gegenüber an. »Was ist denn mit deiner Schwester?«

»Sie ist wieder zu Hause. Aber ihre Hand ist verätzt. In ihrer Reinigungsmilch war Rohrreiniger oder so was.« Ina beugt sich über den Tisch und spricht mit Tränen in den Augen erregt weiter: „Stell dir das mal vor! Sie wollte sich das Zeug gerade ins Gesicht reiben. Sie wäre doch für immer entstellt gewesen. Wer macht denn so was?«

Anne hört aufmerksam zu und sieht Ina prüfend an. »Was sagt denn die Polizei dazu?«

»Polizei? Ja, ich weiß nicht. Ich glaube«, sie überlegt, »Niklas hat nichts gesagt von Polizei.«

Die beiden Frauen schweigen. Anne beobachtet eine große Möwe, die den Inhalt eines Papierkorbes untersucht.

Ina sieht sie schüchtern von der Seite an. »Glaubst du mir nicht? Es ist wirklich alles sehr seltsam.«

»Ja, das ist es. Meinst du, es war jemand aus der Familie?«

»Weil Nelda keine Anzeige erstattet hat? Vielleicht hat sie es ja und ich weiß es nur noch nicht. Niklas war auch kurz hier, auf dem Weg zur Arbeit, er hat nicht viel gesagt.«

»Wie ist er denn so, dein Neffe? Verstehst du dich gut mit ihm?«

Ina zögert, sie spricht nicht so gern über ihre Familie. Es fühlt sich ein wenig wie Verrat an. Aber sie muss mit jemandem reden und Anne ist bestimmt keine Frau, die über Dinge spricht, die ihr im Vertrauen erzählt wurden. Außerdem ist sie keine Ahlbeckerin – im Moment sieht Ina das als Vorteil. »Es gab mal ein Gerücht in Ahlbeck, das unsere Familie unheimlich belastet hat, deswegen sind wir sogar hier weggezogen. Das war gleich nach der Wende.« Sie erzählt über die schlimme Zeit, als die Familie versuchte, in einem fremden Dorf neu zu beginnen, als wirklich alles schiefging und sich ihre Eltern so veränderten. »Ich habe den Grund erst Jahre später erfahren, mit mir hat eigentlich nie jemand darüber gesprochen. Das war das Schlimmste, weißt du. Ich hatte dauernd Angst und wusste überhaupt nicht, was los war.« Ina erinnert sich, dass sie vielleicht zwölf Jahre alt war, als sie im Dorfladen das Wort »pädophil« in Bezug auf ihren Vater aufschnappte und beim Abendessen nach der Bedeutung fragte. Ihre Mutter brach sofort in Tränen aus. Fiona fing ebenfalls hysterisch an zu schluchzen. Nelda schnauzte sie an »Halt die Klappe!«, als sie nach einer Erklärung verlangte. Aber das

Schlimmste war der verzweifelte Gesichtsausdruck ihres Vaters, der seinen Teller wegschob und aus dem Zimmer ging. Kurz darauf verließen ihre Schwestern das Dorf. Nelda nahm eine Stelle als Steuerberaterin in der Nähe von Potsdam an und Fiona gründete früh eine Familie und lebte mit Mann und Kind in einem Dorf in Mecklenburg.

»Meine Eltern wohnen jetzt in einer Kleinstadt in Niedersachsen. Ich habe Verkäuferin gelernt und dann aber auch bald geheiratet. Ich bin zu meinem Mann gezogen, in die Nähe von Rostock. Er lebt nicht mehr – aber darüber möchte ich jetzt nicht reden.«

Anne nickt nachdenklich. »Dann hast du also kein so enges Verhältnis zu deinen Schwestern. Eigentlich kennt ihr euch ja kaum«, stellt sie fest.

»Ja, stimmt. Ich hatte gehofft, das ändert sich, wenn wir hier alle zusammen wohnen. Ich hab mich wirklich darauf gefreut. Eigentlich mag ich sie nämlich wirklich und Niklas auch.«

»Natürlich magst du sie. Sie sind doch deine Familie. Ist eigentlich nett von eurer Tante, euch hier alle aufzunehmen.«

Ina glaubt, einen misstrauischen Unterton zu hören, und erklärt die Umstände ihres Zusammenlebens. Für einen Moment erwägt sie, Anne von Rosis Angebot zu erzählen, aber sie hat versprochen, es zunächst für sich zu behalten. »Denkst du wirklich, jemand aus meiner Familie wollte Nelda das Gesicht verätzen? Da käme ja nur Niklas infrage. Aber ehrlich – ich kann mir das einfach nicht vorstellen. So ist der nicht. Nelda hat ihn vor ein paar Tagen ziemlich heftig angegangen, er solle sich endlich mal einen festen Job suchen und nicht nur als Aushilfe arbeiten. Sie hätte in seinem Alter schon fast auf eigenen Beinen gestanden, hätte gewusst, was sie aus ihrem Leben machen will und solche Dinge. Ich fand das, ehrlich gesagt, ziemlich schroff und er war auch erst einmal eingeschnappt. Ich wollte sie eigentlich deshalb später kurz zur Rede stellen, aber habe noch keinen guten Zeitpunkt gefunden.«

»Vielleicht war es nur ein Dummer-Jungen-Streich und er hat nicht gewusst, wie scharf das Zeug ist. Wahrscheinlich ist er jetzt selbst erschrocken, was er da für einen Mist gebaut hat.«

»Ich weiß nicht. Aber das wäre natürlich eine Erklärung dafür, dass Nelda keine Anzeige erstattet hat. Dann hat er es ihr wohl gebeichtet.« Ina ist erleichtert, eine halbwegs logische Erklärung für den schrecklichen Vorfall zu haben. Ja natürlich, anders kann es gar nicht gewesen sein. Wie hätte ein Fremder in Neldas Bad kommen sollen? Und wer würde sie so hassen, um diesen Anschlag zu verüben? Sie kennen doch kaum jemanden im Ort.

Kurz spürt sie wieder dieses wohlbekannte Gefühl von Angst und Unsicherheit. Aber dann begegnet sie Annes ruhigem Blick und lächelt erleichtert. »Wenn man darüber redet, ist alles nicht mehr so schlimm«, stellt sie fest und denkt: ›Warum haben unsere Eltern das nicht schon vor siebenundzwanzig Jahren gewusst?‹

Abends kann Ina nicht einschlafen. Sie denkt über das merkwürdige Abendessen mit ihrer Tante und ihren Schwestern nach. Rosi war blass und zittrig, Nelda und Fiona haben die meiste Zeit auf ihre Teller gestarrt und sich hin und wieder misstrauisch angesehen. Nelda wirkte etwas abwesend, sie hatte starke Schmerzmittel genommen, Fiona sah verheult aus. Ina half ihrer ältesten Schwester, deren rechte Hand dick bandagiert war, ein Brot zu schmieren, sie tauschten belanglose Bemerkungen aus. Niemand sprach über den Vorfall am Morgen.

›Also war es wohl tatsächlich Niklas‹, denkt Ina. ›Na, das wird ihm ja hoffentlich eine Lehre sein. Er ist nun wirklich zu alt für dämliche Streiche.‹

11

Auch Fiona liegt wach. Seit ihrer Jugend hat sie Probleme mit dem Einschlafen. Kaum schließt sie die Augen, fallen Ängste und Sorgen über sie her. An guten Tagen denkt sie nur darüber nach, was sie wieder Falsches gesagt oder wo sie sich mit ihrer Schusseligkeit blamiert hat. Aber meist wälzt sie Probleme, die Niklas betreffen. Geht er wirklich regelmäßig arbeiten oder belügt er sie wieder, wie so oft schon, und ist längst rausgeflogen? Er hat sich total neu eingekleidet und redet davon, ein Auto zu kaufen. Woher hat er das Geld? Heute ist es noch schlimmer. Warum hat beim Abendessen niemand über Neldas Verletzung gesprochen, nicht einmal Ina? Sie redet doch sonst am meisten und über alles und jeden. Glauben die wirklich, dass Niklas es war, der etwas in Neldas Reinigungsmilch gemischt hat? Und – war er es?

Fiona stößt die Bettdecke von sich, knipst die Nachttischlampe an und springt auf. Sie hält es nicht aus im Bett. Dann steht sie mitten im Zimmer und weiß nicht, was sie machen soll. Sie ist zu unruhig, um zu lesen, blickt auf den Fernseher, nimmt die Fernbedienung in die Hand, legt sie aber wieder weg. Als sie versehentlich in den Spiegel sieht, zuckt sie zusammen. Was für ein Schreckgespenst! Das ausgeblichene T-Shirt, das sie zum Schlafen trägt, lässt ihr knochiges Schlüsselbein frei, der Hals ist noch faltiger geworden und unter den großen, blassblauen und etwas hervorstehenden Augen liegen tiefe Schatten. Sie lässt sich langsam auf der

Bettkante nieder und denkt nach. Seit wann geht es ihr eigentlich wieder so schlecht? Sie hat so viel Hoffnung auf diesen Neuanfang in Ahlbeck gesetzt. Und eigentlich ist doch auch alles gut, denkt sie beinahe trotzig. Die Arbeit mit den Kindern macht Spaß, die Chefin ist sehr freundlich und hat ihr einen festen Vertrag so gut wie zugesagt. Aber das Getuschel der Kolleginnen, bildet sie sich das ein? Ja, vermutlich. Sie ist einfach zu empfindlich. Ob Nelda auch den Leuten aus dem Weg geht, die sie von früher zu kennen glaubt? Sie scheut sich, ihre Schwester zu fragen, weil sie die Antwort kennt. »Du spinnst mal wieder, du machst dich selbst verrückt«, würde Nelda sagen. Ja, sicher ist das so, die meisten Probleme bestehen nur in ihrer Einbildung. Aber eben nicht alle. Wahrscheinlich ist sie schon halb verrückt, aber wer wäre das nicht, wenn er den eigenen Mann überfahren hätte. Sie sollte wohl wirklich mal zu einem Psychiater gehen, wie ihr der nette Polizist geraten hat. Bevor sie ganz durchdreht. Aber sie hat Angst, dass sie dem mehr erzählen würde, als sie eigentlich will. Nein, damit muss sie allein fertig werden. »Es war ein Unfall«, flüstert sie, »ein verdammter Unfall, ich konnte überhaupt nichts dafür.« Sie starrt auf die Wand und sieht wieder die ungläubig aufgerissenen Augen vor sich, erinnert sich, wie sie zuerst auf das Gaspedal getreten ist, voller Wut und Hass und Angst, aber in voller Absicht, und erst dann auf die Bremse. An das, was danach war, erinnert sie sich nur noch schwach. Niklas hat einen Krankenwagen gerufen, aber erst eine ganze Zeit später. Vorher hat er ihr aus dem Auto geholfen und hat auf sie eingeredet. »Es war dunkel, hörst du? Er ist plötzlich aus dem Dunkel vor das Auto gelaufen, du konntest ihn nicht sehen. Hast du das verstanden? Das Licht habe ich erst angemacht, als ich den Schrei gehört habe.« Fiona weiß bis heute nicht, ob er oder sie selbst geschrien hat. Niklas, ihr widerspenstiger, frecher Bengel, ihr Kind, war plötzlich der Erwachsene. Er gab ihr vor, was sie sagen und wie sie sich verhalten sollte. Und so ist es seit diesem Tag geblieben. Er hat sich um die Beerdigung gekümmert, er hat allen erklärt, dass sie noch immer unter Schock stünde, dass sie seinen Vater geliebt habe und sich diesen Unfall niemals verzeihen könne, wie sehr sie noch immer leiden würde. Dabei war es ihr danach sogar besser gegangen. Unter den Zwängen hatte sie schon vorher gelitten. Sie hasst es, wenn jemand hinter ihr steht, hat am liebsten immer eine Wand im Rücken, kann nur schlafen, wenn ihre Zimmertür abgeschlossen ist, und bekommt Herzrasen, wenn jemand lauter mit ihr spricht. Nur, dass sie nicht mehr Auto fährt, ist neu, aber dafür hat natürlich jeder Verständnis. Sogar Niklas, obwohl er erst gemurrt hat, sie solle sich nicht so anstellen. Aber dann hat sie ihm seinen Führerschein bezahlt. Damit gab er sich zufrieden und hat sie seitdem nicht mehr bedrängt. Ihr Sohn ist Fionas einziger Vertrauter, ihre Stütze, er gibt ihr Halt und – er macht ihr Angst.

Als sie sich wieder hingelegt hat und in die Dunkelheit starrt, denkt sie an Rosis Stiefsohn Malte, mit dem Niklas sich anscheinend sehr gut versteht. Sie mag den gutaussehenden jungen Mann nicht, misstraut ihm, wie sie allen attraktiven Männern misstraut. Obwohl er vom Typ her genau das Gegenteil von ihrem Mann ist, der war dunkelhaarig, kaum mittelgroß und drahtig. Aber er hatte auch so ein hübsches, beinahe mädchenhaftes Gesicht und dieses falsche Lächeln, das ihr an Malte sofort aufgefallen war. Auch wenn dieser sehr ruhig und ausgeglichen wirkt und man sich nicht vorstellen kann, dass er jähzornig ist und eine Frau oder ein Kind schlägt: Zu hübsche Männer mit einem zu freundlichen Lächeln, die leise und auffallend höflich reden, sind ihr äußerst suspekt.

12

Simon streicht über seine Glatze, auf der sich die Sonne spiegelt und die bereits leicht gebräunt ist. Während Ina gerade überlegt, wie sein Kopf wohl aussähe, wenn er den Haaren eine Chance geben würde, fragt Anne einfach danach. »Na, Meister Propper, was käme denn eigentlich zum Vorschein, wenn du dich mal zwei Wochen nicht rasieren würdest?«

»Auf dem Kopf meinst du?«

»Na sicher, auf dem Kopf. Wo du dich sonst noch rasierst, weiß ich ja nicht.«

»Soll ich es dir zeigen?«

»Nee, lass mal! Lenk nicht ab!«

»Also, wenn du es unbedingt wissen willst: Nach einem halben Jahr würdest du eine goldblonde Lockenpracht bewundern können. Aber dann müsste ich im Job immer eine Badekappe tragen, das will ich nicht.«

»Tatsächlich? Na, wer will das schon. Aber wem willst du einen Apfel für ein Ei vormachen – wahrscheinlich hast du schöne Geheimratsecken in deiner Lockenpracht oder eine Tonsur wie ein Mönch. Du bist schließlich auch keine zwanzig mehr.«

Simon lacht. »Nein, ich bin 42, wenn du es genau wissen willst. Und blonde Locken hatte ich noch nie, aber schon mit 35 eine Halbglatze und die restlichen Haare sind grau. Da sieht eine schön polierte Glatze doch cooler aus, oder?«

»Aber auf jeden Fall«, gibt Anne zu.

Der Rettungsschwimmer zwinkert Ina zu und verabschiedet sich mit einem kurzen Winken.

»Irgendwie ist der zu gut, um echt zu sein«, murmelt Anne, während sie ihm nachsieht, fügt dann aber nach einem Blick auf Ina schnell hinzu: »Ich mag keine Männer, die besser aussehen als ich, ich hab da so meine Erfahrungen. Aber das muss gar nichts bedeuten und für eine Sommerromanze ist der auf jeden Fall perfekt.«

»Du, mir liegt gar nichts an einer Romanze, ehrlich. Und an mehr schon gar nicht. Und außerdem hat er eine Freundin, glaube ich, und die sieht wirklich gut aus: blond, lange Haare, lange Beine und mindestens zehn Jahre jünger als ich. Die arbeitet drüben im Restaurant als Kellnerin. Und seit Simon öfter mit mir Kaffee trinkt und quatscht, wirft sie mir ziemlich finstere Blicke zu, wenn wir uns da treffen. Dumme Gans – ich bin doch nun wirklich keine Konkurrenz für sie.«

»Ach komm, ich hab doch gesehen, wie er dir zugezwinkert hat, das war ja nun wirklich ein Wurf mit dem Zaunpfahl.«

»Unsinn, da läuft gar nichts. Aber er ist nett, ich unterhalte mich gern mit ihm.«

»Was macht der eigentlich beruflich? Rettungsschwimmer ist doch nur so ein Nebenjob, soviel ich weiß. Davon kann man jedenfalls nicht das ganze Jahr leben.«

»Er ist auch nur im Sommer hier in Ahlbeck und wohnt bei seinen Eltern. Im Winter lebt er in Hamburg. Aber was er da macht, weiß ich nicht so genau.« Sie überlegt. »Ich glaube, er arbeitet in der Gastronomie. Er hat mal erwähnt, dass er

Kellner gelernt hat. Aber eigentlich spricht er nicht so viel über sich selbst.«

»Das ist doch schon mal ein angenehmer Charakterzug. Oder er hat was zu verbergen.«

Während Anne an der Jugendstiluhr vor der Seebrücke steht, an der sich ihre Reisegruppe allmählich zusammenfindet, denkt Ina über das Gespräch nach. Sie mag den Mann mehr, als sie der Freundin gegenüber zugegeben hat. Und er sie anscheinend auch. Er kommt gern am frühen Vormittag, wenn Ina noch keine Kunden hat, dann haben sie Zeit, um in Ruhe miteinander zu reden. Er hat eine angenehme Stimme, findet Ina, und er ist witzig. Aber er kann auch gut zuhören und Ina erzählt manchmal mehr, als sie will. Sie hat kein schlechtes Gefühl dabei, sie hält Simon für klug und vertrauenswürdig. Heute Morgen hat sie ihn nach Malte Schlüter gefragt.

Simon scheint ihn recht gut zu kennen, er wohnt in der Nähe seiner Eltern. »Ich kannte noch seine Mutter, das war eine sehr nette Frau«, erinnerte er sich. »Aber sie hat Malte zum Muttersöhnchen erzogen. Ich glaube, er ging schon in die dritte oder vierte Klasse, da hat sie ihn immer noch zur Schule gebracht und seine Tasche getragen. Und seine Hausaufgaben hat sie wohl auch gemacht. Na ja, er war aber auch ziemlich dämlich. Die anderen Kinder haben ihn nur gehänselt.«

»Tante Rosi hat auch gesagt, dass er dumm ist, also wird es wohl stimmen. Dass er ausgerechnet ihr auf den Wecker fällt, ist ja nun auch nicht gerade ein Zeichen von Intelligenz. Aber wahrscheinlich hat er niemand anderen. Kanntest du eigentlich seinen Vater, also Rosis Mann?«

»Nein, nicht so richtig, ich hatte nie etwas mit ihm zu tun. Aber er war ja Ahlbecker, man kannte sich vom Sehen und hat sich auf der Straße gegrüßt. Die Familie gehörte zu den Ureinwohnern, einer seiner Vorfahren war Fischer und hat die Pension Daheim gebaut. Er hat sich immer ganz gut angepasst, war vor der Wende in der richtigen Partei und gleich danach wieder im neuen Gemeinderat. Ein guter Geschäftsmann eben. Aber ich will ihn nicht schlechtmachen, er war ja irgendwie verwandt mit dir, also frag lieber deine Familie, die kannten ihn sicher besser.«

»In meiner Familie wird nicht so viel geredet«, gab Ina zu. »Und über Onkel Manfred schon gar nicht.« Sie erzählte, dass auch Rosi ihn nur in Nebensätzen erwähnt. »Aber ihre Ehe muss ziemlich schlimm gewesen sein, deswegen will ich da auch gar nicht weiter nachhaken. Jedenfalls war Tante Rosis Schwiegermutter wohl so ein richtiger Drachen und ihr Mann hat sie und ihre Tochter auch schlecht behandelt.«

»Das weiß ich nicht. Ich kannte die alte Frau Baumert nur flüchtig, wie man sich eben im Ort so kennt. Auf mich hat sie immer einen ganz netten Eindruck gemacht. Und Manfred Baumert auch, er war jedenfalls immer sehr freundlich.«

»Ich kann mich nur noch ganz dunkel an ihn erinnern. Er sah ziemlich gut aus, stimmt das? Rosi hat einmal so eine Anspielung gemacht, dass er sie öfter betrogen hat.«

»Das mag schon sein, sonst gäbe es Malte ja nicht.«

Ina winkt Anne kurz zu, die mit ihrer Reisegruppe in Richtung Busparkplatz zieht. Sie überlegt, ob sie in der Restaurantküche anruft, um noch ein paar Fischbrötchen zu ordern. Es sind schon eine Menge Gäste da und das Geschäft läuft allmählich an, wenn auch nicht so gut, wie Rosi es erwartet hat. Es gibt viele Imbissstände und Gaststätten in ihrer unmittelbaren Umgebung. Aber die Saison beginnt ja erst.

Eine Frau mit einem kleinen weißen Hund nähert sich. Ina beobachtet sie und hofft, dass sie nicht zu ihr an den Kiosk kommt. Das ist so gar nicht die Art von Kundin, die sie sich wünscht. Schon aus zwanzig Metern Entfernung hat Ina den Eindruck, die Frau würde unangenehm riechen. Jedenfalls sieht sie äußerst ungepflegt aus. Sie trägt eine Jogginghose, die ihr viel zu weit ist, und einen weinroten, fleckigen Anorak. Die grauen Haare hängen fettig und strähnig auf die Schultern, das Gesicht ist aufgequollen.

Nun tritt sie doch tatsächlich heran, verlangt ein Bier und blickt Ina feindselig an.

Die würde ihr am liebsten gar nichts verkaufen, aber sie will keinen Ärger. Die Frau ist offensichtlich schon angetrunken und man weiß ja nicht, wie sie reagieren würde. Außerdem sind keine anderen Kunden da, also gibt Ina ihr eine Flasche Bier und hofft, dass sie verschwinden würde. ›Die sieht aus, als wäre sie obdachlos‹, grübelt Ina.

Doch die Frau denkt gar nicht daran. Sie murmelt etwas vor sich hin, was offensichtlich dem Hund gilt, öffnet geschickt die Flasche, nimmt einen kräftigen Schluck und lässt sich dann am Tisch nieder. Das Tier legt sich neben den Stuhl, die kleine spitze Schnauze auf die Pfötchen gebettet und beobachtet Ina aus schwarzen Knopfaugen.

Die lächelt unwillkürlich. ›Der hat sicherlich Hunger‹, vermutet sie, holt eine Bockwurst aus dem Kühlschrank und schneidet ein Stück davon ab. »Na komm!«, lockt sie den Hund, nach einem vorsichtigen Blick auf seine Besitzerin, die sich bequem zurückgelehnt hat und das Gesicht mit geschlossenen Augen in die Sonne hält. Der Spitz hat sich aufgesetzt, sieht zu Ina, auf die Wurst, dann auf sein Frauchen und rührt sich keinen Zentimeter.

»Kiki nimmt nichts von Fremden«, erklärt die Fremde, »außerdem ist sie satt.« Sie trinkt den letzten Schluck Bier aus der Flasche, rülpst ungeniert und erhebt sich langsam. »Danke«, sagt sie im Weggehen und sieht Ina noch einmal aufmerksam aber nicht mehr ganz so feindselig an.

13

Eigentlich hätte Niklas den Rasen vor dem Haus mähen sollen. Nelda hatte ihn darum gebeten, oder es, dem Tonfall nach, eher befohlen, aber er hat es natürlich trotzdem nicht getan. Er ist sowieso nicht häufig im Haus. Niemand weiß so genau, ob er arbeitet oder wo er sich herumtreibt. Zu allem Überfluss hat er sich wohl auch noch mit Malte angefreundet, Ina hat die beiden schon mehrmals zusammen auf die Seebrücke gehen sehen.

Sie sitzt beim Frühstück und beobachtet einen fremden älteren Mann, der seinen Rasenmäher durch den Vorgarten schiebt. Er kommt ihr bekannt vor, wahrscheinlich ist es ein Nachbar. »Jetzt musst du noch fremde Leute beschäftigen, obwohl wir doch alle umsonst hier wohnen. Das wäre wirklich nicht nötig«, wendet sie sich beschämt an ihre Tante, die gerade, schwer auf ihren Stock gestützt, hereinkommt.

»Was? Ach so.« Nach einem Blick aus dem Fenster winkt Rosi ab und lässt sich stöhnend neben Ina nieder. »Das ist doch nur Herr Braun, der Nachbar.« Sie sieht auf die Uhr. »Ich muss zum Arzt, aber ich habe noch ein bisschen Zeit. Holst du mir einen Kaffee?«

»Ja.« Ina holt die Glaskanne von der Kaffeemaschine und gießt beide Tassen voll. »Aber du musst den doch bezahlen, oder? Umsonst wird der das auch nicht machen.«

»Doch, der würde das auch umsonst machen. Ich gebe ihm natürlich hin und wieder ein paar Euro, aber der ist froh, dass er was zu tun hat. Weißt du, Herr Braun war hier fast sein ganzes Leben lang Hausmeister. Zu DDR-Zeiten hat er in diesem Haus gewohnt. Er hat beim FDGB gearbeitet und von der Gemeinde ein paar Mark dafür bekommen, dass er für Ordnung sorgt, den Rasen mäht, die Straße fegt und kleine Reparaturen durchführt. Als er sich zum Heimleiter hochgearbeitet hatte, hat er einfach einen seiner Mitarbeiter hergeschickt, der das für ihn erledigt hat. Der hat das während seiner Arbeitszeit gemacht und er hat sich den Nebenverdienst selbst eingesteckt. Sozialistische Verhältnisse eben. Aber wir haben ihn dann nach der Wende trotzdem eingestellt, auch weil er mit seiner Frau ins Nachbarhaus gezogen ist. Dafür sind die beiden mir immer noch dankbar. Er fühlt sich auch irgendwie verantwortlich für das Haus, als wäre es sein eigenes. Mir ist das eher unangenehm, aber was soll ich machen? Ich will ihn nicht kränken, also lass ich ihn einfach. Seine Frau ist auch geistig ein bisschen … Na, du weißt schon. Ich glaube, sie wird jetzt langsam dement. Manchmal kommt sie mit einem Eimer an und wischt den Flur und die Treppen. Und wenn ich ihr Geld geben will, sieht sie mich ganz empört an und erklärt, sie bräuchte das nicht.«

Ina erinnert sich, dass sie gleich am Anfang, als sie hier waren, eine ältere, blond gefärbte Frau gesehen hat, die den Hausflur gewischt hat. Sie hat sie für Rosis Putzfrau gehalten und sich auch noch nie Gedanken darüber gemacht, wer das Haus eigentlich sauber hält. »Mensch, Tante Rosi, ich bin aber auch blöd. Ich bin so mit mir selbst beschäftigt, mit dem Kiosk und so – aber trotzdem, das war total gedankenlos.

Aber du kannst doch auch sagen, ob wir was machen sollen. Soll ich vielleicht mal in deiner Wohnung putzen? Oder helfen dir Nelda oder Fiona?«

Rosi lacht und schüttelt den Kopf. »Mädchen – nun reg dich bloß nicht darüber auf! Du arbeitest doch wirklich genug. Meine Wohnung kann ich noch allein sauber halten, die Fenster hat Nelda neulich geputzt. Und, wie gesagt, die Brauns helfen mehr, als mir lieb ist. Also mach dir keine Gedanken darüber, es ist alles gut.«

Ina hat gerade beschlossen, noch ein bisschen sitzenzubleiben und mit ihrer Tante zu reden – die ist viel zu oft allein, denkt sie –, als plötzlich die Tür aufgeht und Simon hereinkommt. »Tag, Frau Baumert, entschuldigen Sie die Störung! Ina, ich hätte ja angerufen, aber ich habe deine Nummer nicht, du musst wohl gleich mitkommen. Dein Kiosk wurde aufgebrochen. Die Polizei ist schon da.«

»Ach du Scheiße!« Ina springt auf. »Warte, ich hole nur den Schlüssel … ähm, brauch ich ja nicht, na trotzdem …« Sie ist völlig verwirrt.

Eine Stunde später hat sie den Kiosk geöffnet und verkauft Kaffee und Fischbrötchen. Die Polizei hat die Spuren gesichert, Ina aber wenig Hoffnung gemacht, den Täter zu fassen.

Simon hat einen seiner Kumpels geholt, der Handwerker repariert jetzt die Tür, die jemand der Einfachheit halber mit einem Brecheisen geöffnet hat. Gestohlen wurde nichts, es gab auch nicht viel. Die Einnahmen bringt Ina jeden Abend zu ihrem Chef ins Restaurant, ihr Wechselgeld nimmt sie mit nach Hause. Am Kaffee und den Süßwaren war der Einbrecher offensichtlich nicht interessiert, stattdessen hat er versucht, den Kiosk in Brand zu stecken, was ihm aber zum Glück nicht gelungen ist. ›Sonst wäre mein schöner Arbeitsplatz hier in der ersten Reihe einfach verschwunden. Bei meinem notorischen Pech wundert es mich, dass das nicht geklappt hat.‹ Dabei fängt die Saison gerade erst an. Morgen ist Pfingsten, das Wetter könnte nicht besser sein. Alles wirkt frisch, ist strahlend blau und zartgrün mit bunten Tulpen garniert. Die Gäste, die nicht mehr vereinzelt herumlaufen, sondern lärmend die Promenade füllen, sind freundlich und gehen noch niemandem auf die Nerven. Zum ersten Mal nach langer Zeit hat sie sich wieder wohl gefühlt, beinahe glücklich. Die Arbeit ist zwar anstrengend, aber sie kann jetzt öfter mal Pause machen. Ihr Chef wollte die Idee mit dem Barhocker nämlich nicht akzeptieren. Er sah aber auch ein, dass Ina nicht den ganzen Tag stehen kann. Jetzt kommt eine Kellnerin mehrmals am Tag als Pausenvertretung herüber. In der Zeit kann Ina sich an ihren Tisch neben dem Kiosk setzen und hat dort meist angenehme Gesellschaft. Es hat sich eingespielt, dass Simon gleichzeitig seine Kaffeepause macht. Aber natürlich kommt er nicht ihretwegen, sondern wegen Wiebke, der jungen, blonden Kellnerin, die sich sofort für diesen Einsatz angeboten hat und auch kein Geheimnis aus ihrer Sympathie für den Rettungsschwimmer macht. Außerdem trinkt Anne immer ihren Kaffee, während ihre Gäste die Seebrücke besichtigen, und neuerdings ist auch Niklas häufig zu Gast. Er ist inzwischen vom Kellner zum Büfettier auf der Seebrücke aufgestiegen und hilft oft abends an der Bar. Dafür darf er tagsüber immer mal eine Pause einlegen, wenn nicht so viel zu tun ist und die Kellner sich ihre Getränke selbst einlassen. Dann kommt er an den Kiosk, um zu rauchen, das ist auf seiner Arbeitsstelle nämlich verboten. Ina mag seine unbekümmerte Art und auch mit Simon versteht er sich ganz gut. Simon erweist sich als sehr nützlich. Seine Umsicht und Gelassenheit beruhigen Ina auch ein bisschen.

»Aber was ist, wenn sie das noch mal versuchen?«, fragt sie nun. »Vielleicht wurden sie gestört und kommen morgen Nacht wieder. Das ist doch alles trockenes Holz hier, das brennt ruck, zuck ab. Und was mache ich dann? Ich habe keine Lust, im Restaurant zu kellnern oder in der Küche zu arbeiten.« – ›Schon gar nicht zusammen mit deiner blöden Freundin, die mich nicht leiden kann‹, fügt sie in Gedanken hinzu.

»Ach was, das glaube ich nicht. Jetzt wissen sie, dass hier nichts zu holen ist. Das Feuer haben sie sicher nur aus Frust gelegt. Außerdem hat die Polizei den Wachschutz informiert, die werden jetzt auch ein Auge darauf haben.«

Für eine Weile ist Ina mit dem Verkauf beschäftigt, dann kommt Anne, die sie ablenkt und sich für den Nachmittag, nachdem sie ihre Gäste zurückgebracht hat, ankündigt. Der Handwerker ist fertig mit seiner Arbeit, die Tür sieht besser aus als vorher. Als Trinkgeld hat er nur einen Kaffee und eine Bockwurst angenommen. Herr Clausen, ihr Chef, bringt persönlich ein Tablett mit Fischbrötchen herüber und erzählt, dass die Versicherung den Schaden übernehmen würde. ›Eigentlich alles gut‹, denkt Ina, ›nichts passiert.‹ Dennoch bleibt dieses bohrende Gefühl. Als würde eine Gefahr auf sie lauern und dieser Einbruch wäre erst der Anfang. ›Aber es ist ja gar nicht der Anfang. Es passiert doch andauernd etwas. Oder ist das alles normal und ich bin paranoid?‹ Sie hat das dringende Bedürfnis, mit jemandem zu reden, und denkt an Simon.

Als der später auf einen Kaffee vorbeikommt, haben sie keine Zeit für ein Gespräch. Sie sitzen kaum am Tisch, da taucht die verwahrloste Frau mit ihrem Hund auf und lässt sich auf den Stuhl neben Simon fallen. »Ein Bier!«, schnauzt sie Ina an.

Die holt empört tief Luft und ist entschlossen, die Frau wegzuschicken, bevor die zum Stammgast wird und ihr die anderen Kunden vergrault.

Die mustert jetzt den Rettungsschwimmer. »Hallo Simon«, sagt sie dann leise, »kennst du mich nicht mehr?«

Der kneift erstaunt die Augen zusammen, als er der Frau ins Gesicht sieht. »Colette? Bist du das wirklich? Meine Güte … wie, ähm … wo warst du denn solange?«

Ihr raues Lachen klingt wie eingerostet. Herausfordernd stellt sie fest: »›Wie siehst du denn aus?‹, wolltest du sagen. Kannst ruhig sagen, was du denkst, ist mir scheißegal. Gibst du mir jetzt ein Bier, oder was?«, fährt sie Ina erneut an.

Das Bier, das sie direkt aus der Flasche trinkt, scheint die Frau zu beruhigen. Sie sieht hinüber zur Seebrücke, dann wieder auf Simon. »Weißt du, ich war lange genug unterwegs. Es ist überall beschissen. Hab beschlossen, wieder nach Hause zu kommen. Ob das manchen Leuten nun passt oder nicht.«

»Na ja, wenn du meinst.« Simon nickt und steht auf. »Dann sehen wir uns jetzt ja wieder öfter. Mach's gut, Colette!«

14

Sonntag, 20. Mai

»Als wir noch Kinder waren, durften wir an Pfingsten zum ersten Mal im Jahr Kniestrümpfe anziehen«, erzählt Rosi beim Frühstück. »Und wir konnten auch endlich wieder in die Gaststätte auf der Seebrücke. Die war im Winter immer geschlossen, weil es dort keine Heizung gab. Das war immer ein besonderes Ereignis für die Ahlbecker. Die Brücke wurde ja auch erst Pfingsten 1950 wiedereröffnet.«

»Die Seebrücke war früher nicht ganzjährig geöffnet? Interessant, das wusste ich ja gar nicht.«

»Nein, erst nach der Wende, seit Mitte der Neunzigerjahre. Wir konnten natürlich auf den Steg gehen.«

Heute sitzen alle gemeinsam am Frühstückstisch und Rosi genießt offensichtlich die familiäre Atmosphäre.

›Das sollten wir viel öfter machen‹, denkt Ina mit einem Anflug von schlechtem Gewissen.

»Wusstet ihr eigentlich, dass die Seebrücke mal einem Ami gehört hat?«, fragt Niklas.

»Wann denn, nach dem Krieg?«

»Fiona, also wirklich! Nach dem Krieg waren hier die Russen, nicht die Amerikaner.« Nelda zeigt mal wieder, dass sie die große Schwester ist.

»Nein, nach der Wende«, fällt Rosi ein.

»Stimmt ja, das hatte ich schon wieder vergessen. Der Gemeinderat hatte wohl Dollarzeichen in den Augen und hat die

Gaststätte an einen Millionär aus Amerika verpachtet. Hieß der nicht Tom Dooley, so wie in dem Lied?«

»Genau.« Niklas lacht. »›Alles vorbei Tom Dooley‹ heißt es darin. Damit hat der Kinderchor ihm wohl wirklich Angst gemacht und er ist endlich aus Ahlbeck verschwunden.«

»Ja«, bestätigt Rosi, »der hätte unsere Seebrücke in Grund und Boden gewirtschaftet. Er hat einfach geöffnet, wann er wollte, und Löhne hat er auch nicht gezahlt.«

Ina sieht auf die Uhr, sie hat noch etwas Zeit und füllt erneut ihre Kaffeetasse. »Hat der Chor nicht auch in dem Loriot-Film gesungen?«, wendet sie sich an ihre Tante. »Wie hieß der noch?«

»Pappa ante portas.« Rosi lacht. »Der Schluss, der auf der Ahlbecker Seebrücke spielt, war das Beste am ganzen Film, finde ich. Da hat auch der Chor gesungen. Eines der Mädchen, die Tochter einer Bekannten, hat mir mal erzählt, das Schwierigste war, dass sie völlig schief singen sollten.«

»Ich hab den Film noch nie gesehen«, gibt Fiona zu. »Ich wusste gar nicht, dass der hier gedreht wurde.«

»Na ja, nur der Schlussteil.« Rosi überlegt. »Ich habe den Film auf einer CD, oder wie heißt das? Niklas, weißt du noch, du hast mir doch mal so ein Gerät geschenkt.«

»Ja, meinen alten DVD-Player hab ich dir gegeben. Ich brauche den ja nicht mehr und ich dachte, da kannst du dir Filme ansehen, wenn du allein bist und Langeweile hast. Ich glaube, den Film von Loriot habe ich dir auch mitgebracht.«

»Ja, ich weiß.« Rosi sieht ihn schuldbewusst und etwas verlegen an. »Du hast mir auch gezeigt, wie das funktioniert.

Aber ich hab das wieder vergessen. Ich bin so ungeschickt bei diesen Sachen.«

»Deswegen benutzt du wohl auch das Handy nicht, das wir dir zu Weihnachten geschenkt haben?«, fragt Ina vorwurfsvoll. »Ich hab es noch nie bei dir gesehen.«

»Ich hab ja mein altes Telefon und gehe doch sowieso kaum aus der Wohnung. Außerdem funktioniert es nicht mehr.«

»Wahrscheinlich muss es nur aufgeladen werden«, vermutet Niklas. »Ich sehe es mir nachher mal an.«

Rosi nickt. Sie weiß, dass er das sowieso vergisst, aber das ist ihr egal. Sie fühlt sich heute richtig glücklich inmitten der Familie. »Was haltet ihr denn davon, wenn wir später einen schönen Pfingstspaziergang machen?«, schlägt sie vor. »Wir gehen zu Fischer Krüger und sehen mal, ob wir grünen Aal kriegen. Zu Pfingsten gab es immer den ersten Aal bei uns, schon, als wir Kinder waren.«

»Stimmt«, fällt Nelda ein, »das hat unsere Mutter auch oft erzählt. Den frischen Fisch hat sie immer sehr vermisst im Westen. Einmal hat sie da Aal gekauft, aber der hat überhaupt nicht geschmeckt. Wisst ihr das noch?«

Fiona zuckt nur mit den Schultern und auch Ina will jetzt nicht an ihre Eltern denken, sie hat sich schon zu lange nicht bei ihnen gemeldet. »Lecker«, lenkt sie schnell ab, »ich liebe weiß gekochten Aal! Aber ich muss erst mal arbeiten. Ich will auch gleich los.«

»Ich auch.« Niklas steht auf. »Ich komme mit.«

»Fiona und ich haben Zeit, wir gehen mit dir spazieren, Tante Rosi«, bestimmt Nelda.

Am Kiosk ist heute weniger los, als Ina erwartet hat. Es weht ein frischer Ostwind und die meisten Gäste gehen lieber in ein Restaurant zum Essen. Oder sie kaufen ihr Fischbrötchen direkt vom Fischer. ›Na ja, der Sommer fängt erst an‹, tröstet sie sich, ›wenn die Leute später am Strand liegen können, werden sie schon zu mir kommen.‹

Malte sitzt an ihrem Tisch neben dem Kiosk, aber sie hat keine Lust, sich mit ihm zu unterhalten. Er trägt weiße Hosen und ein hellblaues Hemd, das seine Augenfarbe betont. Die blonden Locken sind sorgfältig frisiert. Er lächelt sogar Colette freundlich an, die sich mit ihrem Spitz neben ihm niedergelassen hat und ihn verächtlich mustert.

»Was ist das für eine Schmalzbacke?«, fragt sie Ina, wendet sich dann aber herausfordernd an den Mann: »Gibst du ein Bier aus?«

»Na ja, warum nicht? Ina, gib uns doch zwei Bier!«, stottert er, offensichtlich hat er Angst vor der heruntergekommenen Frau, traut sich aber auch nicht, einfach aufzustehen und zu gehen. Außerdem wartet er wohl auf Niklas.

Diese neue Freundschaft gefällt Ina gar nicht. Sie hält ihren Neffen für äußerst labil und befürchtet, dass Malte ihn in seine krummen Geschäfte, die er zweifellos betreibt, hineinzieht. Auf jeden Fall hat sie mitbekommen, dass beide mit polnischen Zigaretten handeln, die sie über die Grenze schmuggeln. »Wir sind ja irgendwie verwandt«, hatte er vor ein paar Tagen versucht, Ina zu erklären. »Also sollten wir koordinieren.« – »Was solltet ihr? Meinst du kooperieren?« – »Oder vielleicht kollabieren«, hatte Anne vorgeschlagen und leise hinzugefügt: »Der ist doch mit dem Pudersack gebeutelt.« – »Und verwandt schon mal gar nicht, das fehlte auch noch.« Ina war empört. – »Ach komm, Alter, die meinen das nicht so«, besänftigte Niklas wider besseren Wissens und grinste seine Tante frech an. Auch Simon nahm Inas Bedenken nicht ernst. »Das ist doch keine Freundschaft, mehr so eine Kumpanei. Niklas kennt hier weiter keinen, da gibt er sich eben mit Malte ab, aber das wird nicht lange dauern, er ist ihm doch geistig weit überlegen.« Das war neu für Ina, dass jemand ihrem Neffen geistige Fähigkeiten zutraute, aber mit ihm ist sie ja immerhin wirklich verwandt, also hat sie nicht widersprochen.

Colette trinkt jetzt friedlich das Bier, das Malte ausgegeben hat, mustert ihn dabei aber immer noch verächtlich und auch etwas nachdenklich. ›Wahrscheinlich überlegt sie, ob Malte noch eine Flasche ausgibt‹, vermutet Ina.

Der rutscht indessen unruhig hin und her und sieht immer wieder zur Seebrücke hinüber, in der Hoffnung, dass Niklas endlich auftaucht.

Stattdessen steht Rosi plötzlich neben ihm, in Begleitung von Nelda und Fiona. »Ich muss mich mal kurz ausruhen«, stöhnt die alte Frau, wirft einen kurzen Blick auf Colette und setzt sich dann neben Malte.

Die Schwestern stellen sich zu Ina und so hört die nicht, was Rosi zu Malte sagt. Es war aber sicher nichts Freundliches, denn Malte steht auf, zahlt sogar mit Trinkgeld und verschwindet.

Ina ist später wieder allein. Auch Simon ist heute nicht da, er hat frei und will sich um seine Eltern kümmern. Da kommt

Niklas vorbei, setzt sich an den Tisch, steckt sich eine Zigarette an und betrachtet die Gäste auf der Promenade. »Tag, Frau Braun«, grüßt er plötzlich laut und steht auf. »Kommen Sie, setzen Sie sich doch zu uns!«

Ina, die gerade zwei Tassen Kaffee auf den Tisch gestellt hat, betrachtet die alte Frau erstaunt. Ja richtig, das ist ihre Nachbarin, sie hat sie auf den ersten Blick gar nicht erkannt. Die kleine, sehr kräftige Frau trägt heute ein buntes Sommerkleid, das viel zu dünn ist bei dem kalten Ostwind, aber darüber eine Strickjacke. Außerdem hat sie weiße Pumps an und eine Frisur wie ein Topfkratzer.

»Kenne ich Sie?«, fragt sie unsicher und bleibt etwas zögernd stehen.

»Aber natürlich, Frau Braun, ich bin doch ihr Nachbar. Ich bin Niklas! Erinnern Sie sich? Wir haben uns letztens über den Zaun unterhalten, den Ihr Mann streichen will.«

»Ach so, ja.« Sie lächelt erfreut und kommt näher. »Sie sind der nette junge Mann, der bei Frau Baumert wohnt. Mit Ihrer Mutter, nicht?«

»Genau, Frau Braun. Mit meiner Mutter und mit meinen Tanten. Das hier ist meine Tante Ina, die wohnt auch im Haus. Möchten Sie nicht einen Kaffee mit uns trinken?«

Was hat Niklas vor? Wozu will er sich mit der Nachbarschaft anfreunden? Ina ist misstrauisch und schämt sich sogleich. Warum soll er nicht einfach nur nett zu zwei einsamen alten Leuten sein? So ist er nun einmal und so mag sie ihn ja auch.

Die alte Frau macht einen leicht verwirrten Eindruck, aber sie setzt sich an den Tisch, nach einigem Hin und Her hat sie dann auch ihren Kaffee, mit viel Milch und Zucker, in dem sie geziert herumrührt.

Während Ina einem jungen Paar Matjesbrötchen verkauft, unterhält sich Niklas freundlich mit der Nachbarin.

Da kommt Inas Chef eilig über die Promenade. Er fuchtelt mit den Armen und fängt schon an zu sprechen, als er noch drei Meter vom Kiosk entfernt ist. »Ina, meine Liebe, tut mir leid, das ich dir heute keine Vertretung geschickt habe. Kannst du noch stehen? Sonst musst du einfach mal für eine Weile schließen. Wir haben so viel zu tun im Restaurant, da kann ich niemanden entbehren. Und ausgerechnet heute musste Wiebke ihren freien Tag nehmen. Sie hat irgendwas Privates, Dringendes – was weiß ich.« Völlig außer Atem sieht er seine Angestellte hoffnungsvoll an.

»Alles gut, Herr Clausen, machen Sie sich keinen Kopf, ich komme klar! Ist noch gar nicht so viel zu tun.«

»Danke, dann bis später«, atmet er auf und rennt zurück in seine Gaststätte.

Ina setzt sich zu Niklas und der Alten, die eifrig auf ihn einredet. »… mein Sohn, der Klaus-Dieter, hat das nämlich gelernt. Erst hier im Ahlbecker Hof und dann war er in Hamburg und in Köln und sogar im Ausland. Jetzt ist er schon seit ein paar Jahren in der Schweiz. Er ist so ein guter Gastronom, die wollen ihn da gar nicht weglassen. Aber er kommt so selten nach Hause. Na ja, ist auch ganz schön weit, nicht?« Sie seufzt sehnsüchtig. »Ich denke immer, er könnte wenigstens im Sommer hier arbeiten und im Winter in den Bergen, aber er sagt, hier bezahlen die so schlecht. Wo arbeiten Sie denn?«

»Hier auf der Seebrücke.«

»Ach! Verdienen Sie denn da wirklich so schlecht?«

Niklas lacht. »Na ja, geht so. Aber ich bin auch nicht so ein guter Gastronom.«

»Ach so. Unser Klaus-Dieter will ja mal ein eigenes Hotel haben. Er sucht schon nach etwas Passendem. In guter Lage, wissen Sie. Das ist wichtig.« Sie will noch etwas hinzufügen, lächelt dann aber geheimnisvoll und steht auf. »Ich muss dann auch los, mein Mann wartet schon auf sein Mittagessen. Danke für den Kaffee.«

Auch Niklas verabschiedet sich mit einem kurzen »Bis später«.

Ina nickt ihm zu und denkt darüber nach, weshalb Wiebke gerade heute ihren freien Tag braucht. Simon will heute mit seinen Eltern einen Ausflug mit dem Schiff machen. Da wird er sie doch wohl nicht mitnehmen? ›Und wenn schon, was geht es mich an? – Blöde Kuh.‹

15

Nelda steigt vor der Pension aus ihrem Auto aus, öffnet das Tor und manövriert anschließend hinein. Sie hat viel Platz zum Parken, ihr Wagen ist der Einzige auf dem Grundstück. Während sie das Tor wieder schließt, überlegt sie, dass dieser freie Platz eigentlich Verschwendung ist. Es gibt nur wenige Parkmöglichkeiten im Ort, man sollte ihn vermieten, vielleicht an ein Hotel in der Nähe. Ob Rosi damit einverstanden wäre?

»Tag, Frau Kannenbach. Na, Feierabend?«

Nelda muss kurz überlegen, wer der Mann ist, der sie gerade angesprochen hat. Er sieht nach einem Geschäftsmann aus, trägt zwar Jeans, aber ein helles Hemd und ein Jackett. Er ist etwas älter als sie, Ende vierzig vielleicht, und wirkt gepflegt und intelligent. Durch seine randlose Brille blickt er sie aufmerksam, aber auch etwas unsicher an.

›Der will was von mir‹, merkt sie und denkt noch immer an den Parkplatz. Vielleicht hat er ja die gleiche Idee, es könnte ein Hotelier sein. Dann fällt es ihr ein. Er ist tatsächlich ein Hotelier, aber aus Heringsdorf, und er ist ein Mandant von ihr. Er hat doch gerade in der vergangenen Woche seine Steuerunterlagen bei ihr abgeholt.

»Ich würde gern mal mit Ihnen reden«, erklärt er. »Aber nicht in ihrem Büro, sondern lieber privat. Vielleicht können wir hineingehen?« Er hat schon die Hand an dem Tor, das Nelda gerade geschlossen hat.

Was soll das? Nicht einen Moment kommt sie auf die Idee, dass er ein privates Interesse an ihr hat, dazu wirkt er zu distanziert. Sie ist unangenehm berührt, findet, dass er sie beinahe feindselig anblickt. »Worum geht es denn?« Ihr Tonfall soll abweisend wirken, sie merkt aber selbst, dass sie etwas ängstlich klingt.

»Also, ich möchte das wirklich nicht hier auf der Straße … Es ist vielleicht besser, wenn man uns nicht zusammen sieht.«

»Was soll das?« Der Ärger über sein Benehmen verdrängt ihre Unsicherheit. »Ich wüsste nicht, was wir privat zu besprechen hätten.«

»Na schön.« Er nimmt die Hand von dem Tor, bleibt aber stehen. »Also, kurz gesagt: Mir gefällt meine Steuererklärung nicht. Genauer gesagt: Ihre Steuererklärung. Ich weiß, dass Sie das besser können. So wie in Potsdam.«

»Wie bitte?« Beinahe hätte sie hinzugefügt: ›Sind Sie nicht ganz dicht?‹ Sie kann sich gerade noch beherrschen und blickt ihn nur empört an. »Verschwinden Sie sofort! Sollten Sie mich noch einmal in der Form belästigen, zeige ich Sie an!« Ohne auf seine Antwort zu warten, dreht sie sich um und geht schnell zum Haus. Ihr Herz klopft immer noch bis zum Hals, als sie im Hausflur ihre Tante trifft.

Die hat die Begegnung aus ihrem Fenster beobachtet. »Was wollte der denn von dir? Du bist ja ganz blass. Komm, setz dich erst mal hin! Soll ich dir einen Tee machen? Oder willst du lieber einen Schnaps?«

Nelda schüttelt nur schweigend den Kopf. Am liebsten würde sie schnell die Treppe hinauf in ihr Zimmer gehen, aber sie will Rosi nicht verletzen. Sie versucht, sich eine Ausrede einfallen zu lassen, aber dann sieht ihre Tante sie so liebevoll und mitleidig an, dass sie sich einfach fallen lässt. Sie erzählt ihr, dass sie froh war, aus Brandenburg wegzukommen. »Wenn du uns nicht eingeladen hättest, hätte ich mir irgendwo anders etwas gesucht. Dabei lief dort früher alles so gut.« Nelda hatte in einer angesehenen Kanzlei gearbeitet, war geachtet von den Mandanten und beliebt bei den Kollegen – dachte sie. Sie hatte sich politisch bei den Grünen engagiert, nicht um dort eine Karriere zu machen, sondern aus reiner Überzeugung. Und dann hatte sie sich sogar verliebt, in einen der Parteiführer, der auch als Unternehmer sehr erfolgreich war. Sie passten perfekt zusammen, traten gemeinsam bei Veranstaltungen auf und sprachen darüber, eine gemeinsame Wohnung zu beziehen. Bis eine Anzeige beim Finanzamt eingegangen war. Es hieß, Nelda hätte seine Steuerunterlagen frisiert, er würde mit ihrer Hilfe in großem Umfang Steuern hinterziehen. Niemand konnte Nelda etwas nachweisen, das war auch unmöglich, sie hatte sich nie an einem Betrug beteiligt. Man fand Kleinigkeiten, die hatte ihr Freund selbst zu verantworten. Nichts Dramatisches, er musste nur eine kleine Summe nachzahlen. Aber es war kurz vor der Wahl und diese Affäre wurde von seinen politischen Gegnern derart hochgespielt, dass sie ihn seine Karriere kostete. In ihrer Kanzlei wurde daraufhin getuschelt, von einigen wurde sie bewundert. Es hieß, sie sei zu clever, um sich erwischen zu lassen. Dem Chef gefiel das gar nicht, er legte Wert auf eine gute Zusammenarbeit mit dem Finanzamt und mochte keine derartigen Gerüchte. Dann musste auch noch ein landwirtschaftlicher Betrieb in ihrem Dorf Konkurs anmelden. Sie hatte dort Überprüfungen veranlasst, durchaus zu Recht, wie sich herausstellte, aber nun gab man ihr die Schuld für den Verlust von einigen Arbeitsplätzen. Ihr Freund, der sie dabei unterstützt und ihr sogar die ersten Hinweise gegeben hatte, hatte sich ganz schnell von ihr distanziert, nicht nur politisch, sondern auch privat. »Ich wusste gar nicht, wie mir geschah. Innerhalb von vier Wochen ist alles zusammengebrochen, was ich mir aufgebaut habe.«

»Und du hast nicht herausgefunden, wer dahintersteckte?« Die Frage kommt von Ina, die inzwischen dazugekommen ist und Neldas Geschichte mit angehört hat.

»Nein, natürlich nicht. Ich denke, dass es einen politischen Hintergrund hatte. Es war kurz vor der Wahl. Wir waren wohl für jemanden zu erfolgreich. Vielleicht sogar aus der eigenen Partei. Vom Finanzamt habe ich nichts erfahren. Sie haben behauptet, die Anzeige war anonym. Aber selbst, wenn sie wissen sollten, wer das war, sagen sie es einem nicht.«

»Der Kerl kann aber auch nicht der richtige gewesen sein, wenn ihm seine Wählerstimmen wichtiger waren als du«, stellt Ina fest und ihre Schwester zuckt betont gleichmütig mit den Schultern.

»Na ja, die große Liebe war er sowieso nicht. Er war ein Blender, als ich ihn dann richtig kennenlernte, war ich froh, ihn los zu sein.« Sie kann noch immer nicht über diese Zeit sprechen, schon gar nicht mit ihrer kleinen Schwester. Als das passierte, war sie im dritten Monat schwanger, die ganze Aufregung war vermutlich die Ursache dafür, dass sie das Kind verloren hat. Das Schlimmste war, dass er nicht mit ihr trauerte, sondern erleichtert schien. Er wollte nie ein Kind mit ihr haben.

»Dann ist doch alles gut. Du hast hier einen neuen Job, da fängst du einfach von vorn an. Und privat wird sich auch was ergeben, wenn du die Enttäuschung erst mal überwunden hast.«

»Das ist nun wirklich meine geringste Sorge.« Nelda berichtet Ina von ihrer Begegnung am Tor, die der Anlass für ihre Erzählung war.

»Was? Das kann doch nicht wahr sein. Woher weiß der Kerl das überhaupt?«

»Tja, keine Ahnung. Es kann ihm einer aus Potsdam erzählt haben oder aus dem Dorf, in dem ich gewohnt habe. Vielleicht hat der mich hier in Ahlbeck gesehen – was weiß ich. Irgendein dummer Zufall. Oder er weiß das aus dem Internet. Das wäre natürlich der Super-GAU, wenn ich schon wieder bei Facebook durch den Dreck gezogen werde.«

Ina seufzt mitleidig und streicht ihrer Schwester tröstend über die Hand. Dann lehnt sie sich zurück und sieht Rosi und Nelda fragend an. »Was ist hier eigentlich los? Das ist doch alles nicht normal. Dieses Zeug in deiner Creme. Jetzt das. Bei mir wird eingebrochen und bei Fiona stimmt doch auch was nicht. Habt ihr das nicht auch bemerkt? Sie war am Anfang so begeistert von ihrer neuen Arbeit, jetzt spricht sie gar nicht mehr darüber und wird jeden Tag nervöser und tüddeliger.«

»Ach was, rede dir nichts ein!«, widerspricht Nelda vehement. »Fang bloß nicht an wie unsere Mutter, mit dem ›Fluch der Kannenbachs‹! So ein Unsinn. Fiona war schon immer tüddelig und hat Stimmungsschwankungen. Und was hat der Einbruch in deinen Kiosk mit mir zu tun? Das mit dem Chlorreiniger war Niklas, auch wenn er es nicht zugibt. Ich hatte ihn am Tag vorher angeschnauzt. Da war er eben sauer, aber er wusste bestimmt nicht, wie schlimm das Zeug ist. Na ja, und diese andere Geschichte – ist natürlich Mist, aber auch nicht so ungewöhnlich. Eigentlich hätte ich damit rechnen müssen. Zu Zeiten des Internets kann man so etwas nicht verheimlichen. Da muss ich jetzt eben durch.« Anscheinend hat Nelda das Gespräch gut getan, sie wirkt jetzt wieder kühl und gefasst.

Rosi scheint trotzdem nicht überzeugt. »Also, ich finde auch, ihr habt ein bisschen viel Pech. Ich meine, die ganze Familie. Und nicht nur hier in Ahlbeck. Ich habe nämlich auch schon darüber nachgedacht«, erklärt sie, als ihre Nichten sie erstaunt ansehen. »Das hat doch schon damals mit dem Gerücht über euren Vater angefangen. Im Westen hat auch nichts geklappt. Nelda wurde übel mitgespielt, zwei von euch sind Witwen.«

»Das ist jetzt aber ein bisschen sehr weit hergeholt, das kannst du doch nicht miteinander vergleichen«, protestiert Ina.

»Nein? Wer hat denn deinen Mann in den Tod getrieben, weißt du das?«

Ina schluckt nur und schüttelt den Kopf.

Auch Nelda ist nachdenklich. »Wie ist dein Mann eigentlich gestorben?«, fragt sie Rosi nach einer Weile. »War das nicht auch ein Unfall?«

»Ja, ein Stromschlag. Er wollte etwas reparieren und hatte die falsche Sicherung rausgedreht.« Sie stutzt und sieht ihre Nichte verblüfft an. »Du denkst doch nicht ... Nein, das kann nicht sein!«

Nelda zuckt nur mit den Schultern.

Ina schaudert. Plötzlich hat sie Angst. Was wäre, wenn Rosi recht hat und ihr ganzes Unglück ... der ›Fluch der Kannenbachs‹ gar kein Zufall? Aber wer sollte sie so hassen, dass er das alles inszeniert?

Rosi ist ganz blass geworden vor Aufregung. Entsetzt überlegt sie: »Sollten wir jemandem etwas so Schlimmes angetan haben, dass der sich jahrelang rächt? Denkt doch mal nach, das müsste dann ja schon vor achtundzwanzig Jahren angefangen haben. Ich kann mir das überhaupt nicht vorstellen.«

»Unsinn!«, sagt Nelda energisch und steht auf. »Wir spinnen uns hier was zusammen. So etwas gibt es nur im Krimi. In Wirklichkeit haben eben manche Familien mehr Pech und andere weniger. Oft ist auch ein Unglück die Ursache für andere, folgende. Ich denke, unsere Familie hätte nie aus Ahlbeck weggehen sollen, dann wäre uns allen viel erspart geblieben.«

Ina nickt zögernd. Sicher hat Nelda recht – hoffentlich.

Rosi sagt auch nichts mehr, wirkt aber sehr nachdenklich, als sie mühsam aufsteht und sich, auf den Stock gestützt, in ihre Wohnung zurückzieht.

16

Morgens um acht ist der Strand noch leer. Man erkennt die Spuren der Reinigungsmaschine. Wie mit einer großen Harke wurde der Sand durchkämmt. Die Strandkörbe stehen ordentlich aufgereiht, mit Gittern verschlossen. ›Ein perfekter Strandtag‹, denkt Ina. ›Man könnte sich in einem Korb sonnen, wenn es darin zu warm wird, erfrischt der leichte Ostwind. Und ehe man sich versieht, hat man einen Sonnenbrand‹, erinnert sie sich an ihre Kindheit. Alle drei Schwestern sind blond und hellhäutig, Fiona sogar rotblond, in jedem Jahr haben sie sich zu Beginn des Sommers »das Fell verbrannt«, wie ihr Vater es nannte. Heute weiß sie, wie gefährlich das für die Haut ist, damals gehörte es einfach dazu.

Sie bummelt über die Seebrücke um das Restaurant herum, dann weiter auf dem Steg in Richtung Schiffsanleger. Auf dem hölzernen Geländer sitzen Möwen, verschiedene Arten, sie versucht sich an die Namen zu erinnern. Die kleinen, mit dem schwarzen Kopf und schwarzer Schwanzspitze, sind Lachmöwen, die sieht man hier am häufigsten. Die Heringsmöwen sind etwas größer, haben schwarze Flügel und einen gelben Schnabel. Dann gibt es noch Sturmmöwen. Wie sehen die noch aus? Sind das die ganz großen? Nein, das sind die Mantelmöwen, daran erinnert Ina sich genau. Mit ihren dunklen Flügeln wirken sie, als ob sie einen Mantel anhätten. Vor denen hatte sie Angst als Kind, eine hat ihr mal ein Eis aus der Hand gerissen. Sie hat panisch geschrien und ihr Vater hat sie getröstet und ihr die unterschiedlichen Möwenarten erklärt.

Am Ende des Seesteges bleibt Ina stehen und blickt hinunter ins Wasser. Es sieht verlockend aus, klar und sehr blau mit weißen Schaumkämmen auf den kleinen Wellen. Vielleicht sollte sie heute Abend baden gehen? Aber sie weiß von Simon, dass die Ostsee nur etwa 15 Grad kalt ist, das muss man sich nicht antun. ›Ich bin ja noch den ganzen Sommer hier‹, denkt sie glücklich. ›Ich kann abwarten, bis das Wasser warm genug ist.‹

Der Rettungsturm ist noch nicht besetzt. Simon kommt erst gegen zehn Uhr, dann geht er zunächst zum Kiosk, um einen Kaffee zu trinken und ein bisschen mit Ina zu flirten. Meist ist er ihr erster Kunde. Ein schöner Tagesbeginn, dann hat sie gleich gute Laune. Zu ernsteren Gesprächen bietet sich kaum Gelegenheit. Sie würde gern mal mit ihm reden, über ihre Schwestern und ihren Neffen, die nächtlichen Geräusche im Haus, das ganze unheimliche Geschehen in letzter Zeit, vielleicht sogar über ihre Vergangenheit. Sie hat das Gefühl, ihm vertrauen zu können, das kann aber auch am Mangel an Alternativen liegen. So gut kennt sie ihn eigentlich gar nicht. Vielleicht sollte sie eine seiner Einladungen annehmen, die er alle paar Tage, inzwischen schon routinemäßig, ausspricht. Ein gemeinsames Essen, ein Abendspaziergang, eine Strandwanderung – warum lehnt sie eigentlich immer ab, ohne ernsthaft darüber nachzudenken? Peter ist jetzt seit eineinhalb Jahren tot. Sie hatte sich schon vorher, seit sie zusammen waren, für keinen anderen Mann interessiert. Das war kein Zwang, sondern ganz natürlich, sie war angekommen. Danach erschien es ihr ebenso natürlich, allein zu sein, vielleicht für immer. Und jetzt? Ina blickt über das Wasser hinüber zur Küste von Wollin und denkt nach. Warum hat sie eigentlich immer noch ein schlechtes Gewissen, wenn ihr ein Mann gefällt und sie sich auf einen kleinen Flirt einlässt? Sie hat einfach noch nicht abgeschlossen mit ihrer Ehe. Wie könnte sie das auch? Erst wenn sie weiß, wer für seinen Tod verantwortlich war, wenn sie das furchtbare Geschehen im vorletzten Jahr begreift, kann sie einen anderen Mann in ihr Leben lassen. Aber bisher kann sie noch nicht einmal darüber reden. Ina beobachtet zwei große weiße Fähren, die sich am Horizont begegnen, dann bummelt sie langsam zurück.

Wildes Gebell reißt sie aus ihren Gedanken. Ein zottiger schwarzer Hund springt in das flache Wasser, versucht eine Möwe zu fangen und tobt dann durch den feinen weißen Sand. Sie hält das Gesicht in die Sonne und atmet die frische Seeluft tief ein. Es ist schön hier in Ahlbeck.

In der Restaurantküche wird schon hektisch gearbeitet. Die Abwaschkraft hat sich heute Morgen krankgemeldet, das frische Gemüse wurde noch nicht geliefert, der Koch flucht lautstark ins Telefon. Ina muss erst ein Schneidebrett und Schüsseln beiseiteräumen, um sich Platz auf der Arbeitsfläche zu schaffen. Während sie ihre Fischbrötchen belegt, hört sie Wiebkes affektierte Stimme hinter sich.

»Das Schiff war so voll, natürlich wollten auch alle oben an Deck sein, bei dem herrlichen Wetter. Wir haben während der ganzen Fahrt gestanden. Aber es war trotzdem soooo schön.«

›Wem erzählt sie das eigentlich? Das ist doch schon fast eine Woche her. Wenn sie meint, mich damit ärgern zu können – na gut, hat geklappt, aber das werde ich ihr sicher nicht zeigen.‹ Ina legt ein Tuch über ihr Tablett mit den Brötchen und lächelt die junge blonde Frau im Hinausgehen freundlich an. »Bis später!«

Der kleine weiße Spitz schnüffelt an der Ecke des Kioskes, dann legt er sich unter den Tisch, während sein Frauchen sich ihre Bierflasche abholt.

›Die fühlen sich hier schon wie zu Hause‹, denkt Ina verärgert. Irgendwie muss sie das unterbinden. Sie hat nichts gegen den Hund, im Gegenteil, aber die Frau ist ihr mehr als unangenehm. Die trägt Tag für Tag dieselben verschlissenen Jogginghosen, dieselbe dreckige Jacke und auch das T-Shirt darunter scheint sie nicht oft zu wechseln. Zottelige Haare und schmutzige Fingernägel vervollständigen das Bild. Das Gesicht ist grau und faltig, unter den buschigen Augenbrauen blicken helle Augen feindselig auf die Umgebung. Außerdem reagiert sie auf jede Ansprache entweder aggressiv oder gar nicht. ›Was will die eigentlich dauernd hier? Kann die ihr Bier nicht woanders trinken, als ausgerechnet hier im Zentrum von Ahlbeck, wo die meisten Gäste sind? Aber wahrscheinlich wird sie nirgendwo anders bedient, nur ich bin wieder die Blöde, die es nicht schafft, sie abzuwimmeln.‹

Simon hat offensichtlich keine Berührungsängste. Er grüßt die Frau freundlich und setzt sich mit seinem Kaffee neben sie.

›Ach ja, er hat sich schon einmal mit ihr unterhalten, anscheinend kennen sie sich von früher‹, denkt Ina, als sie die Szene beobachtet.

»Wo wohnst du denn jetzt, Colette?«

»Warum willst du das wissen?«

»Nur so, weil du jetzt öfter hier bist. Ich denke mir, du wohnst hier irgendwo in der Nähe.«

»… und wunderst dich, wie ich mir das leisten kann, was?« Sie lacht höhnisch und schränkt dann ein: »Na ja, ich hab nur ein schäbiges Zimmer, nicht mal ein Bad. Nur ein Waschbecken und das Klo auf dem Flur. Aber für uns beide reicht es, was Kiki? Die Miete zahlt das Amt.«

»Ja, klar. Aber falls du Arbeit suchst …«

»Nein danke. Ich komm schon klar, ich brauche niemanden. Mich braucht auch niemand mehr, obwohl das mal anders war.« Wieder dieses hässliche, krächzende Lachen.

›So hab ich mir als Kind eine Hexe vorgestellt‹, denkt Ina, unangenehm berührt. Die Frau macht ihr beinahe Angst, wohl weil sie immer drohend wirkt, egal, was sie sagt.

Niklas kommt heran und steckt sich schon im Gehen eine Zigarette an. Ohne Colette zu beachten, neckt er Simon: »Was machst du eigentlich den ganzen Tag. Ist doch noch gar keiner im Wasser, den du retten könntest.«

Simon winkt ab und erspart es sich, seine Arbeit zu erläutern.

Außerdem kommt jetzt auch Malte hinzu, was Inas Laune nicht verbessert. »Ist das jetzt euer konspirativer Treffpunkt hier?«, schnauzt sie die beiden Männer an. »Hört mal, ich will da nicht in irgendetwas hineingezogen werden, ist das klar!«

Niklas blickt sie höchst erstaunt mit großen Augen an. »Sag mal, was denkst du denn eigentlich von uns? Wir machen unsere Arbeit und trinken hier hin und wieder zusammen einen Kaffee. Also ehrlich – ich weiß gar nicht, wie du auf so was kommst?!«

Ina hat beinahe ein schlechtes Gewissen, als sie dem Blick ihres Neffen begegnet. Aber dann bemerkt sie Maltes verschlagenes Grinsen. »Ich warne euch!«, erwidert sie ärgerlich.

Die heruntergekommene Alte betrachtet Malte intensiv mit leicht zusammengekniffenen Augen. »Du bist doch der Sohn …«, murmelt sie nachdenklich.

»Ja, genau, der Sohn von Manfred Baumert. Ich weiß, ich sehe genauso aus wie mein Vater und deswegen kann ich es nicht abstreiten«, erwidert er herausfordernd und sieht die Frau verächtlich an. »Kannten Sie ihn?«

Sie antwortet nicht, mustert ihn nur weiterhin eindringlich.

»Die beiden, Ina und Niklas, sind auch mit Manfred Baumert verwandt«, erklärt Simon jetzt. Vielleicht in dem Versuch, die Situation zu entschärfen, vielleicht auch nicht. »Na ja, eigentlich mit Rosi. Ina und Niklas' Mutter sind ihre Nichten. Sie wohnen jetzt bei ihr in der Pension.«

»Aha, wie schön.«

Simon und Colette sehen sich eine Weile schweigend an, er herausfordernd, sie nachdenklich. ›Als würden sie ein Geheimnis miteinander teilen‹, denkt Ina neugierig.

»Ein sehr geschichtsträchtiges Haus«, wirft Colette dann überraschend in die Runde und fügt, an Niklas gewandt, hinzu: »Im Keller ist ein Schatz vergraben, du solltest mal danach suchen!« Sie kichert böse und Ina muss wieder an eine Hexe denken.

»Was hat sie damit gemeint?«, fragt Malte, als die Frau zu Inas Erleichterung endlich weg ist. »Glaubt ihr wirklich, da gibt es einen Schatz? Wie alt ist das Haus eigentlich?«

»Du meinst einen Wikingerschatz? Na ja, ganz so alt ist es sicher nicht«, spottet Simon.

»Nein«, verteidigt sich der Mann etwas verlegen, »das weiß ich doch. Ich dachte an die, die das Haus gebaut haben.«

»Das waren Fischer, die hatten sicher keine Schätze. Die hatten genug damit zu tun, den Bau zu bezahlen.«

»Vielleicht haben die Besitzer dort 1945 etwas vergraben«, überlegt Niklas, »um es vor den Russen zu verstecken.«

»Unsinn«, widerspricht Simon. »Das hätten die Russen garantiert gefunden. In Bansin haben sie sogar den Wein entdeckt, den die Hoteliers im Schloonsee versenkt hatten. Und wenn nicht, hätten die Besitzer es später wieder ausgegraben. Das Haus hat doch immer den Baumerts gehört. Colette wollte euch nur aufziehen, das hat sie einfach erfunden. Ein Schatz im Keller – so ein Blödsinn! Und ihr fallt auch noch darauf rein.« Er schüttelt den Kopf.

17

Freitag, 1. Juni

»Morgen habe ich frei«, hatte Anne vor ein paar Tagen verkündet, »da werde ich mich so richtig erholen, damit ich für
kommende Aufgaben gestärkt bin.«

»Das klingt ja dramatisch. Was hast du denn ab übermorgen vor?«

»Landfrauen! Drei Tage einen Landfrauenverein aus Schles-
wig-Holstein. Da graut mir schon das ganze Jahr vor«, hatte
Anne daraufhin geseufzt.

Ina hatte nur den Kopf geschüttelt: »Das kannst du doch
vorher nicht wissen. Die wollen sich hier doch auch bloß ein
paar Tage vom Kühe melken und Schweine füttern erholen.
Vielleicht sind sie ja nett.«

»Sicher sind sie nett, das ist gar nicht das Problem. Aber ich
habe drei Tage richtig Stress. Und glaub mir, niemand verursacht
so viel Anstrengung, wie Leute, die sich erholen wollen.« Sie hatte
den letzten Schluck Kaffee getrunken und auf die Uhr gesehen.

»Ach was, so schlimm wird es schon nicht werden! Wir haben super Wetter und das soll vorläufig so bleiben. Also, was
soll schon passieren? Du sagst doch selbst immer, wenn das
Wetter gut ist, sind die Gäste zufrieden.«

»Ja, klar. Dein Ohr in Gottes Hand«, war Annes Antwort
darauf.

Die Landfrauen waren dann wirklich nett und sie waren
auch wirklich anstrengend. Sie haben in den drei Tagen fast al-

les geschafft, was die Damen geplant hatten, der Promenadenspaziergang wurde allerdings von zwölf auf zwei Kilometer gekürzt. »Das ist sowieso der schönste Teil der Promenade, die zwei Kilometer zwischen der ältesten Seebrücke Deutschlands in Ahlbeck und der längsten Seebrücke Kontinentaleuropas in Heringsdorf«, hatte Anne erklärt und in Ahlbeck eine kleine Pause eingelegt, in der die Damen fotografierten und sie sich selbst einen Kaffee bei Ina gönnen konnte. »Du, ich hab eine Idee – komm doch einfach mit! Die haben noch freie Plätze im Bus und ich kann ja sagen, dass du eine potenzielle neue Kollegin bist und ich will dich anlernen«, hatte Anne gefragt und Ina hatte spontan zugestimmt.

Jetzt ist es Mittagszeit, es ist warm, die Sonne steht sehr hoch am Himmel. Anne und die Landfrauen stehen darunter auf dem Wolgaster Busparkplatz am Peenestrom und schwitzen. Ina hält sich ein wenig im Hintergrund, die Reisegruppe verabschiedet sich von Anne. Deren Chefin hält eine beinahe überschwängliche Rede. Es seien drei wunderbare Tage gewesen, so informativ, so unterhaltsam und so weiter. Anscheinend hört sie sich gern reden.

›Nun krieg dich mal wieder ein!‹, denkt Ina. Sie hofft, dass sie der Reiseleiterin nun bald ein anständiges Trinkgeld in die Hand drücken und die Damen in den Bus treiben wird. Ina hat Hunger und Durst. Ihr tun die Füße weh. Sie ist eben keine Landfrau. Die hingegen klatschen jetzt begeistert Beifall. Die Leiterin schüttelt Anne noch einmal die Hand und überreicht ihr – ein Kochbuch.

»Mmm – lecker. Möhren mit Feta. Oder hier: Brennnessel-Giersch-Löwenzahnsuppe. Kriegt man da nicht Appetit?«, spottet Ina, während sie durch das Buch blättert.

Anne wirft ihr einen finsteren Blick zu. »Ja, ja. Wer den Schaden hat, spottet jeder Beschreibung.«

»Eigentlich schade«, wechselt Ina das Thema, um Annes miese Stimmung nicht noch mehr zu befeuern, und legt das Buch auf den Tisch vor sich. »Wolgast ist doch eine schöne Stadt: der Marktplatz, das Rathaus, die große Kirche und die engen Straßen mit den alten Häusern dahinter. Warum stehen nur so viele Geschäfte leer? Und warum sind da so wenig Menschen unterwegs?«

Sie sitzen im Café Biedenweg, neben dem sich ein erstaunlich schöner Buchladen mit viel Regionalliteratur und netten Verkäuferinnen befindet, aber sonst nicht viel. »Die Einwohner sind vermutlich in den Billigläden oben am Stadtrand unterwegs und die paar Touristen, die hierher kommen, im Hafen«, vermutet Anne. »Aber du hast recht, ich mag das alte Stadtzentrum auch. Ich finde auch, Wolgast ist viel mehr als das ›Tor zur Insel Usedom‹. Aber das wissen eben zu wenige.«

Mit der Usedomer Bäderbahn fahren sie später durch Zinnowitz. »Hast du eigentlich deine Tante Rosi mal nach dem Schatz im Keller gefragt?«, wechselt Anne das Thema.

»Ja, aber sie sagt das Gleiche wie Simon, dass es Unsinn wäre. Die Pennerin hat sich das einfach ausgedacht. Wahrscheinlich kennt sie die Pension gar nicht. Sie redet auch öfter so ein wirres Zeug. Na ja, der Alkohol hat ihr Gehirn vermutlich schon reichlich angegriffen.«

»Was schätzt du, wie alt sie ist?«

»Keine Ahnung. Rente kriegt sie ja wohl noch nicht. Sie hat doch gesagt, sie lebe vom Amt, also vermutlich Hartz IV, aber sie muss kurz davor stehen. Warum interessiert dich das?«

»Nur so. Sie scheint eine Ahlbeckerin zu sein, oder? Dann müsste deine Tante sie doch auch kennen.«

»Mag sein. Gesagt hat sie nichts davon. Ich glaube, die beiden haben sich noch gar nicht gesehen. Also, in letzter Zeit meine ich. Obwohl – doch. Einmal haben sie zusammen am Kiosk gesessen. Also kennt Rosi sie wohl nicht. Oder sie hat es vergessen.«

»Aber der Name Colette ist ja nun nicht so alltäglich, da würde sich deine Tante doch sicher dran erinnern.«

Ina fühlt sich ein wenig in die Enge getrieben. »Ich weiß gar nicht, ob ich den Namen überhaupt erwähnt habe. Ehrlich gesagt, Tante Rosi ist geistig auch nicht mehr so auf der Höhe. Sie vergisst öfter mal was, oder bringt was durcheinander. Nelda und Fiona verwechselt sie dauernd und mich hat sie sogar schon mal mit Sandra angesprochen, so heißt ihre Tochter. Sie ist eben nicht mehr die Jüngste.«

»Ja, mag sein. Aber ich habe mit alten Tanten eben ganz andere Erfahrungen gemacht. Die ich kenne, Tante Berta, weiß alles über Bansin und die Bansiner. Ich dachte, vielleicht wäre das bei deiner Tante ähnlich, nur eben in Ahlbeck. Aber gut, jeder Mensch ist nun einmal anders, nicht mal die alten Tanten sind gleich. Schade, da war ich wohl auf dem falschen Holzdampfer.«

18

Das Wetter ist in diesem Sommer auf Inas Seite. In der Zeitung schreiben sie über Dürre, Probleme in der Landwirtschaft, Waldbrandgefahr – hier, im Zentrum Ahlbecks, ist das Wetter perfekt. Die Gäste sind gut gelaunt und sie musste den Kiosk noch nicht einmal wegen Regens schließen. Stattdessen hat Herr Clausen ihr sogar einen großen Sonnenschirm spendiert.

Unter dem sitzen Niklas und Simon. Der Rettungsschwimmer kommt nicht mehr so regelmäßig, denn inzwischen hat er am Strand zu tun. Das Wasser ist wärmer und die Badegäste zahlreicher. »Ich wollte in diesem Jahr gar nicht mehr so oft auf dem Turm sein«, erzählt er. »Das ist nämlich mein Jahresurlaub und ich möchte mich auch ein bisschen erholen. Aber wir haben einfach nicht genug Leute.«

»Das versteh ich nicht.« Niklas steckt sich eine weitere Zigarette an und überlegt. »Das ist doch ein toller Job. Meinst du, ich sollte mich mal bei euch bewerben? Braucht man dafür eigentlich eine Ausbildung?«

»Na ja, schon. Also Seepferdchen reicht nicht. Du sollst ja im Notfall auch helfen können.«

»Okay – das lässt sich sicher machen. Sportlich bin ich ganz gut drauf und ansonsten lerne ich immer gern dazu. Erste Hilfe und so was, kann man ja immer mal gebrauchen. Wie ist denn der Verdienst bei euch? Lohnt sich das?«

Simon lacht. »Genau das ist das Problem. Es ist nämlich gar kein Job, sondern ein Ehrenamt. Du kriegst also keinen Lohn, sondern nur eine Entschädigung. 24 Euro am Tag, das sind 15 Euro Verpflegungs- und neun Euro Taschengeld.«

»Na toll!« Niklas ist sichtlich enttäuscht. »Und da wundert ihr euch, dass ihr keine Leute habt.« Er schüttelt den Kopf. »Warum machst du das denn? Brauchst du kein Geld?«

»Nicht viel. Ich komme schon klar. Muss ich eben im Winter ein bisschen mehr verdienen. Dafür bin ich dann den ganzen Sommer hier in Ahlbeck am Strand. Andere bezahlen dafür. Außerdem kann ich bei meinen Eltern wohnen und die freuen sich, dass ich da bin.«

»Na ja, wenn du es so siehst. – Oje, was will sie denn hier?«

Aufgeregt mit den Armen rudernd und freudestrahlend segelt Frau Braun auf den Kiosk zu. Sie trägt heute eine Kittelschürze über ihrem grauen Rock und dem verwaschenen Pullover, aber einen sehr hübschen Sommerhut als Ausgleich.

›Die fehlt mir auch noch. Zieh ich denn hier alle Irren von Ahlbeck an?‹, denkt Ina mit einem Seitenblick auf Colette, die mit ihrem Hund und der obligatorischen Bierflasche in der Hand auch schon wieder am Tisch hockt.

Rosis Nachbarin lässt sich auf den Stuhl daneben fallen und sieht zu Ina, während sie allmählich wieder zu Atem kommt. »So, nun ist es endlich soweit. Wir werden Großeltern«, erklärt sie. »Nun kommt er auch wieder nach Hause.«

»Ja sicher.« Ina nickt, sie hat keine Ahnung, wovon die Frau spricht.

Aber Simon scheint sie zu verstehen. »Das ist ja schön, ich gratuliere«, sagt er herzlich. »Hat Ihr Sohn denn schon gesagt, wann er wieder nach Ahlbeck kommt?«

Die alte Frau überlegt. »Na ja, nicht so genau. Aber sicher, bevor das Baby da ist.« Sie nickt nachdrücklich, als wolle sie sich selbst davon überzeugen. »Aber es reicht ja, wenn ihr euch im Herbst eine neue Wohnung sucht. Im Sommer ist das immer schwierig.« Sie blickt wieder Ina an, die jetzt überhaupt nichts mehr versteht. »Andererseits – er muss das Haus ja sicher noch renovieren, nicht? Also, ich weiß auch nicht, ich muss erst einmal mit meinem Mann darüber reden. Und natürlich mit Rosi. Ob die das überhaupt schon weiß? Die muss dann ja auch …« Frau Braun brabbelt weiter vor sich hin, während sie aufspringt und auf die Promenade läuft.

»Was war das denn?« Ina schüttelt etwas erschrocken den Kopf. »Ist sie jetzt völlig durchgedreht?«

»Anscheinend soll ihr Sohn ja wohl die Pension von Tante Rosi übernehmen«, fasst Niklas zusammen, was die anderen inzwischen auch begriffen haben. »Ob der das weiß?«

»Und vor allem – weiß Rosi das?« Das erscheint Ina das größere Problem. »Vielleicht will sie ihm das Haus ja wirklich verkaufen, so abwegig ist das doch gar nicht.«

»Da macht euch mal keine Sorgen!«, mischt sich Colette überraschend ein. »Rosi Baumert verkauft ihre Hütte nicht, nicht mal, wenn sie ihr über dem Kopf zusammenfällt.« Sie kichert boshaft.

»Ja, sicher weil ein Schatz im Keller vergraben ist«, spottet Ina.

Niklas übergeht den Wortwechsel zwischen den Frauen. »Die Frage ist doch«, fährt er in seinen Überlegungen fort, »hat die Alte das frei erfunden oder hat Tante Rosi ihr das schmackhaft gemacht? Vielleicht, damit sie weiter für sie putzt und ihr Alter den Rasen mäht und so was?«

Ina schüttelt ärgerlich den Kopf. »So ist Rosi nicht, das weißt du genau. Im Gegenteil, die beiden sind doch eher eine Belastung für sie.«

Colette lacht höhnisch. »Wie gut du doch deine Tante kennst! Rosi konnte schon immer andere manipulieren. Das ist ihr Spezialgebiet, das werdet ihr schon noch merken.«

»Ach ja? Woher wissen Sie das denn?«

Simon unterbricht den Streit, bevor Colette antworten kann. »Frag deine Tante doch einfach!«, schlägt er vor. »Vielleicht weiß sie gar nichts davon und die alte Frau Braun kann Traum und Wirklichkeit nicht mehr unterscheiden. Vielleicht hat sie aber wirklich ein Abkommen mit dem Sohn. Das wäre doch auch in Ordnung, oder?«

Ina zuckt gewollt gleichgültig mit den Schultern. Sie ist sich über ihre Gefühle nicht im Klaren. Sollte sie jetzt erleichtert sein? Eigentlich hat sie sich mit dem Gedanken, die Pension zu erben, inzwischen schon angefreundet. Aber sicher wird an dem Gerede der Alten auch nichts dran sein, sonst hätte Rosi etwas davon gesagt. Simon hat recht, sie wird sie heute Abend einfach danach fragen.

Es gibt Fischkartoffeln – eines von Inas Lieblingsgerichten, besonders mit frisch geräuchertem Fisch, den Nelda spendiert hat. Ina erzählt munter von ihren Gästen, dass Herr Clausen sehr zufrieden mit dem Umsatz ist, von Wiebkes grundloser Eifersucht – Belanglosigkeiten. Über irgendetwas muss man ja reden, wenn Nelda und Fiona schon so schweigsam sind. Über das, was sie wirklich bewegt, möchte auch Ina nicht sprechen.

Rosi genießt so offensichtlich diese gemeinsamen Mahlzeiten. Sie wirkt wie aufgeblüht. Sie streichelt Nelda, die heute sehr bedrückt wirkt, über die Hand, dann hilft sie der etwas ungeschickten Fiona, ihren Fisch von den Gräten zu befreien. »Ich habe heute Nachmittag deine Blusen und Niklas' Hemden gebügelt«, sagt sie zu Nelda.

»Das musst du aber wirklich nicht, Tante Rosi!«, protestiert sie. »Das ist doch viel zu anstrengend für dich!«

»Ach was, ich fühle mich zur Zeit richtig gut. Und was soll ich auch den ganzen Tag machen? So bin ich doch wenigstens noch für etwas nützlich. – Nein Kinder, lasst mich mal, ich tue das wirklich gern. Es ist so schön, wieder eine Familie zu haben. Ihr wisst gar nicht, wie dankbar ich bin, euch hier zu haben. Nun weiß ich doch wieder, warum ich morgens aufstehe!«

Sie lächelt Ina liebevoll an und die wagt es nicht, über den Auftritt der Nachbarin heute Vormittag zu sprechen. Es käme ihr unpassend vor.

Später, ihre Schwestern haben sich schon zurückgezogen, schlägt Ina ihrer Tante vor: »Lass uns doch noch ein paar Schritte auf die Promenade gehen! Oder bist du zu müde?«

Draußen ist es noch hell und warm, obwohl es schon nach neun Uhr ist. Rosi hat sich bei ihrer Nichte eingehakt, mit der anderen Hand stützt sie sich auf ihren Stock. Langsam gehen die beiden Frauen zwischen den Touristen entlang. Rosi bewundert die Blumenrabatten. »Wie schön jetzt alles gepflegt ist«, freut sie sich. »Können wir uns ein bisschen ausruhen? Weiter möchte ich eigentlich nicht gehen. Wir müssen ja auch wieder zurück.«

Sie setzen sich auf eine Bank neben dem Blumenbeet. Rosi atmet schwer. Ina ist besorgt. Sie sind nicht mehr als zweihundert Meter gegangen. Offensichtlich wird ihre Tante körperlich immer schwächer. Aber geistig scheint sie heute völlig klar zu sein, sie unterhalten sich ganz normal. An manchen Tagen hat sie den Eindruck, dass Rosi ziemlich verwirrt ist. Das kann aber auch an den vielen Tabletten liegen, die sie nimmt. Vielleicht benötigt sie die gar nicht alle, aber wie soll man das wissen, Rosi spricht einfach nicht über ihre Krankheit. Jetzt lehnt ihre Tante sich entspannt zurück, betrachtet die Blumen und lächelt zufrieden.

»Ich hatte heute übrigens einen seltsamen Besuch«, bricht Ina nach einer Weile in betont beiläufigem Ton das Schweigen und erzählt vom Auftritt ihrer Nachbarin am Kiosk.

Rosi seufzt mitleidig und schüttelt den Kopf. »Ja, das stimmt, sie werden Großeltern. Er hat es mir auch erzählt. Ich glaube, sie wünscht sich nichts mehr, als ihren Sohn und nun auch das Enkelkind hier zu haben. Aber daraus wird leider nichts. Klaus-Dieter war im vorigen Herbst zum letzten Mal hier, da hab ich mit ihm gesprochen. Ich hätte ihm die Pension gern verkauft, wirklich. Er ist ja im Haus aufgewachsen und ich kenne ihn von klein auf. Ich wäre ihm im Preis entgegengekommen, schon seinen Eltern zuliebe. Irgendwie fühle ich mich ihnen gegenüber auch verpflichtet. Aber er hat mir klipp und klar gesagt, dass er nicht wieder nach Ahlbeck kommt. Er hat sich in der Schweiz was aufgebaut, seine Frau ist von da und kommt hier auch nicht her. Ich weiß nur nicht, was aus den Brauns nun wird. Sie werden wohl eher früher als später in ein Pflegeheim müssen.« Sie seufzt tief. »Das tut mir so leid, aber so ist das nun einmal, wenn man alt wird. Deshalb bin ich ja so froh, dass ihr hier seid. – Aber Ina«, sie sieht ihre Nichte an, nimmt ihre Hand und fährt eindringlich fort, »wenn du merkst, dass ich nicht mehr klar im Kopf bin – also, dass ich ab und zu einmal etwas durcheinanderbringe, meine ich nicht –, sondern wenn ich richtigen Mist erzähle, dann musst du für mich mitdenken. Wir sollten unbedingt etwas Schriftliches verfassen. Und dann musst du auf mich aufpassen! Ich will nicht irgendwelchen Unsinn anrichten und euch womöglich damit schaden. Dann gibst du mich in ein Heim! Versprichst du mir das?«

»Ja, natürlich, Tante Rosi, wir passen schon auf dich auf. Aber das hat ja wohl noch Zeit, oder?« Ina bemüht sich um einen lockeren Tonfall, aber ihre Tante geht nicht darauf ein.

Sie blickt besorgt zu ihrem Haus hinüber. »Ja, du … ich weiß nicht. Manchmal denke ich, es ist schon soweit. Gestern war ich ziemlich erschrocken, ich habe beinahe die falschen Tabletten geschluckt. Ich habe nämlich so ganz starke, die soll ich nur nehmen, wenn ich die Schmerzen nicht aushalte und dann auch nur eine halbe. Und die waren auf einmal in der falschen Packung. Ich habe sie mit den Pillen verwechselt, von denen ich jeden Morgen zwei nehmen muss. Zum Glück sehen die ein bisschen anders aus, die sind kleiner. Ich habe es im letzten Moment bemerkt. Ich kann mich gar nicht erinnern, wann ich die starken Tabletten das letzte Mal genommen habe. Mir geht es ja schon seit einer Weile ganz gut. Und warum habe ich sie in die falsche Schachtel gepackt? – Dann höre ich Schritte im Haus und Türen, obwohl gar keiner da ist. Und manchmal suche ich Dinge, die jahrzehntelang an derselben Stelle gelegen haben, jetzt finde ich sie plötzlich ganz woanders. Aber das ist wohl normal in meinem Alter.«

Ina nickt und spürt, wie ihr ein Schauer über den Rücken läuft.

19

»Ich hab Hunger, aber keinen Appetit auf deine Fischbrötchen«, erklärt Anne, als sie am späten Nachmittag zurückkommt. »Wollen wir nicht irgendwo schön essen gehen?«

»Na gut, trink einen Kaffee, ich räume inzwischen auf, dann mach ich zu. Ich kann sowieso nicht mehr stehen. Mir tut der Rücken weh.«

Sie bummeln auf der Promenade entlang in westlicher Richtung. Vor der Grenzstraße weist Anne auf die große Baustelle: »Hier entsteht wieder eine riesige Hotelanlage. Die tönen immer: ›Kein Massentourismus – Qualität statt Quantität‹ und bauen ein Hotel nach dem anderen.«

»Aber es wurde Zeit, dass die alte Konsum-Schule abgerissen wurde. Das war doch nun wirklich ein Schandfleck.«

»Das schon, das Gebäude musste weg. Obwohl für viele Insulaner mit der Kaufmännischen Berufsschule auch Jugenderinnerungen verbunden waren. Aber jetzt gibt es hier gar keine Schule für Gastronomie mehr. Und dann wundern sie sich, wenn die Lehrstellen nicht besetzt sind. Zumal sie auch keine Unterkünfte haben.« Anne ist wieder bei ihrem Lieblingsthema. »Es werden nur noch Hotels und Ferienwohnungen gebaut.«

Ina ist schon weitergegangen, sie hat die Grenzstraße überquert und befindet sich nun in Heringsdorf.

»Bemerkst du den Unterschied zwischen den Seebädern?«, kehrt Anne die Fremdenführerin heraus.

Ina sieht sich um. »Die Häuser sind schöner.«

»Und sie stehen auf größeren Grundstücken. Ahlbeck war nämlich das Volksbad, da erholte sich der Mittelstand, also meist Beamtenfamilien. Und hier in Heringsdorf waren die Bankiers und die reichen Unternehmer, das war das Nobelbad. Außerdem waren die Häuser in Ahlbeck meist Pensionen und diese Villen hier waren immer nur das Sommerhaus einer Familie. Guck mal hier!«, sie weist auf einen Prachtbau. »Die Villa Oasis. Kannst du dir vorstellen, dass die nur für den Sommeraufenthalt einer Familie genutzt wurde? Sie gehörte einem Berliner Bankier, die Gattin war Opernsängerin. Und im Winter stand die Hütte leer, da passierte hier gar nichts ...«

»Meinetwegen«, unterbricht Ina den Vortrag. »Ich habe jetzt jedenfalls Hunger und vor allem Durst. Wollen wir nicht irgendwo einkehren?«

Sie lesen die Speisekarten an den Restaurants, dann schlägt Anne vor: »Lass uns zurückgehen und sehen, ob vor Uwes Fischerhütte noch ein Tisch frei ist.«

»Ich denke, du hast keinen Appetit auf Fisch?«

»Auf Fisch schon, nur nicht auf deine Brötchen. Fisch kann ich immer essen. Und der bei Uwe Krüger ist richtig lecker. Im Sommer, also spätestens in drei Wochen, kriegst du da abends keinen Platz mehr.«

Sie finden einen freien Tisch direkt hinter den Dünen. Ina isst Zander mit Bratkartoffeln und ihre Freundin gebratenen Dorsch. Dazu trinken sie beide Weißwein. »Ich glaube, das ist jetzt die einzige Fischerfamilie in Ahlbeck, die das hauptberuflich macht. Die anderen haben schon alle aufgegeben oder fischen nur noch so nebenbei. In den anderen Seebädern ist das genauso. Dabei gab es mal hunderte Fischer und die konnten alle davon leben.«

»Wirklich schade.« Ina hört nur halb zu, als Anne von EU-Fangquoten und dem Flair der Küstenfischerei erzählt.

»Was ist los mit dir? Du bist heute so ruhig. Hast du Ärger? Diese Wiebke hat dich ganz schön blöd angemacht heute Vormittag. Die ist anscheinend krankhaft eifersüchtig. Ist sie denn eigentlich mit Simon zusammen oder möchte sie das nur gerne?«

»Keine Ahnung«, Ina zuckt gleichmütig mit den Schultern, »ist mir auch egal.«

»Na, na«, zweifelt Anne, »aber ich glaube es nicht, so wie die sich benimmt. Wie ein Elefant im Heuhaufen.«

Ina muss unwillkürlich lachen. Aber Anne soll sie auf keinen Fall für unglücklich verliebt halten, das ist nämlich völlig abwegig. »Es hat mit Simon gar nichts zu tun. Ich glaube, ich leide unter Verfolgungswahn.« Sie erzählt von ihrem Verdacht, dass jemand ihr Zimmer durchwühlt hätte. »Zuerst dachte ich, ich bilde mir das ein, aber gestern habe ich etwas in meinen Papieren gesucht und bin mir ganz sicher, die hatte ich anders geordnet. Jemand hat Briefe aus den Umschlägen genommen und verkehrt herum wieder reingesteckt. Aber wer? Im Haus ist doch niemand außer unserer Familie.«

»Dein Neffe?«, deutet Anne vorsichtig an.

»Das wäre natürlich auch mein erster Verdacht. Aber gerade der kann es mit Sicherheit nicht gewesen sein. Ich weiß ja, an welchem Tag das war. Und da war Niklas mit seinen Kollegen auf Mallorca. Die haben noch mal ein paar Tage Urlaub gemacht, bevor hier die Saison losgeht. Nelda und Fiona waren auf Arbeit, die sind beide vor mir aus dem Haus gegangen und später zurückgekommen. Und Tante Rosi – die würde nicht mal die Treppen hochkommen, selbst wenn sie es wollte. Aber das ist ja auch nicht alles«, erregt beugt sie sich über den Tisch, näher zu ihrer Freundin, »ich habe immer das Gefühl, es ist noch jemand im Haus außer uns. Ich höre nachts Türen klappen und Schritte. Ich kann mir das doch nicht dauernd einbilden. – Und Niklas hat das ja auch schon mal gehört«, fügt sie hinzu. »Meinst du, ich spinne?«

»Nein, warum solltest du!?« Anne schiebt ihren Teller zur Seite, tupft sich mit einer Serviette die Lippen ab und trinkt mit einem kräftigen Schluck ihr Glas leer. »Der Wein ist auch lecker«, stellt sie fest. »Ich trink noch ein Glas. Du auch?«

Ina nickt. Sie ist erleichtert, dass Anne ihr offensichtlich glaubt. Die räumt die leeren Teller ab, bringt eine Flasche Weißwein mit und füllt beide Gläser. Dann lehnt sie sich zurück und sieht Ina auffordernd an. »Hast du einen Verdacht?«

Ina trinkt einen großen Schluck, obwohl ihr schon etwas schwindlig ist. Man sollte Chardonnay nicht gegen den Durst trinken. Sie gießt etwas Wasser aus der Flasche in ihren Weißwein und antwortet zögerlich. »Ich habe immer das Gefühl, dass noch irgendwas passiert, etwas Schlimmes. Wie schon so oft in unserer Familie. Meine Mutter nannte es mal den ›Fluch der Kannenbachs‹.« Sie sieht ihre Freundin etwas verlegen an, bereit, mitzulachen, wenn Anne die Bemerkung als Scherz auffasst.

Aber die bleibt völlig ernst und wirkt sogar etwas erschrocken. »Erzähl mal!«, fordert sie Ina auf.

»Wo soll ich da anfangen? Weißt du, warum wir damals aus Ahlbeck weggezogen sind?« Sie berichtet über den schlimmen Verdacht gegen ihren Vater, dass der sich an den eigenen Töchtern vergangen haben sollte. Es gab niemals eine Untersuchung, keine konkrete Anschuldigung, nur Getuschel und Gerüchte. Bis heute weiß niemand, wer sie aufgebracht und verbreitet hat.

»Da wollte euch jemand aus Ahlbeck vertreiben, und das hat dann ja auch geklappt.«

»Aber im Westen ging es dann weiter. In dem Dorf, in dem wir zuerst gewohnt haben, tauchte dieses Gerücht erneut auf. Dann haben meine Eltern woanders einen alten Hof gekauft und wollten das Haus restaurieren, das ist abgebrannt. Brandstiftung – der Täter wurde nie gefunden. Jetzt leben sie in der Stadt, in einer kleinen Wohnung. Ihr Leben ist zerstört. Mein Vater redet kaum noch und meine Mutter ist ein Nervenbündel und schluckt massenhaft Tabletten. Nelda war in Brandenburg, hatte dort auch einen Lebensgefährten und sie war politisch ziemlich engagiert, bei den Grünen. Auch sie hat durch eine Intrige alles verloren und weiß nicht, wer dahintersteckte. Jetzt will sie hier schon wieder jemand erpressen. Und Fiona – ich weiß gar nicht, ob ich darüber reden darf«, sie sieht Anne nachdenklich an. »Ich kann dir doch vertrauen, dass es unter uns bleibt?«

Anne nickt nur und Ina überlegt eine Weile, bevor sie weiterspricht. »Ich habe Fiona jahrelang kaum gesehen, obwohl wir gar nicht so weit auseinandergewohnt haben. Nur so zwei Stunden mit dem Auto. Ich habe sie oft eingeladen, aber sie hatte nie Zeit und ich bin auch nicht zu ihr gefahren. Ich mochte ihren Mann nicht. Der war zwar immer sehr nett zu mir, aber das war so unecht. Ich bin mir sicher, er hat Fiona geschlagen. Es war so offensichtlich, dass sie Angst vor ihm hatte. Sie war noch nervöser als jetzt und ist zusammengezuckt, wenn er sich nur hastig bewegt hat. Ich glaube, er hat gewusst, dass ich es ahnte, und hat es genossen. Ich konnte ja auch gar nichts dagegen machen. Natürlich hab ich ihr geraten, ihn zu verlassen, und ihr meine Hilfe angeboten. Sie hätte ja zu uns kommen können, aber sie hat nie offen mit mir geredet, hat es einfach abgestritten. Ich glaube, sie hatte zu viel Angst. Vielleicht hätte ich mich mehr kümmern sollen, aber mich hat das alles so angekotzt.« Ina spielt nachdenklich mit ihrem leeren Glas, dann hebt sie die Flasche und sieht ihre Freundin fragend an.

»Na ja, eigentlich …« Anne zögert, dann winkt sie ab. »Ach was, ich hab ja morgen frei. Ich lass mein Auto einfach stehen und gehe zu Fuß nach Hause.«

»Ach so, daran hab ich jetzt nicht gedacht. Das war ziemlich egoistisch von mir. Also, wenn du nach Hause willst …?«

»Nein, gar nicht. Ich gehe am Strand entlang nach Bansin zurück. Da freue ich mich richtig drauf. Die Luft ist herrlich und wenn ich schnell gehe, brauche ich weniger als eine Stunde. Das tut mir gut und ich kann danach super schlafen.«

Als ihre Gläser wieder gefüllt sind, spricht Ina weiter. »Er stammte übrigens aus Ahlbeck.«

»Wer stammte aus Ahlbeck?«

»Na, Fionas Mann. Sie kannte ihn schon als Kind, ist mit ihm zusammen zur Schule gegangen. Als sie Tante Rosi einmal besucht hat, hat sie ihn wiedergetroffen. Sie haben dann ziemlich schnell geheiratet. Ich glaube, sie hat ihn kaum gekannt, als Erwachsenen, meine ich. Er hat sie wahrscheinlich an ihre Kindheit erinnert oder was weiß ich. Jedenfalls war es ein Fehler. Aber er hat seine Strafe bekommen.« Sie kichert boshaft und hält sich schnell die Hand vor den Mund.

»Also hat deine Schwester sich doch von ihm getrennt?«

»Nein, musste sie nicht. Sie hat ihn überfahren.«

»Was hat sie? Absichtlich?«

»Nein, natürlich nicht. Sie wollte wegfahren, vielleicht wollte sie ihn wirklich verlassen, vielleicht wollte sie auch nur vor ihm fliehen. Sie hatte nämlich ziemlich viele blaue Flecken. Ich glaube nicht, dass die von dem Unfall stammten, wie sie gesagt hat. Jedenfalls ist er ihr vor das Auto gelaufen, er wollte sie wohl aufhalten. Aber sie konnte nicht mehr rechtzeitig bremsen – na ja. Er war sofort tot.«

»Oh Gott, das war sicher ein traumatisches Erlebnis. Besonders für Niklas muss das schlimm gewesen sein. Wie alt war er denn, als das passiert ist?«

»Das war vor fünf Jahren – da war er 16. Und er war sogar dabei, hat alles mit angesehen und den Krankenwagen gerufen.«

»Der arme Junge! Dafür hat er aber ein ziemlich sonniges Gemüt. Oder täuscht das?«

»Nein, das hat er wirklich. Er ist zwar ein verwöhnter Taugenichts, aber ein netter. Ich mag ihn. Übrigens fällt mir gerade ein, er hat ja noch Verwandte hier im Ort. Aber ich glaube nicht, dass er mit denen in Verbindung steht. Ein Bruder seines Vaters hat Fiona damals angezeigt. Er hat behauptet, sie hätte ihn absichtlich überfahren. Aber das Verfahren gegen sie ist dann eingestellt worden. Alles sprach wohl eindeutig dafür, dass es ein Unfall war. Der Mann war betrunken und ist aus dem Dunkeln vor das Auto gesprungen. Da hatte sie überhaupt keine Schuld. Aber seine Familie sieht das natürlich anders.«

»Natürlich.« Anne spürt, dass Ina mit ihren Gedanken schon ganz woanders ist.

Die Frauen schweigen minutenlang, dann beginnt Ina leise zu erzählen. Sie blinzelt ein paar Tränen weg, als sie ihre kurze Ehe schildert. In dieser Zeit war sie richtig glücklich. Er war eigentlich nichts Besonderes: nicht besonders schön, nicht besonders witzig oder intelligent, auch nicht besonders erfolgreich. Es war auch keine Liebe auf den ersten Blick, jedenfalls nicht bei Ina. Aber er war hartnäckig und irgendwann stellte Ina fest, dass es der beste Mann war, den sie sich wünschen konnte. Er war so zuverlässig und liebevoll, nicht nur Geliebter, sondern auch bester Freund. Er hatte ein kleines Haus geerbt, etwas außerhalb von Rostock. Sie schmiedeten eifrig Pläne für den Umbau, nahmen einen Kredit auf. Vieles wollte er selbst machen. Er war fleißig und ein geschickter Handwerker. Ein

Kinderzimmer, oder lieber gleich zwei? Die Küche sollte Ina aussuchen. Sie dachte darüber nach, während sie zur Arbeit fuhr. Das war der einzige Nachteil: Sie musste jeden Tag nach Rostock, vierzig Kilometer, morgens und abends. Sie hätte sich eine neue Stelle suchen können, näher an ihrem Haus, aber sie zögerte. Sie verdiente gut und das Kollektiv war super, sie würde die Kollegen vermissen. Außerdem fuhr sie gern mit dem Auto, wenn auch oft zu schnell. Ihr Mann machte sich Sorgen und sie lachte, wenn er sie bat, vorsichtiger zu fahren. Im vergangenen Jahr, es war schon Anfang November und morgens zum ersten Mal glatt, wechselte er noch am selben Tag, abends, als sie von der Arbeit nach Hause gekommen war, die Reifen. Am nächsten Tag, es war ein Freitag, war es wieder trocken. Die Sonne schien. Ina freute sich auf das Wochenende. Beide wollten den neuen Kamin einweihen. Sie hatte Kerzen gekauft und Wein und ein albernes Kunstfell. Ihr Mann würde darüber lachen und den Kopf schütteln, aber sie stellte sich vor, wie sie ihn bei einem flackernden Feuer verführen würde – er war ein toller Liebhaber. Sie hatte das Radio voll aufgedreht und sang einen Schlager mit, als sie plötzlich von der Seite gerammt wurde – und in den Straßengraben fuhr. Irgendjemand hatte die Polizei gerufen und einen Krankenwagen. Sie wollte darin nicht mitfahren, fühlte sich völlig unverletzt, aber der Arzt bestand darauf, meinte, sie könne innere Verletzungen haben. Also stieg sie ein, ihr Auto war sowieso kaputt, irgendwie musste sie ja hier wegkommen. Ob ihr Mann sie nun von hier oder aus dem Krankenhaus in Rostock abholte, war schließlich egal.

Nur konnte sie ihn nicht erreichen. Weder gleich nach dem Unfall noch während des Transportes und auch nicht später aus dem Krankenhaus. Zunächst machte sie sich keine Sorgen, er hatte sein Mobiltelefon selten bei sich. Aber später dachte sie, er müsse doch merken, dass sie nicht nach Hause komme, sollte doch versuchen, sie zu erreichen – immer wieder sah sie auf ihr Smartphone. Der Arzt, der sie untersuchte, wurde schon ärgerlich.

Plötzlich waren wieder zwei Polizisten da. Zuerst verstand sie gar nicht, was die ihr sagten. Dann wollte sie es nicht glauben: Ihr Mann war tot. Er hatte sich das Leben genommen.

Erst am nächsten Tag, als die Wirkung der starken Beruhigungsmittel nachließ, erfuhr sie die Zusammenhänge. Verstanden hat sie es bis heute nicht. »Auf seinem Laptop hat er so eine Art Abschiedsbrief hinterlassen, oder jedenfalls eine Erklärung. Der war zwar gelöscht, aber die Polizei konnte die Nachricht wiederherstellen, wie auch immer die das machen und warum auch immer sie danach gesucht haben. Daraus ging jedenfalls hervor, dass unmittelbar nach Inas Unfall ein Mann zu ihm gekommen war, der sich als Polizist ausgegeben hat. Und der hat behauptet, ich wäre tödlich verunglückt, weil sich ein Rad meines Autos gelöst hat. Und mein Mann hat geschrieben, er könne mit dieser Schuld nicht leben und er könne nicht ohne mich …« Sie bricht ab.

Auch Anne schluckt. »Dein Mann wurde ermordet«, bemerkt sie nach einer Weile. »Hat die Polizei …«

»Nein«, unterbricht Ina sie. »Ich habe nie erfahren, wer mich in den Graben geschoben hat und wer bei meinem

Mann war. Die Polizei denkt, es wäre derselbe Mann gewesen. Oder eben zwei, die das zusammen gemacht haben. Sie haben wirklich in alle Richtungen ermittelt, aber es gab einfach keine Zeugen. Und auch kein Motiv.«

Später im Bett, als sie noch immer aufgewühlt ist und nicht einschlafen kann, denkt Ina, dass sie mal wieder zu viel erzählt hat, wie immer, wenn sie Alkohol trinkt. Sie kennt Anne doch gar nicht so gut. Aber andererseits hat sie bei ihr ein gutes Gefühl und irgendjemandem muss man doch vertrauen. ›Und ich brauche eine Freundin, mit der ich reden kann, sonst dreh ich hier noch durch.‹

20

Jetzt ist es richtig warm, fast wie im Hochsommer. Während ihrer Pause, in der Wiebke sie vertritt, bummelt Ina über die Seebrücke. Über dem Wasser ist die Temperatur noch am angenehmsten. Fast alle Strandkörbe sind belegt, Kinder spielen im Sand, viele baden bereits. Das klare Wasser mit seinen kleinen Wellen sieht verlockend aus. ›Ich könnte später auch mal reingehen‹, überlegt Ina. Als Kind ist sie oft mit ihren Eltern am Abend baden gegangen, weil die tagsüber keine Zeit hatten und weil man die Ostsee als noch wärmer empfunden hat, wenn die Luft kühler war.

Als sie zurückkommt, sitzt Anne da und trinkt ihren Kaffee. Ina setzt sich zu ihr. »Na, du bist ja heute so ruhig. Ist es wegen dem, was ich dir vorgestern erzählt habe? Tut mir leid, ich wollte dich damit nicht belasten.«

»Ich habe auf dem Heimweg nachgedacht. Oder willst du nicht darüber sprechen?«

Nein, das will sie eigentlich nicht, ihr ist die fröhliche Reiseleiterin lieber. Sie wünscht sich eher Ablenkung, als jemanden, der mit ihr trauert. Und helfen kann Anne ja auch nicht. Aber andererseits: »Doch, vielleicht ist es ganz gut, mal mit jemandem darüber zu reden. Ich denke ja doch dauernd daran und zerbreche mir den Kopf, warum das alles passiert ist.«

»Ja, weißt du, das ist alles sehr seltsam. Du und Fiona, ihr habt beide eure Männer verloren, Nelda ihren Lebensgefährten, ihren Job und ihren guten Ruf. Weißt du, was ihr alle gemeinsam habt?«

»Ja, dieselben Eltern«, bemerkt Ina trocken.

»Das auch«, winkt Anne ab. »Aber keine von euch wäre normalerweise hierher nach Ahlbeck zurückgekommen. Bei Fiona war es wahrscheinlich wirklich ein Unfall, das kann niemand inszeniert haben. Aber dein Mann wurde eindeutig ermordet und du sagst, es gab kein Motiv. Wenn nun jemand unbedingt wollte, dass ihr hierherkommt?«, überlegt sie laut.

Ina ist fassungslos. »Du meinst, mein Mann wurde ermordet, nur damit ich nach Ahlbeck ziehe? Aber wer sollte daran ein Interesse haben? Außer Tante Rosi, aber die hat mich bestimmt nicht in den Straßengraben geschoben und sich auch nicht als Polizistin ausgegeben.«

»Nein, wohl kaum. Aber weißt du noch, was mein erster Verdacht war, als du das von dem Gerücht über deinen Vater erzählt hast?«

Ina sieht zu Wiebke, die sie missmutig beobachtet. Sie hofft, dass die junge Frau nichts von ihrem Gespräch gehört hat. Getratsche über ihren toten Mann ist das Letzte, was sie hier gebrauchen kann. Aber Anne hat leise gesprochen und auch vorher zu Wiebke hinübergesehen, die sie sowieso nicht leiden kann, weil sie nicht nur zu Ina, sondern auch zu den Kunden und zu ihr selbst sehr unfreundlich ist. Nur zu Simon ist sie äußerst freundlich.

»Du kannst jetzt wieder rübergehen, ich mach hier weiter«, ruft Ina ihr zu und wartet, bis ihre Kollegin mit kurzem Röckchen und beleidigter Miene an ihnen vorbeistolziert ist.

Dann setzt sie das Gespräch mit Anne fort. »Ja, deine Überlegung war, dass uns jemand aus Ahlbeck vertreiben wollte. Das habe ich auch schon gedacht.«

»Ich auch. Und sogar schon vorher. Ein Fremder im Haus, der euch vermutlich verängstigen will: der Anschlag auf Nelda, der Einbruch in deinen Kiosk – alles ein bisschen viel, oder? Kann natürlich Zufall sein. Aber ich trau dem Braten nicht.« Sie überlegt. »Das ist alles so unlogisch. Es ist überhaupt kein Motiv zu erkennen. Wem nützt es, dass ihr hier seid? Und wer will euch weg haben? Vielleicht sind es ja zwei oder noch mehr, die dahinterstecken!?«

Ina stöhnt. »Du machst mir Angst, ehrlich!«

»Ja, aber ich habe auch eine rege Fantasie. Also nimm mich nicht so ernst, vermutlich ist das alles Spinnerei. Ich muss dann auch.«

Während sie Anne nachsieht, denkt Ina, dass der Selbstmord ihres Mannes jedenfalls keine Spinnerei war.

21

»Ich habe heute gar nichts gekocht. Ich fühle mich nicht so gut«, erklärt Rosi. »Ihr könnt ja auch essen gehen, es gibt jetzt so viele gute Gaststätten in Ahlbeck. Vielleicht zum Italiener, das mochte ich immer gern. Aber heute ist mir das zu anstrengend. Ich sehe noch ein bisschen fern und gehe dann früh schlafen. Morgen geht es mir bestimmt wieder besser.«

»Nein, Tante Rosi, wir lassen dich doch nicht allein hier. Komm, setz dich erst mal hin! Soll ich dir einen Tee kochen?« Nelda rückt ihrer Tante den Sessel zurecht, den sie mit Fiona aus ihrer Wohnung geholt und hier an den Tisch gestellt haben, damit Rosi bequemer sitzt.

Fiona schiebt ihr ein Kissen in den Rücken.

»Wir könnten etwas beim Italiener bestellen«, schlägt Ina vor. »Was meinst du dazu, Tante Rosi? Was isst du gern?«

»Ach, für mich müsst ihr nichts bestellen. Aber wenn ihr Pizza esst, könnt ihr mir ja ein kleines Stück abgeben.«

»Das machen wir, die sind sowieso immer viel zu groß.«

Dann wird es doch noch ganz gemütlich. Natürlich haben sie viel zu viel bestellt und auch viel zu viel gegessen. Nelda, die eigentlich nur einen Salat wollte, isst schon ihr zweites Stück Pizza. Dazu trinken die Schwestern Rotwein.

Rosi lässt sich ebenfalls zu einem kleinen Schluck Wein mit viel Wasser verleiten. Sie befürchtet, dass sich der Alkohol nicht mit ihren Tabletten verträgt. »Ach Kinder, es ist Mist, wenn man alt wird«, stöhnt sie. »Ich habe früher so gern gut gegessen und guten Wein getrunken. Wir haben viel gefeiert, als ich jung war. Na ja, und auch viel gearbeitet.« Sie erzählt, wie sie sich hochgearbeitet hat, von der Küchenhilfe bis zur Restaurantleiterin. »Beim FDGB war das nicht schwer. Wenn man ein bisschen ehrgeizig war, konnte man eine Weiterbildung nach der anderen machen. Alles kostenlos und während der Arbeitszeit. Die Lehrgänge fanden immer im Winter statt, im Sommer blieb ja keine Zeit dazu.«

»Bilde ich mir das nur ein oder gab es hier damals noch mehr Sommergäste als jetzt?«, überlegt Nelda.

»Das kann schon sein.« Rosi nickt. »Ahlbeck war ja der größte FDGB-Erholungsort überhaupt. Die Häuser gehörten fast alle zum Feriendienst und waren hundertprozentig ausgelastet. Das war durchorganisiert: ein Durchgang dauerte dreizehn Tage. Ein Tag blieb zum Putzen. Dann kamen die nächsten. Und im Winter waren Kurgäste da.«

»Und wo hast du gearbeitet? Im Ostseehotel?«

»Nein, das war eines der wenigen Häuser, die nicht zum FDGB gehörten. Ich war meist im Ahlbecker Hof, der hieß damals Bernhard Göring oder im Kurt Bürger, das ist heute das Seeblick.«

»Was für komische Namen«, wundert sich Ina. »Was waren das für Leute, nach denen ihr die Häuser benannt habt?«

Rosi zuckt mit den Schultern. »Keine Ahnung. Das wussten wohl nur die Chefs. Hat auch niemanden wirklich interessiert.«

»Könnt ihr euch noch an die lange Schlange vor dem Eisladen erinnern?«, fragt Fiona.

Die Schwestern nicken.

»… und vorm Kino«, ergänzt Nelda.

Rosi lacht. »… und im Sommer vor jeder Gaststätte. Mittags und abends. Ja, ab und zu sollte man sich daran erinnern. Dagegen geht es uns doch heute gut.«

»Ich habe nur gute Erinnerungen an die Zeit«, erklärt Fiona plötzlich weinerlich.

Ina beschließt, das Glas ihrer Schwester nicht noch einmal nachzufüllen. Die verträgt wenig Alkohol und wird immer noch depressiver, wenn sie Wein trinkt.

Aber es ist schon zu spät. Fiona gießt sich selbst noch einmal ein und trinkt einen großen Schluck. »Für mich war es am allerschlimmsten, hier wegzuziehen«, jammert sie. »Ina war ja noch klein. Die hat das alles gar nicht so mitgekriegt. Und du«, wendet sie sich an Nelda, »warst nie so emotional. Du warst Mamas Lieblingstochter, weil du die erste warst und die vernünftige, die immer alles richtig gemacht hat. Und Ina war Papas Liebling. Die kleine, niedliche, die alle verwöhnt haben. Nur mich hat keiner lieb gehabt. Ich war so allein!« Sie schluchzt und wehrt Inas Hand ab. »Ich habe richtig gelitten. Ich hatte so ein Heimweh! Immer habe ich von Ahlbeck geträumt, von unserer Wohnung und vom Strand. Deswegen bin ich ja auch nur auf Niklas' Vater reingefallen. Das wäre nie passiert, wenn wir noch hier gelebt hätten.«

»Nun sag bloß noch, da haben wir auch Schuld dran! Vielleicht solltest du die Fehler an deinem verkorksten Leben auch mal bei dir selbst suchen!«, schlägt Nelda ärgerlich vor.

»Ich sag ja gar nicht, dass du Schuld hast. Obwohl – geholfen hast du mir auch nicht. Niemand hat mir geholfen!«

»Du hast dir ja nicht helfen lassen.« Ina nimmt ihrer Schwester die Rotweinflasche aus der Hand. »Trink lieber nicht so viel, sonst redest du nur dummes Zeug!«

Rosi seufzt und sieht ihre Nichte mitleidig an. »Vergiss endlich die Vergangenheit und versuche, in der Gegenwart zu leben!«, bittet sie. »Jetzt geht es dir doch gut, oder? Du bist wieder zu Hause und du hast deinen Sohn und deine Schwestern und mich. Und wir lieben dich. Probleme haben wir alle, aber wir sind eine Familie und helfen uns gegenseitig. Wir sind immer für dich da, Fiona. Du bist nicht mehr allein.«

»Ach, was wisst ihr schon von Problemen!« Sie schluchzt noch einmal, wischt sich die Tränen aus dem Gesicht und für einen Moment hat Ina das Gefühl, als wolle ihre Schwester etwas Wichtiges sagen, etwas, das ihre ständige Unruhe und ihre Angst erklärt. Aber dann springt sie auf und läuft aus dem Zimmer.

›Schade, dass der Abend so enden musste‹, denkt Ina, ›es war erst so gemütlich.‹ Sie ist sauer auf ihre Schwester, die mal wieder die Stimmung verdorben hat und will schon aufstehen.

Aber Rosi teilt den restlichen Wein aus der Flasche zwischen den Schwestern auf. »Dabei ist ihr doch eigentlich am wenigsten passiert«, geht sie auf Fionas Anschuldigungen ein. »Ich meine, das mit ihrem Mann war ja nun wirklich ein Unfall, für den niemand etwas konnte. Und wenn wir ehrlich sind«, sie beugt sich ein wenig vor und sieht ihre Nichten mit verschwörerischer Miene an, »es war doch das Beste, was ihr passieren konnte. Sie hätte es wohl nie geschafft, sich von ihm zu trennen.«

Ina erscheint diese Sicht auf den Tod von Niklas' Vater etwas makaber, aber sie kann auch nicht widersprechen.

Nelda nickt nachdenklich. »Ja, und hier in Ahlbeck ist ihr doch auch nichts passiert. Ich habe Ärger in der Kanzlei, mir wurde etwas in meine Creme gemischt, Inas Kiosk wurde aufgebrochen – bei Fiona ist alles in Ordnung. Trotzdem ist sie nur am Jammern.«

»Und sie hat ihren Sohn, der sie liebt«, verrät Ina unbewusst ihre Sehnsucht und ihren Neid auf die Schwester. »Er hat sogar einen guten Job aufgegeben, um hier bei seiner Mutter zu sein.«

»Sagt er«, relativiert Nelda. »Ob der nun so eine große Hilfe für sie ist? Aber trotzdem – ihr Selbstmitleid geht mir langsam auf die Nerven.«

»Na ja«, beschwichtigt Rosi, »in den vergangenen Jahren ist es ihr ja wirklich schlecht gegangen. Sie muss sich eben erst wieder erholen. Das wird schon!«

Eine halbe Stunde später liegt Ina im Bett. Sie ist zu unruhig, um zu schlafen, und liest einen Krimi, den ihr Rosi geliehen hat. Plötzlich klingelt ihr Smartphone. Sie erschrickt – wer ruft sie denn um diese Zeit an? Ihr erster Gedanke ist, dass wieder etwas passiert ist. Vielleicht mit den Eltern? Auf dem Display wird nur *unterdrückte Rufnummer* angezeigt.

Die Stimme klingt verstellt, sie kann nicht mal erkennen, ob es eine Männer- oder eine Frauenstimme ist. »Hallo, mein Schatz, hier ist Peter!«

Ina klopft das Herz plötzlich bis zum Hals. Ihr rauscht das Blut in den Ohren. Sie kann die Stimme kaum noch hören.

»Peter – was für ein Peter?«, stottert sie.

»Dein Peter, dein Mann! Du wirst mich doch nicht schon vergessen haben? Du kannst dich nicht wieder verlieben. Es gibt keinen anderen Mann für dich …«

»Idiot!« Wütend beendet Ina das Gespräch. Was war das bloß für ein Perverser?

22

»Wir haben Westwind«, stellt Ina fest. »Bedeutet das, dass wir nun endlich Regen kriegen?«

Simon blickt in den Himmel. »Eigentlich schon, aber es sieht nicht danach aus. Vielleicht heute Abend.«

»Stimmt es, dass das Baden heute verboten wurde? Darüber hat sich vorhin ein Pärchen aufgeregt. Die meinen, das wäre total übertrieben. Es sind doch auch gar nicht so große Wellen, oder?«

»Nun fang du nicht auch noch an!« Simon ist heute ungewöhnlich gereizt. »Die Wellen sind doch gar nicht das Problem. Wir haben eine so starke Strömung, dass ein erwachsener Mensch drei Meter vom Ufer entfernt kaum stehen kann. Und die Idioten gehen mit kleinen Kindern ins Wasser! Oder sie schwimmen raus, lassen sich von der Strömung treiben und kommen nicht wieder zurück. Und wir können dann unser eigenes Leben riskieren, um die wieder rauszuholen.« Er schüttelt den Kopf. »Blöd ist, dass wir es gar nicht wirklich verbieten können, dass sie ins Wasser gehen. Wir können nur raten und warnen. Was glaubst du, was du da für Antworten kriegst. Mir hat vorhin einer erklärt, er hätte schließlich Kurtaxe bezahlt, also geht er auch in die Ostsee. Das wäre sein gutes Recht und von mir lässt er sich gar nichts verbieten. Ich musste erst mal da weg, sonst wäre ich ausgerastet.« Er trinkt jetzt schnell seinen Kaffee aus und winkt Ina kurz zu.

»Ich muss dann auch wieder. Ich fürchte, wir kriegen heute noch einiges zu tun.«

Eine halbe Stunde später hört Ina, dass auch die Adler-Schiffe nicht mehr an der Seebrücke anlegen. »Wegen so 'n paar Wellen«, regt sich ein Berliner auf. »Der Kahn hat ja nich' mal richtich jeschaukelt. Dat sind vielleicht Memmen hier!«

Ina könnte ihm erklären, dass das Schiff wegen der starken Strömung nicht anlegen konnte. »Die Ostsee ist eben nicht der Müggelsee«, murmelt sie nur. Sie hat keine Lust auf Streit, die Gäste sind heute anscheinend alle gereizt.

Hinter sich hört sie Niklas lachen. Er hat es sich zur Gewohnheit gemacht, jeden Tag gegen dreizehn Uhr, eine Stunde bevor seine Arbeitszeit beginnt, am Kiosk aufzuschlagen. Oft kommt dann Malte dazu, von dem Ina immer noch nicht genau weiß, worin seine Arbeit als Versicherungsvertreter im Außendienst besteht. Auch Simon verbringt seine Mittagspause gern mit den beiden. Eigentlich passt er so gar nicht zu denen, aber sie scheinen sich ausgezeichnet zu verstehen. ›Vielleicht schätze ich ihn auch völlig falsch ein‹, denkt Ina. Seine Tätigkeit als Rettungsschwimmer gibt ihm so einen Anschein von Verantwortungsbewusstsein, er wirkt ernsthafter als die beiden jüngeren Männer und vor allem intelligenter. Vielleicht sieht sie auch nur, was sie sehen will. Sie weiß ja eigentlich nicht viel von ihm, zum Beispiel spricht er nie über seine Eltern, auch nicht darüber, was er im Winter in Hamburg treibt. Entweder hat er etwas zu verbergen oder er gibt nichts über sein Privatleben preis, weil er das Verhältnis zu Ina locker und unverbindlich halten will. Eine kleine Sommerliebe vielleicht, aber nicht mehr. Seine Freiheit scheint ihm sehr wichtig zu sein. Auch sein Verhältnis mit Wiebke, falls es das je gegeben hat, ist wohl beendet, so ungeniert, wie er mit Ina flirtet. Die gönnt sich ein bisschen Schadenfreude und redet sich ein, dass sie nur deshalb darauf eingeht, weil es ihre junge, gehässige Kollegin ärgert.

Da der Tisch neben dem Kiosk in letzter Zeit häufig besetzt war – es sind nun doch schon viele Gäste da, die Promenade und der Strand sind voll und alle wollen mittags schnell im Freien eine Kleinigkeit essen –, hat Niklas sich etwas einfallen lassen und einen kleinen Tisch mit vier Klappstühlen aus der Pension mitgebracht. Der steht jetzt hinter dem Kiosk neben der Tür. Auch Ina kann sich nun setzen und selbst, wenn sie im Kiosk steht, kann sie an den Gesprächen teilnehmen. Und die anderen Kunden fühlen sich nicht gestört, was Ina besonders zu schätzen weiß, da auch Colette immer häufiger herkommt. Dass Ina sie offensichtlich widerwillig und sehr unfreundlich bedient, stört sie nicht im Geringsten. Die Frau ist selbst stets unfreundlich und wohl auch nichts anderes gewohnt. Vielleicht kommt sie deshalb immer öfter, weil Niklas und Simon sie nett und respektvoll behandeln. Malte tut das zwar nicht, aber den ignoriert sie einfach.

Simon ist heute Mittag nicht da, er hat wohl am Strand damit zu tun, die unvernünftigen Badegäste vor dem selbstmörderischen Bad in der Ostsee zu bewahren. Ina hört Malte albern kichern, anscheinend ist er nach der zweiten Flasche Bier schon betrunken. Kein Wunder, sie sitzen in der prallen Sonne. Erstaunlich allerdings, dass auch Niklas Bier trinkt.

»Ich habe heute frei«, erklärt er seiner Tante.

»Ach so?« Sie nickt gleichmütig und denkt, er könnte etwas Besseres mit seiner Freizeit anfangen, zum Beispiel an den Strand gehen. Aber es ist ja Badeverbot, da macht das auch keinen Spaß. Widerwillig öffnet sie noch drei Flaschen Bier, die ihr Neffe bestellt hat, stellt sie auf den kleinen Tisch und räumt die leeren Flaschen ab. Dabei mustert sie unauffällig ihre drei Stammgäste.

Niklas ist der einzig Nüchterne, sein Blick ist noch hellwach, während Malte vermutlich gleich einschläft. Colette scheint noch betrunkener zu sein. Nachdem sie eine Weile wütend vor sich hin geschimpft hat, starrt sie jetzt schweigend vor sich auf die Tischplatte. »Na, komm! Trink noch ein Bier, dann geht es dir wieder besser!«, ermuntert Niklas sie und schiebt ihr die volle Flasche hin, während er Inas vorwurfsvollen Blick ignoriert. »Setz dich doch ein bisschen zu uns!«, fordert er sie auf. »Ist grad so gemütlich.«

Ina dreht sich wütend um. Er weiß genau, dass sie ihm in der Öffentlichkeit keine Standpauke halten wird, nimmt sich aber vor, genau das zu Hause zu tun. Sie lässt sich von ihm nicht auf der Nase herumtanzen, so wie seine Mutter. Am liebsten würde sie ihm ganz verbieten, an den Kiosk zu kommen, aber wie soll sie das Simon erklären, der ihn ja offensichtlich mag. Außerdem ist er ja meistens ganz vernünftig – muss sie sich eingestehen –, wer weiß, was heute in ihn gefahren ist.

Sie bedient eine Familie, dann noch ein paar Jugendliche, die sich Fischbrötchen und Getränke zum Strand mitnehmen.

Nebenbei bemerkt sie, wie sich Niklas mit Colette unterhält. Nach einer Weile hört sie nur noch die betrunkene Frau reden.

Als keine Kunden mehr da sind, will Ina sich zunächst zu den dreien hinter dem Kiosk setzen. Aber sie hat plötzlich das Gefühl, dort zu stören. Colette spricht immer noch, leise, mit Unterbrechungen, Niklas stellt ebenso leise kurze Zwischenfragen. Es klingt wie eine Beichte der alten Frau. Neugierig stellt sie sich neben die Kaffeemaschine an die Rückwand ihrer Bude und nimmt eine Kaffeetüte in die Hand, als würde sie dort arbeiten. Hier kann sie alles hören, was am Tisch gesprochen wird, wird von dort aus aber nicht gesehen.

Colette spricht von einem Kind, einer Tochter, die sie bekommen hat, als sie noch sehr jung war. »Ich hatte das Leben doch noch vor mir und ich konnte ihr nichts bieten. Als er gesagt hat, dass er sie zu sich nimmt, dachte ich, es wäre das Beste für uns alle.«

»Ihr Vater?«, fragt Niklas leise.

Ina kann die Antwort nicht hören, vielleicht hat die Frau auch nur genickt. Durch eine schmale Ritze in der Wand kann sie nur Malte sehen, der den Kopf auf den Tisch gelegt hat und anscheinend schläft.

Dann muss sie zwei Kunden bedienen, die Bockwurst und Kaffee wollen. Während der Kaffee in die Becher läuft, hört sie, wie Colette etwas von »Drogen« und »Überdosis« erzählt. Spricht sie immer noch über ihre Tochter? Ina bekommt eine Gänsehaut. Vielleicht ist das Mädchen tot, das würde erklären, weshalb Colette sich so gehen lässt. Aber warum erzählt sie das Niklas? Er ist doch wirklich nicht der Typ, dem man so etwas anvertraut. Oder? Hat Ina etwas verpasst? Ist er gar nicht mehr der verwöhnte, selbstsüchtige Bengel, den sie immer noch in ihm sieht? Und den er ja auch immer wieder herauskehrt, besonders in der Familie. Dann wieder wirkt er sehr erwachsen und, besonders im Gespräch mit Simon, auch gar nicht so dumm.

»Es tut mir so unendlich leid.« Colettes Stimme klingt jetzt gar nicht mehr betrunken, aber sehr verzweifelt. »Ich kann es nie mehr gutmachen.«

Niklas redet leise und tröstend auf sie ein, dann ruft er Ina.

»Ja?« Bemüht unbefangen kommt sie an die Tür. »Wollt ihr noch was?« Sie sieht Colette nicht an, aus Angst, ihr Gesichtsausdruck würde verraten, dass sie gelauscht hat.

»Ja, ich glaube, wir brauchen jetzt alle einen Kaffee.«

»Das ist eine gute Idee, ich trinke einen mit«, sagt Simon, der gerade herantritt.

»Ja, leg mal eine Pause ein von deinem Ehrenamt!«, spottet Niklas. »Lass die Idioten doch ersaufen, wenn sie es denn unbedingt wollen!«

Ina wundert sich, wie er so schnell umschalten kann, sie selbst ist noch tief beeindruckt von dem, was sie gerade von Colette gehört hat, und hat Mühe, es sich nicht anmerken zu lassen. Sie kann die Frau immer noch nicht ansehen.

Auch Malte scheint etwas mitbekommen zu haben, zumindest einzelne Wörter. »Wisst ihr eigentlich, dass Rosis Tochter drogensüchtig ist?«, fragt er plötzlich.

Ina nickt nachdenklich. »Kann schon sein. Deshalb haben die beiden wohl keinen Kontakt mehr. Rosi spricht ja nie über Sandra. Woher weißt du das eigentlich?«

»Mir hat sie es erzählt«, behauptet Malte mit albernem Stolz.

»Und wahrscheinlich hat sie dich auch gebeten, es überall herumzuerzählen?«, provoziert Simon.

»Wieso überall? Ihr seid doch ihre Familie – na ja, außer dir, aber du weißt ja sowieso alles. Ist doch auch nichts Schlimmes, sie kann ja nichts dafür«, verteidigt Malte sich unbeholfen.

Simon schüttelt nur den Kopf und Niklas grinst.

Inas Blick fällt auf Colette, die Malte mit offenem Mund anstarrt. »Rosis Tochter?«, fragt sie dann mit seltsam fremder Stimme. »Wieso ist die ... Wo ist sie denn?« Als ihr niemand antwortet, steht sie plötzlich auf.

»Kennst du sie?«, fragt Simon, aber sie wirkt auf ihn völlig verwirrt.

»Ja – nein – ich weiß nicht. Ich muss mit Rosi sprechen.« Colette geht eilig fort, ihren Hund an der Leine hinter sich herziehend.

»Woher kennt sie Rosi?«, fragt Ina, aber die drei Männer sind über Colettes Abgang genauso erstaunt wie sie.

»Wahrscheinlich kennt sie sie gar nicht und bringt nur irgendwas durcheinander«, vermutet Niklas. »Ich glaube, sie hat irgendwelche Wahnvorstellungen. Aber das ist schon alles traurig«, fügt er hinzu, ohne näher darauf einzugehen.

»Kennst du eigentlich Colette? Du hast sie neulich am Kiosk bei mir getroffen«, fragt Ina ihre Tante beim Abendessen.

Die überlegt. »Das weiß ich gar nicht mehr. Der Name sagt mir was, aber ich komme im Moment nicht drauf. Wer ist das denn?«

Ina beschreibt das Aussehen der Frau. »Keine Ahnung, wie alt sie ist. Ich schätze sie auf Anfang 60.«

»Ich glaube, eine Colette hat mal bei uns in der Pension gearbeitet«, fällt Rosi ein. »Das muss aber gleich am Anfang gewesen sein, in den Neunzigerjahren. Ich glaube, sie ist dann weggegangen, weil sie schwanger war. Ich kann mich gar nicht mehr erinnern, wie sie aussah, aber ich habe sie ganz jung in Erinnerung. Und heute würde ich sie bestimmt nicht mehr erkennen. Hat sie denn was von mir gesagt?«

»Nein, eigentlich nicht. Aber sie wollte heute Nachmittag zu dir kommen, um mit dir zu reden. Keine Ahnung, worüber.« Ina will den Anlass nicht erwähnen, sie weiß, dass es ihrer Tante wehtut, über Sandra zu reden. Und ganz sicher will sie den Namen nicht aus dem Munde einer alten Säuferin hören. Wer weiß, welchen Zusammenhang es überhaupt gibt, es kann bestimmt nichts Gutes sein. Sie wird sich da jedenfalls raushalten.

»Also, hier war sie nicht. Und wenn doch, habe ich es nicht mitbekommen. Ich schließe ja die Haustür ab, wenn ihr nicht da seid. Wenn ich im Schlafzimmer bin und meine Serie gucke, höre ich sowieso nichts. Die wird schon wiederkommen, wenn es etwas Wichtiges ist, was sie mir sagen will. Sie kann es ja auch dir erzählen. Sag ihr einfach, wir haben keine Geheimnisse voreinander! Wenn die wirklich so heruntergekommen ist, wie du sagst, will ich sie gar nicht hier haben. Womöglich will sie mich anpumpen, das fehlt mir gerade noch.«

»Das könnte natürlich sein ...«, bestätigt Ina, glaubt aber nicht daran.

23

Es ist nicht mehr ganz so warm. Jetzt, am Abend, ist die Luft angenehm frisch, es hat sogar ein paar Tropfen geregnet. Viel zu wenig für die Pflanzen, allmählich vertrocknet alles, aber es ist nicht mehr so staubig.

Am Nachmittag hat Ina Simon gefragt, ob das Baden immer noch zu gefährlich wäre, sie hätte Lust, am Abend in die Ostsee zu gehen. Der Rettungsschwimmer hat ihr abgeraten, die Strömung sei noch immer sehr stark. Als Entschädigung hat er einen Abendspaziergang vorgeschlagen. »Ich begleite dich gern, wenn du nichts dagegen hast.«

Sie hatte nichts dagegen. Nun bummelt sie neben dem Rettungsschwimmer auf der östlichen Strandpromenade in Richtung Grenze. Hier sind selbst am Tage nur wenige Menschen unterwegs und jetzt sind beide fast ganz allein. Nur ein Jogger überholt sie, dann kommt ihnen eine junge Frau mit zwei großen Hunden entgegen. Der Unterschied zwischen dem ehemaligen Volksbad Ahlbeck und dem Nobelbad Heringsdorf, von dem Anne ihr erzählt hat, ist deutlich zu erkennen. Während die einzelnen Villen im Nachbarort von parkähnlichen Gärten umgeben sind, stehen hier größere Häuser, als Pensionen erbaut, auf kleineren Grundstücken, dichter zusammen und näher an der Straße oder Promenade. Ein großer grauer Betonbau, offensichtlich eine Hinterlassenschaft der DDR, ist verbunden mit einem Haus aus der Gründerzeit des Ortes, verziert mit protzig-kitschigen Stuckaturen. Dann folgt eine hübsche Reihe pastellbunter Villen.

Simon erzählt, dass es zur Entstehungszeit der Seebäder keine Vorschriften für das Bauen gab. Jeder konnte errichten, wie es ihm gefiel oder je nachdem wie viel Geld er besaß. Deshalb sieht jedes Gebäude anders aus. Das vorletzte Haus in Ahlbeck erinnert an eine Burg mit Turm und Zinnen. Passenderweise heißt es Kastell. Dahinter beginnt auf der rechten Seite der Kiefernwald. Dazwischen stehen auf sanften Hügeln flache rotbraune Holzhäuser, die mit ihren weißen Fensterrahmen skandinavisch wirken. Auf der linken Seite, zwischen Promenade und Dünen, stehen nur die schlanken Stämme der hohen Kiefern, das raue Gras dazwischen ist noch immer grün, hin und wieder führt ein Sandweg zum Strand. Nur dort kann man einen Blick auf die Ostsee werfen. Wäre nicht das Rauschen des Meeres zu hören, könnte man glauben, auf einem gepflasterten Weg durch den Wald zu gehen. Die beiden spazieren langsam, sie reden leise miteinander, schweigen immer wieder und genießen einfach den wunderschönen Abend.

Sie hat zum ersten Mal nach Jahren wieder dieses besondere Lampenfieber gespürt, dieses angenehme Kribbeln, hervorgerufen durch einen Blick, ein Lächeln, eine Stimme, die plötzlich ein paar Nuancen tiefer ist. Sie hatte dieses Gefühl fast vergessen, jetzt war es wieder da, beanspruchte ihre Gedanken, degradierte vorher Wichtiges zu Nebensächlichkeiten. Als Rosi beim Abendessen fragte, ob Colette wieder da gewesen sei, hatte sie nur den Kopf geschüttelt. Sie hatte keine Lust über Colette nachzudenken, sie ließ sich auch nicht von

Neldas gereizter Stimmung anstecken, ihre Gedanken waren bei Simon. Sie hatte sich wie ein Teenager vor einem Rendezvous gefühlt. Aber es war ganz anders als vor zwanzig Jahren. Sie erinnerte sich noch an das Herzklopfen, wie sie auf die erste Berührung gewartet und sich davor etwas gefürchtet hat – das tut sie jetzt nicht mehr, muss sie auch nicht, es gibt keine Berührungen. Und das ist gut so. Dieses schweigende Nebeneinandergehen ist intimer, als es eine Umarmung oder ein Kuss wären. Sie fühlt sich wohl neben ihm.

An der Grenze sieht es auf der Landseite noch fast so aus wie früher, bevor Polen Mitglied der EU wurde: ein Sandstreifen, mit rauem Gras und kleinen Kiefern bewachsen, begrenzt von zwei Reihen Betonpfeilern. Nur der Maschendraht fehlt; er hindert niemanden mehr, hier zwischen den beiden Ländern hin und her zu laufen. Vor dem Hintergrund der Ostsee stehen Sonnenkollektoren und zwei miteinander verbundene, geschwungene Betonsäulen. Auf dem linken die Aufschrift *Deutschland – Niemcy*, rechts *Polska – Polen*. Dazwischen ein dunkler Streifen auf der hell gepflasterten Fläche. Er zeigt die Grenze. Der Strandaufgang gehört beiden Ländern: rechts steht ein rot-weißer Pfahl, links ein schwarz-rot-goldener. Dahinter verschwindet der Weg in einer Kurve zwischen den Kiefern. Ina dreht sich um und stellt fest, dass die deutsche Promenade mit einem Hinweisschild auf die Kurabgabepflicht beginnt. »Na, wenn das keine Begrüßung ist!«

Auf dem Rückweg atmet sie tief ein. Hier verbindet sich die Seeluft mit dem würzigen Kiefernduft. Sie denkt wieder einmal, dass es keinen schöneren Ort auf der Welt gibt als Ahlbeck. Hier findet man historische Gebäude und moderne Gastronomie, Weltbadflair. Und nur einen Kilometer weiter Stille und Natur.

Es ist dunkel geworden zwischen den Bäumen. Sie gehen auf einem Sandweg durch die Dünen zum Strand hinab. Hier stehen keine Strandkörbe mehr. Links sehen sie die Ahlbecker Seebrücke, rechts den Hafen von Swinemünde, die langen Molen, die großen Hotels. Die Ostsee ist jetzt dunkel, sie rauscht leise, kleine Wellen plätschern an das Ufer. Am Horizont liegt ein hell erleuchtetes Schiff, rote und grüne Lichter kennzeichnen die Hafeneinfahrt. Ina und Simon stehen eine Weile nur da und schauen auf das Meer. Dann ziehen sie ihre Schuhe aus, krempeln die Hosenbeine hoch und schlendern am Ufer entlang zurück. Vor sich sehen sie die Seebrücke.

Sie gehen langsam, zunächst schweigend, jeder in seine eigenen Gedanken versunken. Dann erzählt Ina plötzlich. Sie weiß selbst nicht, wie es dazu gekommen ist.

Simon hat nicht gefragt, er sagt auch jetzt kaum etwas, hört nur zu.

Sie öffnet sich mehr, als sie es Anne gegenüber getan hat, spricht über ihre große Liebe, ihre Trauer, ihre Ängste. Es tut so gut, endlich einmal über all das reden zu können. Er nimmt sie ernst, sie ist ihm wichtig, auch ihre Gefühle sind es. Sie vertraut ihm und sie ist zum ersten Mal nach dem Tod ihres Mannes nicht allein.

Sie haben sich in der Nähe der Seebrücke in den noch immer warmen Sand gesetzt. Ina hat inzwischen auch von Nelda erzählt, von Fiona und von dem ganzen seltsamen Geschehen in Ahlbeck. »Anne denkt auch, dass uns jemand aus Ahlbeck vertreiben will. Genau wie damals, als man dieses schreckliche Zeug über meinen Vater erzählt hat. Hast du eigentlich davon gewusst? Und deine Eltern?«

»Ja, natürlich. Aber wir haben das nie geglaubt. Wir wussten aber auch nicht, dass ihr deswegen weggezogen seid. Wir dachten, das hätte andere Gründe gehabt.«

»Was denn für andere Gründe?« Ina ist erstaunt. »Gab es vielleicht noch andere Gerüchte über uns?«

»Nein, ich weiß doch auch nicht. Ich habe mich falsch ausgedrückt, ich meine, wir dachten, ihr wärt ohne besonderen Grund weggezogen. Vielleicht weil dein Vater einen neuen Job hatte oder so.«

Ina hat das Gefühl, dass Simon ihr etwas verschweigt, aber ihr ist klar, dass er nichts weiter sagen wird. Sie steht auf und klopft sich den Sand von der Hose. »Kennst du Colette eigentlich schon lange?«, wechselt sie das Thema, während sie langsam weitergehen.

Er zuckt mit den Schultern. »Ja, sie ist aus Ahlbeck. Ich kannte sie schon als Kind. Sie ist aber ein paar Jahre älter als ich.«

»Ein paar Jahre? Ich dachte, sie wäre mindestens 60.«

»Nein, auf keinen Fall. Sie ist noch keine 50. Aber das Leben ist nicht so gut mit ihr umgegangen, das hat eben Spuren hinterlassen.«

»Ja, der Alkohol aber auch.«

»Sicher. Aber manche trinken, um zu vergessen. Und bei ihr gibt es einiges, woran sie sich bestimmt nicht so gern erinnert.«

»An ihr Kind vielleicht?«

»Hat deine Tante dir davon erzählt?«

»Nein, die kann sich gar nicht an Colette erinnern. Ich habe auch nur ein paar Brocken aufgeschnappt. Sie hat mit Niklas darüber gesprochen. Ich habe nur mitbekommen, dass ihre Tochter tot ist und sie sich die Schuld daran gibt.«

Simon schweigt, er scheint zu überlegen.

»Ist das ein Geheimnis? Willst du nicht darüber reden?«

»Ich weiß nicht, ob es ein Geheimnis ist, anscheinend weiß ich gar nichts darüber. Ich war ja schon nicht mehr in Ahlbeck, als Colette schwanger wurde. Meine Mutter hat mir erzählt, der Vater des Kindes wäre ein Ausländer, ein Nordafrikaner, glaube ich. Colette wäre mit ihm in seine Heimat gereist und ohne das Kind zurückgekommen. Vielleicht ist das auch einer anderen Frau aus Ahlbeck passiert und ich habe das mit Colette verwechselt, oder meine Mutter … Ach, was weiß ich. Aber anscheinend will Colette mit uns ja nicht darüber reden, also lassen wir sie am besten einfach in Ruhe.«

Ina nickt. Vielleicht hat sie selbst auch alles falsch verstanden. ›Der Lauscher an der Wand …‹, denkt sie und schämt sich ein bisschen.

Sie sind neben der Seebrücke zurück auf die Promenade gegangen und stehen jetzt an der Jugendstiluhr. »Hier haben wir uns als Teenager immer getroffen«, erinnert sich Simon.

»Ja, das haben meine Schwestern auch erzählt. Ob sich die Jugendlichen hier immer noch verabreden?«

»Keine Ahnung. Soll ich dich nach Hause bringen?«

»Nein, lass mal! Also dann, bis morgen!«

»Bis morgen, schlaf gut!«

Er umarmt sie kurz und Ina ist ein bisschen enttäuscht, dass der Abend so gewöhnlich endet. ›Was muss ich auch von Colette anfangen‹, denkt sie, während sie langsam nach Hause schlendert. ›Das hat die ganze Stimmung verdorben. Aber, was soll's? Schön war es trotzdem und der Sommer fängt ja erst an.‹

24

»Sag mal, deine Tante lebt doch noch, oder?«

Colette wird langsam unverschämt, findet Ina. Sie geht ihr gewaltig auf die Nerven. Fast jeden Tag hockt sie jetzt an dem kleinen Tisch hinter dem Kiosk, trinkt Bier und behandelt Ina herausfordernd oder verächtlich. Mit Niklas und sogar mit Malte dagegen spricht sie freundlich, lacht sogar manchmal. »Die ist gar nicht mehr so interveniert«, hat Malte festgestellt und obwohl er damit introvertiert meinte, stimmt Ina ihm zu. Die abgewetzte alte Jogginghose trägt Colette aber immer noch und hat sie vermutlich in der ganzen Zeit noch nicht einmal gewaschen, dazu kaputte Turnschuhe und meist auch noch, trotz der Hitze, die alte dreckige Jacke. Nur die zerknitterten, ausgeblichenen T-Shirts darunter scheint sie gelegentlich zu wechseln.

»Ja, sie lebt und es geht ihr gut«, erwidert Ina gereizt. »Warum?«

»Weil ich sie mal besuchen wollte, aber sie macht die Tür nicht auf.«

Ina zuckt mit den Schultern, während sie einen Kaffee für Niklas einfüllt, der gerade angeschlendert kommt. Simon sitzt bereits neben Colette am Tisch und genießt sein Frühstück, das er sich aus dem Restaurant geholt hat.

›Dass ihm das überhaupt schmeckt bei dieser Gesellschaft‹, wundert sich Ina im Stillen.

Niklas hat Colettes Worte anscheinend mitbekommen. »Du musst mal abends kommen, wenn sie nicht allein im Haus ist«, erklärt er freundlich. »Sonst macht sie nicht auf, sie hat Angst vor Einbrechern. Außerdem hört sie dich wahrscheinlich gar nicht, wenn sie in ihrer Bude hockt und den Fernseher an hat.«

Ina denkt, er sollte nicht so herablassend über seine Tante reden, die ihn kostenlos bei sich wohnen lässt und zum Teil sogar beköstigt, während er gar nichts für sie tut. Sie sagt aber nichts. Zum einen will sie Familienangelegenheiten nicht im Beisein anderer besprechen – Malte ist inzwischen auch noch hinzugekommen –, zum anderen weiß man nie, wie Niklas reagiert. Er ist ihr ein völliges Rätsel. Mal benimmt er sich wie ein verwöhntes Kind, dann wieder zynischer, als es seinem Alter entspricht oder auch überraschend einfühlsam und scharfsichtig.

»Du kannst sie aber auch anrufen«, schlägt er jetzt vor. »Ina, gib ihr doch einfach die Telefonnummer von Tante Rosi!«

Ina weiß selbst nicht, weshalb ihr die Situation unangenehm ist, sie bildet sich ein, ihre Tante will nichts mit dieser unverschämten, heruntergekommenen Frau zu tun haben und sie sollte Rosi vor ihr schützen. Sie tut so, als hätte sie Niklas Aufforderung nicht gehört und bedient erst mal die Gäste, die vorn am Kiosk stehen. Dann fragt sie Malte mürrisch, was er trinken möchte. Auch ihn mag sie nicht besonders, schon gar nicht, seit er beinahe täglich kommt.

»Ich mag nun mal keine dummen Menschen«, hat sie Simon erklärt, »die gehen mir auf die Nerven. Und der braucht nicht mal den Mund aufzumachen, dem guckt die Dummheit aus den Augen.«

Wie konnte es nur passieren, dass sie so unsympathische Stammgäste hat? Die Schuld daran trägt ihrer Meinung nach Niklas. Nur um ihn zu treffen, kommen sowohl Colette als auch Malte. Wobei Malte neuerdings sehr an Wiebke interessiert zu sein scheint. Ina findet, dass die beiden ausgezeichnet zusammenpassen würden. Leider beachtet die Kellnerin den blonden Schönling gar nicht, sondern ist ausschließlich auf Simon fokussiert.

»Hast du denn nun schon mal nach dem Schatz in eurem Keller gesucht?« Colette stellt die Frage betont nebensächlich, als würde sie einen Scherz machen, aber Ina fallen ihr aufmerksamer Blick und ihr gespannter Gesichtsausdruck auf.

»Nein, siehst du, das habe ich ganz vergessen.« Niklas lacht erwartungsgemäß. »Aber ehrlich, Colette, ich war schon mal in dem Keller, um Wein zu holen – wenn ich mich recht erinnere, ist der ganze Boden betoniert. Und das schon sehr lange, wie es aussieht. Ich kann mir nicht vorstellen, wie da jemand was vergraben will. Ich bräuchte zum Suchen einen Presslufthammer. Ich glaube nicht, dass Rosi davon begeistert wäre.«

»Das wird sie sicher nicht. Aber sie kann dich ja nicht daran hindern, oder?«

Malte hat gespannt zugehört. »Kannst du uns nicht genauer sagen, was da vergraben ist? Und vor allem wo! Niklas hat recht, da ist überall Steinboden, man kann ja nicht alles aufbrechen.«

Colette lacht höhnisch. »Hast wohl schon gesucht, was? Und nichts gefunden? Ja, das weiß wohl nur Rosi genau. Fragt sie doch einfach mal! Fragt sie, wo ihr größter Schatz vergraben ist! Und dann erzählt mir, was sie gesagt hat! Vielleicht verrate ich euch dann mehr. – Aber alles weiß ich auch nicht«, fügt sie nachdenklich hinzu.

Simon hat inzwischen seinen Teller und das Besteck auf ein Tablett gestellt und reicht es Ina. »Kannst du das hier irgendwo hinstellen? Wiebke nimmt es nachher mit rüber.«

›Ach so, die hat dir also dein Frühstück gemacht‹, denkt Ina und lächelt freundlich. »Natürlich.«

Niklas blickt dem Rettungsschwimmer nach, der in Richtung Strand geht. »Er war ja so ruhig heute«, wendet er sich an Ina. »Hat er Probleme?«

Die zuckt mit den Schultern. »Woher soll ich das wissen? Gesagt hat er nichts.«

»Ich glaube, seinem Vater geht es nicht so gut«, vermutet Malte. »Die Nachbarin sagt, er wurde gestern mit dem Krankenwagen abgeholt. Deswegen hat Simon bestimmt heute hier gefrühstückt, seine Mutter wird nach Wolgast zum Krankenhaus gefahren sein.«

Ina schämt sich. Sie lädt ihren ganzen Seelenmüll bei Simon ab und dabei hat er vielleicht viel größere Probleme. »Was hat sein Vater denn, weißt du das?«

Malte schüttelt den Kopf. »Nichts Genaues. Aber der ist oft krank, ist wohl auch nervlich. Die Nachbarin sagt, das ist so, seit er im Gefängnis war.«

»Wie bitte?« Ina ist erschrocken. »Warum war er denn im Gefängnis?«

»Aus politischen Gründen«, mischt Colette sich ein. »In den Achtzigerjahren.«

Malte nickt. »Ja, genau. Und dabei soll der nur so einen blöden Witz erzählt haben. Stimmt das?«

»Ja, das hab ich auch gehört. Er hatte eben das Pech, dass er den erzählt hat, als einer von der Stasi dabei war. Ein sogenannter Informant. Das hat natürlich niemand geahnt.«

»Und – weiß man, wer das war?«, fragt Niklas.

»Ich denke schon, dass Simon und seine Familie das wissen. Ich kann es mir denken.«

»Ja? Sagst du es uns?«

Colette blickt von Niklas zu Ina, kneift die Augen ein wenig zusammen und grinst wieder höhnisch. »Ich glaub nicht, dass ihr das wissen wollt. Ich muss dann auch. Komm, Kiki!«

Verblüfft sieht Ina der Frau hinterher, die jetzt schnell mit dem munter umherspringenden Spitz davongeht. Sie wendet sich an Niklas, will etwas sagen, aber der ist auch schon aufgestanden.

»Ich muss zur Arbeit«, schneidet er ihr das Wort ab und geht.

Malte hat natürlich wieder gar nichts mitbekommen, aber da Ina nun noch unfreundlicher als gewöhnlich zu ihm ist, verzieht er sich auch bald.

Den ganzen Tag hat Ina über Colettes Bemerkung nachgedacht. Beim Abendessen erzählt sie ihren Schwestern und Rosi davon. Sie ist noch immer zutiefst betroffen. »Wahrscheinlich ist das ein weiteres Gerücht, das über unseren

Vater verbreitet wurde«, teilt sie ihnen das Ergebnis ihrer Überlegungen mit, »als wäre das andere nicht schon schlimm genug.«

»Ja natürlich«, stimmt Fiona ihr zu, »das würde doch gar nicht zu Papa passen.«

Auch Nelda ist empört. »Er hat ja selbst oft genug auf den Staat geschimpft«, erinnert sie sich.

Rosi schweigt und wirkt nachdenklich.

»Tante Rosi – weißt du was?«, fragt Ina etwas ängstlich.

»Nein, ich weiß nichts Genaues. Erzählt wurde es, das stimmt. Simons Vater und eurer haben ja zusammengearbeitet. Sie waren beide beim FDGB in der Verwaltung. Simons Vater war Hauptbuchhalter und euer Vater Kaderleiter. Natürlich waren sie auch beide in der Partei. Und es war allgemein bekannt, dass sie sich nicht besonders gut verstanden, warum weiß ich nicht, ist auch egal. Aber ob euer Vater für die Stasi geschnüffelt hat … Kein Ahnung, da müsst ihr ihn schon selbst fragen! Oder eure Mutter!«

Die Schwestern sehen sie fassungslos an. Natürlich wissen sie, dass ihr Vater in der Partei war, das musste er schon in seiner Position, aber Stasi? Auf die Idee sind sie nie gekommen und natürlich wurde darüber auch nie gesprochen, weder vor noch nach der Wende.

»Aber selbst wenn er dabei war, ich glaube nicht, dass er jemanden angeschissen hat. Das werdet ihr doch nicht denken, ihr kennt doch euren Vater«, fügt Rosi hinzu.

›Eigentlich wohl eher nicht‹, denkt Ina und auch die anderen schweigen.

»Außerdem«, fährt ihre Tante in energischem Ton fort, »wäre das kein Grund gewesen, gleich in den Westen zu ziehen. Da gab es nämlich noch ganz andere, viel Schlimmere, und die waren in den Neunzigerjahren gleich wieder politisch aktiv und haben Karriere gemacht.«

Das klingt für Ina wie eine lahme Rechtfertigung und ist überhaupt kein Trost. Aber es sind doch alles nur Vermutungen, oder? Sie erinnert sich an den Vater ihrer Kindheit: fröhlich, freundlich, charismatisch und bei allen beliebt und geachtet. Nein, es ist nur eine weitere böse Unterstellung. Sie nimmt sich vor, offen mit Simon darüber zu sprechen, ahnt aber schon, dass sie es nicht wagen wird.

25

Ina hat schlecht geschlafen. Die ganze Nacht hindurch kreis-
ten ihre Gedanken um ihren Vater. Hat sie vielleicht ein ganz
falsches Bild von ihm? Wurde deshalb nie über den Umzug,
den sie und auch ihre Schwestern immer als Flucht aus Ahlbeck empfunden haben, gesprochen? Hat ihr Vater sich auch
deshalb so sehr verändert, weil er ein überzeugter Anhän-
ger der DDR-Politik war und dem Regime nachtrauert? So
sehr sie auch überlegt, sie kann sich nicht erinnern, mit ihren Eltern politische Gespräche geführt zu haben. Sie weiß
gar nicht, wie die beiden darüber denken, wen sie wählen ...
Gehen sie überhaupt zur Wahl? War das jemals ein Thema
im Hause Kannenbach? Sie muss Nelda fragen. – Aber dann
fühlt sie sich wie eine Verräterin. Wie kann sie so an ihrem
Vater zweifeln? Als sie von dem Gerücht über den Missbrauch
gehört hat, dachte sie immer, so etwas kann ihm doch niemand zutrauen. Da wusste sie aber auch ganz genau, dass es
nicht stimmte. Und nun verdächtigt sie ihn selbst, ein Denun-
ziant zu sein. Kennt sie ihn denn so schlecht? – Ja, muss sie
sich eingestehen. Sie hat ein Bild von ihm im Kopf, aber wie
realistisch ist das? Wie viel Wunschdenken hat sie dort hi-
neinprojiziert? Ist er der ehrliche, liebevolle Vater, dem man
alles anvertrauen, die starke Schulter, an die man sich anleh-
nen kann? Warum hat sie dann nie Schutz und Hilfe bei ihm
gesucht, als es ihr so schlecht ging? Warum hat sie ihm dann

nicht ihre Sorgen und Ängste anvertraut, als sie niemand anderen mehr hatte? – Nein, wenn sie ehrlich zu sich selbst ist, weiß sie, dass er seit ihrer Kindheit nie mehr der starke Vater für sie oder ihre Schwestern gewesen war. Er war ein gebrochener, verzweifelter Mann, der von einem Unglück ins nächste stolperte, der selbst Trost und Hilfe brauchte. Aber was hat ihn und ihre ganze Familie zerstört? War wirklich alles nur Pech? »Der Fluch der Kannenbachs«, wie ihre Mutter es ironisch nannte? Und hört es denn nie auf?

Um fünf Uhr morgens hält Ina es im Bett nicht mehr aus. Sie zieht die Gardinen zurück und lehnt sich weit aus dem offenen Fenster. Die Ostsee rauscht. Vereinzelt kreischen Möwen. Die Sonne zieht einen gleißend hellen Streifen über das Meer und lässt die großen Fähren, die sich vor der Hafeneinfahrt begegnen, weiß erstrahlen. Es weht ein frischer Ostwind, in Ufernähe haben die Wellen kleine Schaumkämme. Auf der Promenade läuft eine junge, schlanke Frau mit wippendem Pferdeschwanz im Jogginganzug vorbei.

Ina zieht sich schnell an und verlässt zehn Minuten später das Haus. Sie joggt nicht, aber sie geht schnell, atmet tief die frische Seeluft ein und genießt die wunderbare Ruhe im Ort. Am Kiosk und an der Seebrücke vorbei, an den Fischerbuden, wo schon gearbeitet wird – die Fischer holen gerade ihren Fang aus dem Boot –, an der Strandpromenade entlang bis nach Heringsdorf. Dann parallel durch die Goethestraße zurück. Hier irgendwo wohnt Simon, sie weiß nicht genau, in welchem Haus. Sie ist merkwürdig beunruhigt, wenn sie an ihn denkt. Kann sie ihn ganz unbefangen fragen, wie es seinem Vater geht? Wird er ihr den Verdacht gegen den eigenen Vater anmerken? Kann sie mit ihm darüber sprechen? Sie versucht, sich an die Vertrautheit zu erinnern, die sie bei ihrem gemeinsamen Spaziergang empfunden hat, aber das Gefühl ist weg. Es ist dem gewohnten Misstrauen allen anderen Menschen gegenüber gewichen.

Sie sieht sich die Schaufenster der geschlossenen Geschäfte an und kommt schließlich in die Lindenstraße. Dort drüben haben sie gewohnt, als sie noch ein Kind war. Heute sind anscheinend Ferienwohnungen in dem Haus. Ganz tief atmet sie den Duft der Lindenblüten ein. Es ist der Geruch der Sommer ihrer Kindheit, der Leichtigkeit, der Sorglosigkeit, der Vorfreude auf Baden und Spielen auf dem Weg zum Strand, auf das gemeinsame Abendessen, bei dem gelacht und erzählt wurde. Der Geruch des Urvertrauens zum Schicksal und zu allen Menschen in ihrer Umgebung. Wie oft hat sie in den vergangenen Jahren dieses Heimweh gespürt, diese tiefe Sehnsucht? Sie hatte wirklich geglaubt, hier in Ahlbeck käme sie zur Ruhe, aber das war ein Irrtum. Das Zuhause ihrer Kindheit gibt es nicht mehr. Es war kein Haus, keine Straße – es war in ihr drin und wurde ebenso zerstört wie ihre Familie.

Als sie an der Kirche entlangkommt, blickt sie auf die Uhr. Ihr Lieblingsbäcker hat schon geöffnet, die anderen werden sich über frische Brötchen zum Frühstück freuen.

Anne winkt, als sie mit ihrer Reisegruppe am Kiosk vorbei zur Seebrücke geht. Ina weiß, jetzt dauert es etwa fünfzehn Minuten, dann wird ihre Freundin den Leuten alles erklärt

haben, was man vom Steg aus sehen kann: die Heringsdorfer Seebrücke und die Steilküste dahinter im Westen,
den Hafen von Swinemünde und die Nachbarinsel Wollin
im Osten. Dann werden die Gäste Freizeit bekommen und
Anne bei ihr am Kiosk auftauchen, um einen Kaffee zu trinken. Ina überlegt kurz, ob sie der Freundin von Simons Vater und dem Verdacht gegen ihren eigenen Vater erzählen
soll, aber meistens ist die Zeit zu kurz für ein ernstes Gespräch. Vielleicht kommt Anne ja am Nachmittag noch einmal her oder sie gehen gemeinsam essen. Aber wenigstens
kann sie sich jetzt über Colette beschweren, die ihr auf die
Nerven geht, aber von allen anderen in Schutz genommen
wird. Wahrscheinlich haben Männer einfach kein Gefühl
dafür, dass eine derart abstoßende Erscheinung die Gäste
abschreckt. Auch über Wiebke kann man mit Anne gut läs-
tern. Vor den Männern wäre es Ina peinlich, für eifersüchtig gehalten zu werden.

Die Reiseleiterin wirkt heute ungewohnt ernst, als sie an den
Kiosk kommt. »War Simon schon hier?«, fragt sie.

»Nein, warum? Die sind wohl wieder unterbesetzt, da kann
er nicht weg. Was willst du denn von ihm?«

»Hast du es noch nicht gehört? Am Strand wurde eine Lei-
che angespült. Es soll eine Einheimische sein.«

»Ach!« Ina ist erschrocken. »Woher weißt du das?«

»Der Kurkartenkontrolleur hat es gesagt. Aber den Namen
wusste er nicht. Ich dachte, Simon hätte was erzählt.«

»Nein, er war heute noch gar nicht hier«, wiederholt
sich Ina. Der Kaffee, den sie Anne gerade reicht, schwappt

über den Tassenrand. Für einen Moment hatte sie panische Angst. Aber das ist Unsinn. Noch vor zwei Stunden hat sie mit ihren Schwestern und Rosi am Frühstückstisch gesessen. Ansonsten kennt sie keine Frau in Ahlbeck so gut, dass deren Tod sie erschüttern würde. Es hat nichts mit ihrer Familie zu tun. ›Ich bin doch paranoid, es geht nicht immer nur um mich. Schlimme Dinge passieren auch anderen‹, denkt sie.

»Hoffentlich war es keine junge Frau, die kleine Kinder hatte«, überlegt Anne.

»Ja, hoffentlich«, bestätigt Ina und schämt sich für ihre Erleichterung. Fast jeder hat doch jemanden, der ihn liebt: Kinder oder Eltern, einen Partner oder Geschwister. Für irgendjemanden oder für eine ganze Familie ist heute Morgen eine Welt zusammengebrochen. »Und hoffentlich keine, die wir kennen«, ergänzt sie.

»Nun male nicht den schwarzen Peter an die Wand!«, bittet Anne und Ina muss unwillkürlich lächeln. »Ich muss dann auch, ich komme heute Nachmittag noch einmal her.«

Simon taucht erst gegen Mittag auf, er ist blass und wirkt bedrückt, als er sich zu Niklas und Malte setzt.

»Kanntest du sie?«, unterbricht Niklas nach einer Weile das Schweigen.

Der Rettungsschwimmer setzt langsam seine Tasse ab und blickt Ina an, die sofort wieder Angst bekommt. Aber es kann doch nicht sein! »Es war Colette.« Er hat sehr leise gesprochen, kaum zu verstehen.

Ina will gerade ansetzen, um nachzufragen, aber sie sieht an den Gesichtern von Niklas und Malte, dass sie richtig gehört hat.

»Sie ist oft abends baden gegangen, meist hinten, am Hundebadestrand. Sie wollte nicht, dass sie jemand sieht. Sie hat immer nackt gebadet.«

»Und der Hund?«, fragt Ina schnell.

Simon sieht sie überrascht an. Aber dann versteht er, dass sie ablenken will. Sie will sich die nackte tote Frau nicht vorstellen. Es ist so demütigend. Er überlegt. »Ich gehe später zur Touristinformation«, fällt ihm ein. »Vielleicht wissen die, ob jemand ihn gefunden hat. Ich habe Kiki jedenfalls nicht gesehen.«

Die Zeit vergeht heute quälend langsam. Ina muss sich dazu zwingen, ihre Kunden freundlich anzulächeln. Sie denkt an die heruntergekommene Frau, die sie nun nicht mehr ärgern wird, und wünscht sich krampfhaft, sie würde plötzlich am Kiosk stehen und alles war nur ein Irrtum. Nur eine alte Frau, die Colette ähnlich sah. – Unsinn. Wenn Simon es sagt, stimmt es auch. Ina bereut ihre Unfreundlichkeit der Toten gegenüber. So schlimm war sie doch gar nicht. Sie muss unwillkürlich lächeln, als sie an die Geschichte mit dem Schatz in Rosis Keller denkt. Da hat sie Niklas und Malte schön auf den Arm genommen! – Warum ist sie überhaupt ertrunken? Gut, es war Ostwind, ein paar Wellen gab es wohl. Aber Colette kannte die See seit ihrer Kindheit. Sie konnte sicher gut schwimmen. Vielleicht hatte sie einen Herzinfarkt, vielleicht ist sie erhitzt ins Wasser gegangen, sie war ja auch immer viel zu warm angezogen und ist einfach tot umgefallen. Das wäre gut, dann hat sie gar nichts gemerkt.

Und dann ist alles noch viel schlimmer. Als Simon am späten Nachmittag kommt, steht auch Anne bei Ina am Kiosk. Er nickt ihr nur kurz zu, dann erzählt er fahrig, zusammenhanglos und irgendwie unkonzentriert, dass Urlauber den kleinen Spitz heute Morgen am Strand aufgefunden und nach Labömitz, in die Tierauffangstation, gebracht haben. »Ich hab da angerufen und denen gesagt, dass sein Frauchen tot ist«, erklärt er. »Hoffentlich finden die ein neues Zuhause für ihn.«

»Ja, hoffentlich.« Ina wartet ab. Was hat Simon? Er ist aufgeregter als heute Mittag.

Dann platzt er damit heraus: »Colette ist ermordet worden.«

Die Frauen sehen ihn sprachlos an.

»Der Arzt hat festgestellt, dass sie unter Wasser gedrückt wurde. Ganz eindeutig«, wehrt er alle Zweifel von vornherein ab.

Ina hat den Kiosk geschlossen, aber sie will nicht nach Hause gehen mit all den offenen Fragen.

Auch Anne hat das Bedürfnis, mit ihrer Freundin und Simon darüber zu reden. Sie ist es auch, die nach einigem Hin und Her, nach unwahrscheinlichen Überlegungen und Vermutungen die wahrscheinlichste Erklärung ausspricht: »Sie hat jemanden erpresst.«

»Aber wen? Wir wissen so wenig über sie. Wo hat sie überhaupt gewohnt? Was hat sie den Tag über gemacht, wenn sie nicht hier war?« Ina spricht schnell, sie muss den vagen Verdacht verdrängen, dass es jemand war, den sie kennt, der hier an ihrem Tisch gesessen hat.

Anne versteht, dennoch nimmt sie keine Rücksicht. Nicht, wenn es ein Mord war. »Sie wollte sich doch mit deiner Tante treffen? Ist es denn dazu überhaupt gekommen?«

»Weiß ich nicht – ich glaube nicht. Aber Tante Rosi kann sie wohl kaum ertränkt haben, die hätte es nicht mal von ihrer Wohnung bis an den Strand geschafft.«

»Ist ja gut, ich verdächtige sie doch gar nicht. Aber vielleicht hatte sie vor, ihr etwas Wichtiges zu erzählen und das wollte jemand verhindern.«

»Ja, das klingt logisch. Aber was? Und …« Ina bricht ab, ihr wurde gerade klar, dass sie mit diesem Verdacht wieder hier am Kiosk gelandet sind. »Aber wir werden ja wohl nicht ihr einziger Umgang in Ahlbeck gewesen sein«, hofft sie dann. »Sie hatte doch sicher noch Bekannte von früher. Sie kann mit allen möglichen Leuten gesprochen haben.«

»Die Polizei wird sich schon darum kümmern«, vermutet Simon. »Ich glaube, bei Mord haben die eine ganz gute Aufklärungsrate, die finden den Täter schon.«

»Ja, im ›Tatort‹ am Sonntagabend«, murmelt Anne und Ina ist geneigt, ihr zuzustimmen. Wenn sie nicht herausfinden, wer einen Grund hatte, Colette zu ermorden, wie soll das der Polizei gelingen, die sie und ihr Umfeld viel schlechter kennen?

Als Simon gegangen ist, schlägt Anne vor: »Wir können der Polizei ja wenigstens helfen. Die erfahren doch meist zuletzt, was so hinter vorgehaltener Tür erzählt wird. Sperr du mal die Ohren auf, was hier am Tisch geredet wird! Ich denke an Malte«, gibt sie zu, als sie Inas Gesichtsausdruck bemerkt. »Ich traue ihm ja nun keinen Mord zu, aber vielleicht weiß der mehr, als ihm in seiner Dämlichkeit bewusst ist. Er kannte Colette doch schon ewig. Frag ihn einfach ein bisschen aus! Ach ja, und frag deine Tante! Es ist zwar schon ewig her, dass Colette bei ihr gearbeitet hat, aber vielleicht fällt ihr doch noch etwas ein, wenn sie ein bisschen nachdenkt. Meist erinnern sich die Alten an Sachen, die lange zurückliegen, erstaunlich gut.«

»Ja, mach ich.« Ina fühlt sich etwas überrumpelt und bevormundet.

Anne sieht ihren Gesichtsausdruck und erklärt etwas verlegen: »Ob du es glaubst oder nicht, ich habe Erfahrungen mit so etwas. Die alte Tante meiner Freundin hat in Bansin einige Morde aufgeklärt und ein bisschen habe ich auch dabei geholfen.«

Auf dem Heimweg überlegt Ina, ob das stimmt, was Anne angedeutet hat, oder ob sie das nur erfunden hat. Warum sollte sie? ›Seit wann bin ich eigentlich so misstrauisch? Anne ist doch eine gute Freundin und die Einzige, mit der ich offen reden kann. Außer vielleicht mit Simon. Ja, vielleicht.‹

Vor der Pension ist Herr Braun dabei, den Weg zu harken. Als er Ina sieht, lehnt er seine Harke an den Zaun und tritt an sie heran. »Stimmt das, was die Leute erzählen, dass die Tote am Strand Colette Köster war?«

Ina nickt und ihr fällt ein, dass sie Colettes Nachnamen gar nicht kannte. Aber es wird wohl stimmen. »Sie müssen sie ja auch gekannt haben, wenn sie hier gearbeitet hat?«

»Ja«, erwidert er zögernd auf die Frage, »aber das ist schon so lange her. Ich glaube, ich hätte sie heute gar nicht mehr erkannt. Sie soll ja so heruntergekommen sein, sagt meine Frau.«

»Ja. Wie war sie denn damals, als sie hier gearbeitet hat?«

Er nimmt umständlich die Mütze ab, kratzt sich am Kopf, setzt die Mütze wieder auf und betrachtet die Pension. »Nett war sie«, sagt er langsam. »Und hübsch, sehr hübsch. Und fröhlich, immer gut gelaunt. Wir mochten sie. Alle.« Er lächelt kurz, dann schüttelt er ärgerlich den Kopf. »Aber dann hat sie sich mit einem Ausländer eingelassen und wurde schwanger. Da war es vorbei mit der guten Laune. Sie hätte sich das Kind wegmachen lassen sollen, sagt meine Frau. Aber sie wollte es unbedingt haben. Und dann hat er es ihr doch weggenommen. Wer weiß, in welchem Elend es jetzt lebt, da irgendwo in Afrika. Oder in der Türkei, ich weiß nicht. Schwarz war es ja nicht.«

Ina schluckt eine Erwiderung herunter. Es bringt nichts, sich mit diesem geistig beschränkten Menschen einzulassen. Rosi hat die Schwestern auch gebeten, freundlich zu dem alten Ehepaar zu sein. »Die beiden waren noch nie die Hellsten«, hat sie erklärt, »und das Alter macht es nicht besser. Aber es sind herzensgute Menschen und hilfsbereite Nachbarn.«

»Wie geht es denn ihrer Frau?«, lenkt Ina jetzt ab.

»Gut, gut«, erklärt er eifrig und wirft Ina einen listigen Blick zu. »Sie freut sich ja so auf das Enkelchen.«

Ina fühlt sich unbehaglich. Der ist ja genauso verrückt wie seine Frau. Anscheinend glaubt er auch, dass sein Sohn herkommen und die Pension übernehmen würde. ›Na, da soll sich Rosi drum kümmern!‹ Ina nimmt sich vor, mit ihrer Tante darüber zu reden. Dann fällt ihr etwas anderes ein. »Herr Braun, haben Sie mal etwas von einem Schatz gehört, der im Keller vergraben sein soll? Colette hat so etwas erzählt.«

»Ein Schatz?« Er sieht Ina misstrauisch an, wahrscheinlich glaubt er, sie will ihn auf den Arm nehmen. Als sie ernst bleibt, schüttelt er energisch den Kopf. »So ein Unsinn! Ich kenne das Haus und den Keller wie meine Westentasche, da ist nichts vergraben. – Geht auch gar nicht«, fügt er hinzu und wendet sich ab. Während er seine Harke nimmt und weiterarbeitet, brummelt er immer noch verärgert vor sich hin.

Beim Abendessen versucht Ina, von ihrer Tante mehr über Colette zu erfahren.

Aber die weiß so gut wie gar nichts. »Ich habe die ganzen letzten Tage darüber nachgedacht, aber ich kann mich kaum an sie erinnern. Es ist schon so lange her. Und sie war auch gar nicht so lange bei uns. Nicht mal zwei Jahre, glaube ich. Sie war ein nettes, fröhliches Mädchen«, bestätigt sie, was Ina schon vom Nachbarn erfahren hat, »wir mochten sie alle gern. Aber als sie dann schwanger war, hat sie sich total verändert.«

»Kanntet ihr den Vater des Kindes?«

»Nein, sie wollte nie über ihn sprechen. Erst als sie mit ihm weggegangen ist, haben wir erfahren, dass es ein Ausländer war.«

»Woher wusstet ihr das denn? Auch, dass er das Kind behalten hat?«

Rosi sieht ihre Nichte ratlos an. »Ich weiß das gar nicht mehr. Das wurde im Ort erzählt.«

»Na ja.« Ina weiß aus bitterer Erfahrung, was von dem zu halten ist, was im Ort erzählt wird. Womöglich stimmt das ganze Gerede über Colettes Tochter nicht. Wahrscheinlich ist sie, ebenso wie die Kannenbachs, einfach mit dem Kind weggezogen. Ihr fällt ein, was sie neulich bei dem Gespräch zwischen Niklas und Colette belauscht hat. Wenn Colette erst kürzlich, wie auch immer ihre Tochter verloren hat, war das vielleicht der Grund, dass sie sich so gehen ließ und getrunken hat. Und vielleicht ist sie zurückgekommen, weil sie wie die Schwestern glaubt, in Ahlbeck, wo sie alle die schönste Zeit ihres Lebens verbracht haben, zur Ruhe zu kommen. Nur erklärt das alles nicht, warum sie ermordet wurde.

Rosi ist tief betroffen. »Wenn ich nur wüsste, worüber sie mit mir reden wollte«, jammert sie. »Wenn ich sie doch nur gehört hätte, als sie hier war.« Sie wischt sich eine Träne aus dem Augenwinkel.

»Vielleicht würde sie dann noch leben. Aber – was kann das sein?«

Die Schwestern schweigen ratlos. »Das bringt ja jetzt nichts …«, setzt Nelda an, dann klingelt Fionas Smartphone, das vor ihr auf dem Tisch liegt.

»Nun geh schon ran!«, fordert Ina ihre Schwester genervt auf.

Die setzt schnell ihre Tasse ab, ihre Hand zittert so, dass der Tee überschwappt. Sie starrt das Telefon an, als wäre es ein giftiges Tier.

»Kennst du die Nummer?«, fragt Nelda mit gerunzelter Stirn.

Als Fiona nur den Kopf schüttelt, nimmt ihre Schwester das Gespräch an. Sie reißt erschrocken die Augen auf, nimmt das Gerät vom Ohr und will den Lautsprecher einschalten, aber bevor ihr das gelingt, wird die Verbindung unterbrochen.

»Was war das?« Ina ist schockiert. Sie hat nur wenig gehört, aber das reicht ihr schon: Motorengeräusch, quietschende Bremsen, einen Aufprall, einen Schrei. »Weißt du, wer das war? Wolltest du deswegen nicht rangehen?«

»Nein!«, schreit Fiona ihre jüngere Schwester an. »Ich weiß nicht, wer das ist! Aber ich kriege dauernd diese Anrufe. Ich halte das nicht mehr aus!«, schluchzt sie. Rosi nimmt sie in den Arm und streicht ihr tröstend über den Rücken.

»Warum sagst du uns denn nichts?«, fragt Nelda ganz gegen ihre sonstige Art nicht vorwurfsvoll, sondern mitleidig. »Wir sind doch deine Familie, wir sind für dich da.«

»Ihr könnt mir auch nicht helfen.«

»Manchmal hilft es schon, darüber zu reden. Das ist irgendein kranker Idiot, dem es Spaß macht, dich zu Tode zu erschrecken«, versucht Nelda ihre Schwester zu beruhigen.

»Ich habe auch schon so einen seltsamen Anruf bekommen«, fügt Ina leise hinzu.

Nelda schweigt eine Weile, dann gibt sie verlegen zu: »Ich auch.«

Rosi seufzt und schüttelt den Kopf. »Kinder, warum redet ihr denn nicht miteinander? Zusammen stehen wir das durch.«

»Ja«, Inas Stimme klingt entschlossen, »wir müssen gemeinsam herausfinden, wer uns so sehr hasst. Oder wer uns unbedingt aus Ahlbeck vertreiben will.«

»Lass dich nicht ins Bockshorn jagen! Das ist nur ein hinterhältiger Feigling, dem deine Angst Spaß macht. Der tut dir nichts«, entgegnet Nelda und versucht dabei, entschlossen zu klingen, was ihr aber nicht wirklich gelingt.

›Hoffentlich‹, denkt Ina, ›hoffentlich hat der Mord an Colette nichts mit uns zu tun.‹

26

Laut Kalender fängt heute die heiße Jahreszeit an, gefühlt ist
schon seit Wochen Hochsommer. Selbst Ina ist es inzwischen
zu warm, obwohl sie die Sonne und den blauen Himmel liebt.
Aber dass sie schlecht schläft, liegt weniger an der Hitze, als
an dieser latenten Angst. Tagsüber, wenn sie an der Promenade steht, im strahlenden Sonnenschein, zwischen lauten,
unbeschwerten Menschen, ist sie sicher, sich alles nur ein-
zubilden. Ist ja auch verständlich bei den vielen Schicksals-
schlägen, die sie selbst und ihre Schwestern erlebten. Und jetzt
haben sie dieses ganze Elend hier in Ahlbeck zusammengetra-
gen. Obendrein noch in einem Haus, das wegen seiner Bau-
fälligkeit auch nicht gerade optimistisch stimmt, mit seinen
dunklen Fluren, knarrenden Türen und undichten Fenstern.
Da muss man ja Gespenster sehen! ›Wir müssen nur herausfinden, welcher Idiot uns mit diesen albernen Anrufen
erschreckt‹, denkt Ina. Unwillkürlich sieht sie zu Tante Rosis
Stiefsohn Malte hinüber, der heute, an einen Stehtisch gelehnt,
seinen Kaffee trinkt. Sein gekünstelt freundliches Lächeln erwidert sie mit einem finsteren Blick. Sie kann diesen Kerl einfach nicht ausstehen. Alles an ihm ist weich, seine blonden
Locken, seine vollen Lippen, das Grinsen, sogar die Stimme.
Die ganz besonders. Er versucht, die norddeutsche Langsam-
keit und das rollende R in der Sprache zu kultivieren, was bei
ihm aber nur nervig und abstoßend wirkt, jedenfalls auf Ina.

Als zwei Männer an den Kiosk treten, weiß sie sofort, dass es sich bei den beiden um Polizisten handelt, noch bevor sie ihre Ausweise zeigen. Für einen Moment hofft sie, dass sie gekommen sind, um Malte zu verhaften, warum auch immer. Aber der Wunschtraum dauert nur Sekunden. Natürlich geht es um Colette.

Während des Gesprächs wird ihr bewusst, dass sie so gut wie gar nichts über die Tote sagen kann. Nur dass sie ungepflegt wirkte, einen kleinen weißen Spitz besaß und beinahe jeden Tag herkam, um Bier aus der Flasche zu trinken. Ach ja, dass sie vor rund fünfundzwanzig Jahren mal in der Pension Daheim gearbeitet hat, ein Kind bekam ... Aber das sind jetzt schon Gerüchte. Nicht einmal das genaue Alter der Frau kennt Ina und den Nachnamen hat sie von Herrn Braun gehört, aber schon wieder vergessen. Sie kann den Polizisten mit Sicherheit nichts Neues erzählen.

Die sind trotzdem freundlich, geben sogar Auskunft, als sie nach Angehörigen fragt. Nein, Colette Köster – ›Ach ja!‹ – hatte wohl niemanden mehr. Keine Eltern, keine Geschwister, kein Ehemann und kein Kind.

Ina nickt traurig. Sie hat keine Lust, die Gerüchte über eine Tochter zu erwähnen oder gar das Gespräch, das sie belauscht hat. Das ist alles so vage, andere wissen da sicher mehr. Sie weist auf Malte, der neugierig herüberblickt.

Aber der ist heute auch nicht sehr gesprächig. Außer seinen Personalien können die Beamten kaum etwas notieren.

›Ihr müsstet mit ihm reden, wenn er drei Flaschen Bier intus hat‹, denkt Ina und nickt den Männern freundlich zu, als sie sich verabschieden. Einer hat eine Karte mit Telefonnummer dagelassen. Wenn ihr noch etwas einfällt oder wenn sie etwas hört – natürlich meldet sie sich dann.

Am Nachmittag regnet es endlich, zwar nur kurz, aber heftig. Danach hat es sich erheblich abgekühlt, die Luft ist frisch und auch die Farben der Blätter und Blumen wirken intensiver als zuvor. Als Anne gegen 17 Uhr an den Kiosk kommt, scheint die Sonne schon wieder, aber der Wind weht leicht aus Nordost und die Temperatur ist angenehm. »Ich will eigentlich gleich nach Hause«, erklärt sie und lehnt einen Kaffee ab. »Meine Freundin Sophie wartet schon auf mich. Unsere Tante Berta hat gestern Aal in Aspik gekocht, dazu macht sie uns heute Abend Bratkartoffeln. Ich habe extra kein Mittag gegessen.« Sie blickt zu einem Pärchen, das am Stehtisch Fischbrötchen isst, beugt sich zu Ina und spricht leise weiter. »Gibt es etwas Neues über Colette? Weiß man schon, wer es war?«

»Nein, glaube nicht. Die Polizei war heute hier und hat nach ihr gefragt. Aber ich konnte denen natürlich nicht viel sagen.«

»Hast du was von der Tochter erzählt?«

»Was denn? Von Drogen und von Ausländern? Das wäre mir wirklich zu blöd. Ich weiß doch gar nichts.«

»Hast recht. Wie das wirklich war, jedenfalls in den Neunzigerjahren, das wissen nur die Ahlbecker, die damals schon hier gelebt haben.«

»Aber die, die wir kennen, sind entweder zu jung und haben nichts mitgekriegt, wie Malte und Simon, oder sie sind zu alt und haben alles vergessen.«

Anne nickt. »Wie die Nachbarn. Wie heißen sie noch? Braun? Oder deine Tante.«

Sie stellt sich einen Schritt zur Seite, als zwei Frauen an den Kiosk treten. Während Ina die Gäste bedient, befürchtet sie, dass Anne weggeht, aber die bleibt stehen und blickt nachdenklich zum Strand. »Zu schade, dass deine Tante sich so wenig erinnert«, führt sie dann das Gespräch fort. »Die muss Colette doch eigentlich gut gekannt haben. Sprich doch mal mit ihr, vielleicht fällt ihr dann wieder etwas ein! Sicher haben sie damals auch gewusst, oder wenigstens einen Verdacht gehabt, von wem das Kind war.«

Ina blickt sie erstaunt an. »Glaubst du nicht an diese Geschichte von dem Ausländer?«

»Mag schon sein, aber das ist doch alles sehr vage. Es kann auch etwas ganz anderes dahinterstecken. Was wollte sie denn von deiner Tante? Hattest du nicht auch den Eindruck, dass das mit dieser ominösen Tochter zusammenhing?«

»Nein, eigentlich nicht. Jetzt wo du es sagst ...« Ina überlegt.

»Du, ich muss jetzt wirklich los. Aber versuch noch mal, mit deiner Tante zu reden! Vielleicht fällt ihr ja doch noch was ein. Mir erschien Colette immer sehr geheimnisvoll. Auch diese Sache mit dem angeblichen Schatz im Keller – meinst du nicht, dass irgendetwas dahintersteckt? Ich bin ziemlich sicher, dass das Motiv für den Mord in Colettes Vergangenheit in Ahlbeck liegt.«

Eine Stunde später, als Ina langsam über die Promenade nach Hause geht, denkt sie über Annes Worte nach. Die Sache mit dem vergrabenen Schatz hat sie völlig vergessen und eigentlich nie ernst genommen. Aber was wäre, wenn es ihn wirklich gäbe? Immerhin war Colette ein paar Jahre im Haus, da kann sie ihn durch Zufall gefunden haben. Oder hat sie selbst etwas versteckt? Wollte sie deshalb in die Pension? Nein, Anne hat recht, es muss etwas mit Sandra zu tun haben. Sie erinnert sich an Colettes Reaktion, als Malte über Rosis Tochter gesprochen hat. Sie war erschrocken, oder? Jedenfalls irgendwie seltsam. Wusste sie nicht, dass Rosi auch eine Tochter hat? Ina überlegt, wann Sandra geboren wurde. Auch irgendwann in den Neunzigern. Sie waren jedenfalls nicht mehr in Ahlbeck und haben ihre Cousine kaum gekannt.

In der Nacht träumt Ina von einem kleinen, blond gelockten Mädchen. Sie spürt eine große Zuneigung und möchte es zärtlich an sich drücken, aber es ist sehr schüchtern und läuft weg, als sie es anfassen will. Aus irgendeinem Grund glaubt sie, dass das Kind in Gefahr ist und will ihm helfen, kann es aber nicht erreichen. Dann dreht sich das Mädchen um und hat Maltes Gesicht.

Ina erschrickt und wird wach. Sie öffnet die Augen, um nicht gleich wieder einzuschlafen und vielleicht weiter zu träumen. Das war gruselig – dieses zarte, unwirkliche Geschöpf mit dem Männergesicht. Was für ein idiotischer Traum! Die Kleine war Sandra, natürlich, über die hat sie noch vor dem Einschlafen nachgedacht. Wie kam Malte da hinein? Aber klar, er ist doch der Halbbruder, die beiden hatten denselben Vater. Wahrscheinlich sehen sie sich wirklich ähnlich. Ina versucht sich an Onkel Manfred zu erinnern, an

Rosis Mann, aber sie sieht immer nur Maltes unsympathisches Gesicht vor sich. Hat sie den Onkel gemocht? Doch, er war immer sehr nett zu den Kindern. Eigentlich zu allen. Später hat sie gedacht, dass diese Freundlichkeit nicht echt war, nachdem sie mitbekam, wie in der Familie über ihn gesprochen wurde. Er hat Rosi häufig mit anderen Frauen betrogen, er hat sie schlecht behandelt. War er ein guter Vater? Ina weiß es nicht, weiß überhaupt nicht viel über ihn.

Sie wälzt sich im Bett von einer Seite auf die andere, jetzt hellwach. Dann steht sie auf und lehnt sich aus dem weit geöffneten Fenster. Der Mond spiegelt sich auf dem glatten Meer, am Horizont erkennt sie die Positionslichter eines Schiffes. Ein schönes, friedliches Bild. Auch das regelmäßige Blinken des Leuchtturms von Swinemünde wirkt beruhigend. Lange steht Ina am Fenster und nimmt die Stille in sich auf. Sie ist nicht müde, aber auch nicht mehr ängstlich. Es ist alles so verwirrend. Diese ganzen Vorfälle lassen sich nicht einordnen, ergeben keinen Sinn. Wer will sie unbedingt aus Ahlbeck vertreiben? Und warum? Sie haben doch niemandem etwas getan. Und hat der Mord an Colette etwas mit ihnen zu tun? Sie wollte unbedingt mit Rosi sprechen. Alles hängt mit der Pension Daheim zusammen und mit den Ereignissen kurz nach der Wende. Vor mehr als fünfundzwanzig Jahren ist etwas geschehen, was sich bis heute auf sie alle auswirkt. Sie muss in der Vergangenheit suchen, um die Ereignisse zu verstehen. Aber mit wem kann sie darüber reden, außer mit Rosi? Die bemüht sich offenbar, kann sich aber kaum erinnern und bringt immer mehr durcheinander. Kein Wunder bei den vielen Tabletten, die sie nimmt. Frau Braun fällt auch aus. Vielleicht kann man deren Mann noch einmal befragen. Sicher hat er über Colettes Tod nachgedacht. Vielleicht ist ihm doch noch etwas eingefallen. Große Hoffnung hat Ina da jedoch nicht. Sonst kennt sie niemanden in Ahlbeck, der damals hier lebte und von den Ereignissen wissen könnte. Ihre Schwestern waren noch zu jung, Simon auch. Aber der könnte seine Eltern befragen. Plötzlich fallen Ina ihre Mutter und ihr Vater ein. Warum hat sie nicht schon früher daran gedacht? Am Telefon ist das alles schwer zu erklären. Die Schwestern haben nichts erzählt von den Vorfällen in Ahlbeck, warum auch, es würde die Eltern nur beunruhigen und ihre Mutter würde wieder den blöden Spruch vom »Fluch der Kannenbachs« anbringen. Sollen sie nur glauben, es sei alles schön und friedlich in Ahlbeck und ihre Töchter seien glücklich und zufrieden. Sollte sie die beiden einmal besuchen? Vielleicht gemeinsam mit Nelda, die könnte fahren, dann muss sie nicht die umständliche Bahnverbindung nutzen. Es wäre doch ganz natürlich, wenn sie sich dann über die Pension unterhielten, über Tante Rosi und Onkel Manfred und natürlich über ihre Cousine Sandra. Aber – nein, die kannten sie kaum. Sie sind doch schon 1991 aus Ahlbeck weggezogen. Ina überlegt, wie eng das Verhältnis zwischen ihrer Mutter und deren Schwester Rosi war. Sie weiß, dass die beiden regelmäßig miteinander telefoniert haben. Aber was haben sie sich gegenseitig anvertraut? Was wissen sie übereinander?

Als Ina endlich wieder ins Bett geht, wird es draußen schon hell. Während sie die Decke über sich zieht und ihre Schlafposition einnimmt, beschließt sie, mit Nelda über einen Besuch bei den Eltern zu reden.

27

Seitdem Ina weiß, dass Simon bei seiner Tätigkeit am Strand kaum etwas verdient, nimmt sie ihm für den Kaffee und die Fischbrötchen, die er hin und wieder isst, kein Geld mehr ab. »Mein DRK-Beitrag sozusagen«, hat sie erklärt und der Rettungsschwimmer hat es achselzuckend akzeptiert.

»Ich habe heute ganz frisch geräucherten Lachs, total lecker, hast du Appetit?«

»Na gut, gib mir ein kleines Stück, obwohl ich gar keinen Hunger habe«, lässt er sich hinreißen. »Aber dann bin ich auch mal dran. Ich lade dich zum Essen ein. Vielleicht heute Abend, ganz schick im Ahlbecker Hof?«

»Essen gerne«, stimmt Ina zu. »Aber nicht ganz so vornehm. Was hältst du von Fischers Fritz? Das Essen da soll richtig gut sein und man kann schön draußen sitzen.«

»Okay, ich bestelle uns einen Tisch. Gleich um 18.30 Uhr? Oder willst du erst nach Hause gehen?«

Sie überlegt kurz. »Halb sieben ist in Ordnung«, antwortet sie betont fröhlich.

»Gut, ich hol dich ab.« Er steckt sich das letzte Stück Fisch in den Mund, wischt die Lippen und Hände an einer Serviette ab und winkt den Frauen kurz zu, bevor er in Richtung Strand verschwindet.

Anne sieht ihm nach. »Na siehst du. Läuft doch!«, stellt sie zufrieden fest.

»Was du wieder denkst. Da läuft gar nichts. Er fühlt sich nur verpflichtet.«

»Ach was. Der Typ ist er nicht. Der macht nur, wozu er Lust hat. Und anscheinend hat er ja Lust, mit dir heute Abend essen zu gehen.« Den letzten Satz hat sie etwas lauter gesprochen und verkneift sich ein schadenfrohes Grinsen, während sie so tut, als bemerke sie Wiebke nicht, die hinter ihr steht.

Die blonde Kellnerin kneift die Lippen zusammen und wirft ihr einen wütenden Blick zu. »Kannst Pause machen!«, presst sie dann in Inas Richtung hervor.

Die nickt freundlich, lässt sich einen Kaffee ein und setzt sich neben Anne an den Tisch. »Du kannst manchmal ganz schön gemein sein«, murmelt sie.

»Ach was, das Biest ist auch gemein, wenn sie kann. Nun werden die Würfel mal wieder neu gemischt.«

Das Essen war gut, sie haben beide Usedomer Matjes mit Bratkartoffeln und Remoulade gegessen. Ina lehnt sich zufrieden zurück und sieht die Promenade entlang. Es ist kurz vor zwanzig Uhr und der Ort wie leergefegt. Auch der Kellner wirkt ungeduldig. Nervös blickt er immer wieder zu ihnen hinüber. Sie sind die letzten Gäste. Als Simon ihm endlich mit der Geldbörse winkt, kommt er erleichtert zum Tisch, die Rechnung hat er schon griffbereit.

»Stimmt so, das Essen war wirklich gut.« Simon lächelt den jungen Mann freundlich an und steht gleichzeitig mit Ina auf.

»Willst du auch das Fußballspiel sehen?«, fragt Ina, als sie auf der Promenade stehen.

Er zuckt mit den Schultern. »Nicht unbedingt. Du?«

»Nein. Ich weiß nicht mal, wer heute spielt.«

»Deutschland natürlich«, erklärt er. »Darum gucken ja alle. Gegen Schweden. Und wenn die deutsche Mannschaft verliert, sind sie raus. Dann fahren sie nach Hause.«

»Oh cool. Wäre doch mal was Neues. Aber sie verlieren nicht, oder?«

»Nein, wahrscheinlich nicht.«

Unschlüssig stehen die beiden auf der Promenade vor dem Restaurant. Keiner hat Lust, nach Hause zu gehen.

»Weißt du, was ich jetzt gern tun würde?« Ina hat eine Idee. »Baden gehen. Jetzt ist endlich mal kein Mensch am Strand und schon gar nicht im Wasser. Wann erlebt man das im Sommer?«

»Dann machen wir es doch!« Simon geht schon in Richtung Strand.

»He, warte!« Jetzt ist sie doch ein wenig verlegen. »Also einen Badeanzug würde ich mir schon gern holen. Ich müsste also zuerst nach Hause. – Aber du musst nicht mitkommen«, fügt sie schnell hinzu. »Du bist schließlich den halben Tag im Wasser. Wahrscheinlich hast du gar keine Lust, jetzt noch mal baden zu gehen.«

»Ich komme gern mit.« Er hat das ohne besondere Betonung gesagt, aber Inas Herz schlägt ein bisschen schneller als sie neben ihm hergeht. Es ist still auf der Promenade, nur von der Skaterbahn her hört man den harten Aufprall der Räder auf dem Beton und die Rufe der Jugendlichen. Aus einer Gaststättentür dringt plötzlich lauter Jubel. Vermutlich hat jemand für Deutschland ein Tor geschossen.

Simon bleibt vor dem Haus stehen, während Ina schnell hineinläuft, die Treppe hinauf in ihr Zimmer. Während sie ihren Bikini anzieht, überlegt sie, ob sie Sachen zum Wechseln mitnimmt, entscheidet sich zunächst dagegen, steckt dann aber einen kleinen Slip einfach in die Hosentasche. Ein Handtuch wirft sie sich über die Schulter und ist schon nach fünf Minuten wieder draußen, ohne jemandem begegnet zu sein.

Simon steht am Tor, hat die Hände in den Hosentaschen und betrachtet die Pension. »Was habt ihr eigentlich damit vor?«, fragt er, als Ina etwas außer Atem wieder neben ihm steht.

»Ich weiß auch nicht.« Sie gerät etwas ins Stocken. »In dem Zustand kann man das Haus nicht mehr als Pension nutzen, aber verkaufen will meine Tante auch nicht.«

»Nein? Warum nicht?«

Ina ist überrascht. Sie hat es immer für selbstverständlich gehalten und geglaubt, jeder würde verstehen, dass man alten Familienbesitz nicht einfach verkauft. »Sie hängt eben dran«, erwidert sie schwach.

»Hm.« Er schüttelt leicht den Kopf, wirft noch einen abfälligen Blick auf das Gebäude und geht zum Strandaufgang.

Ina folgt ihm nachdenklich.

Das Wasser ist herrlich. Die Strömung ist nicht mehr sehr stark, aber spürbar. Neben Simon fühlt sich Ina sicher, allein wäre sie nicht so weit hinausgeschwommen. Sie dreht sich auf den Rücken und lässt sich treiben. Es sind große, aber weiche, ruhige Wellen ohne Schaumkämme, die sie hinauf und hinunter tragen. Nach einer Weile bemerkt sie, dass sie doch ein ganzes Stück abgetrieben wurden, aber sie schafft es ohne Simons Hilfe zurück zum Ufer.

»Das war so schön«, schwärmt Ina, während sie sich abtrocknet, »das mache ich jetzt jeden Abend.«

»Kannst du doch. Aber denk an …«

»… die Strömung!«, unterbricht sie lachend. »Werd ich schon, aber du kannst ja mitkommen und auf mich aufpassen.« Dann erschrickt sie über ihre eigenen Worte, hoffentlich hat er das nicht als billige Anmache aufgefasst. Es sollte nur ein Scherz sein.

Aber Simon nickt nur gelassen. »Wenn ich Zeit habe – warum nicht.« Er zieht seine Jeans über die nasse Badehose.

Ina macht es ihm nach und hofft, dass ihr der Slip nicht aus der Hosentasche rutscht. Sie würde gern fragen, wie es seinem Vater geht, es interessiert sie wirklich, aber sie traut sich nicht. Das Thema ist zu heikel. Ob er auch glaubt, dass es ihr Vater war, der seinen an die Stasi verraten hat? Selbst wenn, sie kann nichts dafür. Außerdem stimmt es doch auch gar nicht.

Mit ihren Schuhen in den Händen stapfen sie langsam durch den weichen, trockenen Sand.

»Was machst du eigentlich in Hamburg? Arbeitest du in einem Restaurant?«

»Hotel.«

Offenbar auch kein Thema, über das er ausführlich reden möchte. Ina fragt trotzdem weiter: »Als Kellner?«

»Nein, nicht direkt. Ich bin eher so das Mädchen für alles, muss überall einspringen, mache jede Menge Überstunden und habe es immer auszubaden, wenn etwas schiefgeht. Also, Ahlbeck ist für mich die reine Erholung.«

Viel schlauer ist Ina nach dieser Auskunft auch nicht, aber sie hört auch schon gar nicht mehr zu, sondern betrachtet das Haus ihrer Tante und versucht, es mit den Augen eines Außenstehenden zu sehen. »Meinst du, es wäre besser, die Pension zu verkaufen?«

Simon zuckt mit den Schultern. »Du, ich bin kein Architekt. Aber ich vermute, das Haus steht unter Denkmalschutz, da wird eine Sanierung richtig teuer. Andererseits ist die Lage natürlich Gold wert. Also würde ich auch nichts übereilen.«

»Na ja, das entscheidet sowieso meine Tante.«

»Also dann, schlaf gut! Bis morgen!« Simon küsst sie flüchtig auf die Wange und schlendert davon.

Etwas enttäuscht blickt Ina ihm nach. Bildet sie sich nur ein, dass zwischen ihnen mehr sein könnte, als eine lockere Freundschaft? Spürt nur sie dieses Knistern? Sie wird einfach nicht schlau aus ihm. Vielleicht ist sie auch aus der Übung. Aber, fällt ihr dann ein, sie wollen sich doch nun öfter abends zum Baden treffen.

28

Es muss noch sehr früh sein, wahrscheinlich nicht einmal sieben Uhr, als Ina wach wird. Die Morgensonne scheint in ihr Fenster, sie hört Vogelgezwitscher und das Kreischen der Möwen. Behaglich reckt sie sich und dreht sich noch einmal auf die andere Seite. Sie hat sehr gut geschlafen. Was hat sie eigentlich geträumt? Vielleicht von Simon? Sie waren gestern Abend wieder zusammen schwimmen und es war schön. Sie haben im Wasser getobt wie die Kinder, sich unbefangen unterhalten und ein wenig geflirtet. Gut so. Vielleicht entwickelt sich ganz langsam etwas daraus. Aber wenn nicht, ist es jedenfalls ein angenehmes Verhältnis. Eine Freundschaft kann man es wohl nicht nennen, dazu wissen sie zu wenig voneinander und es fehlt an Vertrauen. Aber, wer weiß? Ina denkt an ihr Gespräch über die Pension. Anscheinend fand Simon es seltsam, dass Rosi sie aus sentimentalen Gründen nicht verkaufen will. Oder hat er es angezweifelt? Sie versucht, sich an seinen Gesichtsausdruck zu erinnern. Warum hat sie nicht einfach gefragt, was er denkt? – Aber, ist es nicht wirklich Unsinn? Genau genommen ist es gar nicht das Haus ihrer Familie, sondern das von Onkel Manfred. An den hat Rosi doch wohl keine guten Erinnerungen und schon gar nicht an dessen Mutter. Überhaupt hat ihre Tante in diesem Haus eher schlimme als gute Zeiten erlebt. Was hindert sie also, es zu verkaufen und sich eine schöne kleine Wohnung zu suchen?

Wenn sie schon nicht in ein Pflegeheim will, obwohl sie es dort am bequemsten hätte. Colette hat gesagt, sie würde es nie verkaufen. Wie hat sie sich noch ausgedrückt? Es hing mit diesem ominösen Schatz im Keller zusammen. Vielleicht sollten sie wirklich danach suchen. Aber das hat Niklas wahrscheinlich schon getan, und wenn da etwas wäre, hätte er es gefunden.

Ina seufzt und sieht auf ihr Smartphone. Es ist tatsächlich erst halb sieben, aber sie ist jetzt hellwach. Sie blickt an die Decke und lauscht auf die Geräusche im Haus. Türenschlagen, Schritte auf der Treppe, Rosis Gehstock auf den Fliesen in der Eingangshalle. Natürlich! Das ist der Grund, weshalb sie das Haus nicht verkauft. Sie will ihre Familie um sich haben. Das hat sie doch gesagt, warum ist Ina das nicht gleich eingefallen? Sie will keine schöne Wohnung, in der sie dann ganz allein ist. Man sieht doch jeden Tag, wie sehr sie es genießt, mit ihren Nichten und sogar mit Niklas zusammen zu sein. ›Sie ist richtig aufgeblüht in den letzten Wochen‹, denkt Ina etwas gerührt und schwingt die Beine aus dem Bett, um endlich aufzustehen. Sie wird sich Zeit nehmen, um in aller Ruhe mit ihrer Tante und vielleicht auch mit den Schwestern zu frühstücken und ein bisschen zu quatschen.

Ina kommt aus dem Bad und geht über den Flur zu ihrem Zimmer. Vor der Tür bleibt sie stehen und hört auf die Geräusche von unten. Ist schon wieder etwas passiert? Es klingt hektisch: schnelle Schritte auf den Fliesen. Neldas Stimme ist laut und schrill. Dann Niklas – er will jemanden beruhigen, hört sich aber auch aufgeregt an. Was sie sagen, kann Ina nicht verstehen. War ihr nicht so, als hätte sie das Signal eines Krankenwagens gehört, als sie unter der Dusche stand? Aufgeregt zieht sie an, was sie gerade findet – Jeans und das T-Shirt von gestern –, fährt mit den Fingern kurz durch die nassen Haare und läuft nach unten. Als sie in den Speiseraum kommt, hört sie das Signal des abfahrenden Rettungswagens. Tante Rosi sitzt ganz allein am Frühstückstisch und im ersten Moment ist Ina erleichtert. »Ich dachte schon, mit dir wäre was.« Sie setzt sich dazu und blickt sich um. »Aber – ist etwas passiert? War der Rettungswagen bei uns?«

Rosi nickt. »Ja. Fiona hatte einen allergischen Schock. Sie wäre beinahe erstickt. Das war vielleicht ein Schreck!« Ihre Hand zittert, als sie die Tasse anhebt.

Bevor Ina weiter fragen kann, kommt Niklas herein. Er ist etwas blass, aber verhältnismäßig ruhig. »Sie haben das unter Kontrolle. Sie muss jetzt ein oder zwei Tage im Krankenhaus bleiben und dann ist alles wieder gut. Sie hatte das schon einmal.«

»Ja, was denn?« Ina ist verärgert über Niklas lakonische Auskunft. Immerhin wird seine Mutter gerade mit Blaulicht ins Krankenhaus gefahren, da dürfte er schon etwas aufgeregter sein und auch etwas mitteilsamer.

»Sie ist allergisch gegen Nüsse. Wahrscheinlich waren welche in dem Müsli, das sie gegessen hat.« Er betrachtet den Inhalt eines Schälchens.

Soweit Ina erkennen kann, schwimmen darin Getreideflocken und Trockenobst in Milch.

»Aber eigentlich passt sie immer sehr auf.« Seine Stimme klingt jetzt misstrauisch und er sieht sich nach der Packung um.

Ina holt sich einen Kaffee und streicht ihrer Tante beruhigend über die immer noch zitternde Hand, als sie sich wieder an den Tisch setzt.

Niklas hat die fast leere Pappschachtel gefunden und liest mit gekrauster Stirn die Angaben auf der Rückseite.

In das Schweigen hinein wird die Tür heftig aufgerissen. Alle drei starren Nelda an, die auf der Schwelle stehen bleibt. Sie trägt bereits ihre Arbeitskleidung, eine hellgraue Hose und eine grüne Bluse, ist aber noch nicht geschminkt und ihre Frisur sieht aus, als hätte sie sich, ebenso wie Ina, nur mit den Händen gekämmt. Ihr Gesicht ist blass und fleckig und sie starrt Ina so wütend an, dass diese erschrocken zusammenzuckt und überlegt, was sie ihrer Schwester Schreckliches angetan hat.

»Ich muss hier weg!«, stößt Nelda hervor. Ihre Stimme ist rau und sie räuspert sich. »Ich bleib nicht in Ahlbeck!«

Niklas, der noch immer in das Studium der Inhaltsstoffe vertieft ist, dreht sich um und sieht seine Tante erstaunt an. »Glaubst du, das war schon wieder so ein Anschlag?«

Daran hat auch Ina schon gedacht, aber Neldas Reaktion hält sie doch für reichlich überzogen. Warum ist sie so wütend?

Jetzt schnauzt sie Niklas an: »Selbstverständlich war es das! Du kennst doch deine Mutter, aus Leichtsinn isst die nichts Falsches. Sie ist doch eher übervorsichtig.«

Er nickt zögernd, stellt die Schachtel weg und betrachtet noch einmal aufmerksam die Reste von Fionas Frühstück. Dann nimmt er einen Löffel und probiert vorsichtig.

»Schmeckt eindeutig nach Erdnuss«, stellt er fest. »Es ist aber nichts zu sehen, wahrscheinlich ganz fein gerieben. Aber auf der Packung steht nichts davon.«

»Aber das bedeutet doch, dass ein Fremder im Haus war.« Rosi ist entsetzt. »Ich verstehe das nicht. Wenn ihr nicht hier seid, schließe ich immer die Haustür ab. Und die Fenster unten sind auch alle zu.«

›Wer weiß, wer alles einen Schlüssel für die Tür hat‹, denkt Ina, sagt aber nichts, um ihre Tante nicht noch mehr zu ängstigen.

Nelda hat sich auf einen Stuhl fallengelassen, beugt die Schultern vor und vergräbt ihr Gesicht in den Händen. Weint sie etwa? Ina kann sich nicht erinnern, ihre älteste Schwester jemals so verzweifelt gesehen zu haben.

Eine Weile schweigen sie alle. Niklas hat sich neben Nelda gesetzt. Er hebt die Hand, als wolle er ihr über den Kopf oder den Rücken streichen, lässt sie dann aber doch wieder sinken und blickt Ina fragend an.

Die zuckt hilflos mit den Schultern. Dann sieht sie Neldas Hände und erschrickt noch mehr. »Ist das …?«

»Farbe.« Nelda betrachtet ihre Handflächen. »Rote Farbe. Jemand hat mein Auto damit eingesprüht, den Lack zerkratzt und alle vier Reifen zerstochen. Versteht ihr das?« Sie sieht die anderen drei herausfordernd an. »Die wollen uns hier nicht. Ich weiß nicht, wem wir etwas getan haben, aber in Ahlbeck können wir nicht bleiben. Ich jedenfalls nicht. Ich gebe auf.«

Ina überlegt beinahe panisch, was sie darauf antworten könnte. Sie versteht ihre Schwester, auch sie hat manchmal

Angst, um sich selbst und um ihre Familie. Aber sie will nicht wieder weg. Sie will hier in Ahlbeck bleiben, bei ihrer Tante und mit ihren Schwestern. Es muss doch eine andere Lösung geben. »Rosi braucht uns doch«, setzt sie zögernd an, aber ihre Tante unterbricht sie.

»Nelda, du hast recht. Irgendjemand hasst uns so sehr, dass er uns das alles antut. Vielleicht ist es ein Ahlbecker. Aber du kannst nicht vor ihm fliehen. Das habt ihr doch schon einmal versucht und es hat nichts gebracht.«

»Ganz genau.« Ina ist beinahe erleichtert. Es stimmt, was Rosi sagt. »Wir müssen endlich etwas unternehmen, nicht immer nur jammern. Ich will jetzt wissen, wer das alles tut und warum. Deshalb müssen wir hierbleiben. Ich bin sicher, die Lösung finden wir hier in Ahlbeck. Und in der Vergangenheit. Ich habe da schon öfter drüber nachgedacht und du doch sicher auch?« Nelda nickt zögernd und Ina fährt eifrig fort: »Ich glaube, es hängt mit einem Ereignis in den Neunzigern zusammen. Und vielleicht auch mit der Pension.« Sie sieht ihre Tante an. »Vielleicht hat sogar der Mord an Colette etwas damit zu tun.«

Rosi kraust die Stirn und schüttelt unwillig den Kopf. »Wie kommst du darauf? Was hat die denn mit unserer Familie zu tun?«

»Tante Rosi, ich weiß es doch nicht.« Sie umfasst die beiden Hände ihrer Tante, sieht ihr tief in die Augen und spricht eindringlich auf sie ein: »Du musst noch einmal genau nachdenken, versuche dich zu erinnern! Vielleicht hast du noch alte Fotos, die dir dabei helfen.« Dann wendet sie sich wieder an Nelda, die sich inzwischen etwas beruhigt hat.

Die Schwester stößt Niklas Hand unwillig weg und putzt sich geräuschvoll die Nase.

»Nelda, wollen wir nicht mal zu Mutti und Papa fahren und mit ihnen reden? Vielleicht wissen die ja etwas aus dieser Zeit, worüber sie mit uns nicht gesprochen haben.«

»Das mit Sicherheit!«, behauptet ihre Schwester trocken. »Aber sie werden auch jetzt nicht darüber sprechen.«

»Wenn wir ihnen erzählen, was hier los ist? Dass wir alle in Gefahr sind?«

»Wahrscheinlich werden sie uns dann raten, aus Ahlbeck zu verschwinden, so wie sie es selbst auch getan haben.«

Ina ist erstaunt, wie verbittert ihre Schwester klingt. Es ist wirklich traurig, wie wenig sie sich kennen. Es gibt noch so viel, über das sie reden müssten. Sich jetzt wieder zu trennen und aus Ahlbeck wegzuziehen, ist wirklich die schlechteste Lösung.

»Na schön.« Nelda hat sich anscheinend schon wieder gefasst.

›Sie ist doch ein zähes Biest‹, denkt Ina bewundernd.

Ihre Schwester steht auf. »Ich denke noch einmal darüber nach. Jetzt muss ich erst mal zur Arbeit. Hat jemand die Nummer von einem Taxi? Ab morgen fahre ich nun also Bus.«

»Geh du hoch und mach dich fertig, ich bestelle dir eins! Halbe Stunde?« Niklas hat schon sein Smartphone in der Hand. »Übrigens kannst du mit dem Linienbus sogar kostenlos fahren, musst dir nur eine Kurkarte holen«, fügt er hinzu.

»Zehn Minuten – und eine Kurkarte habe ich natürlich.« Nelda verschwindet.

»Warum warst du eigentlich schon so früh auf?«, fällt Ina ein und blickt fragend ihren Neffen an. »Du schläfst doch sonst bis kurz vor Mittag.«

»Da siehst du mal, wie wenig du mich kennst, meine liebe Tante. Ich gehe fast jeden Morgen zwischen sieben und acht Uhr schwimmen. Da ist es nämlich noch schön ruhig am Strand. Genauso wie abends.« Er grinst sie frech an.

29

Die Leute sind heute Morgen alle etwas schweigsamer als
sonst. Fußball ist kein Thema, niemand spricht gern über das
gestrige Spiel. Ina fällt das erst auf, als Simon ankommt und
Malte, der offenbar schlecht gelaunt am Tisch hockt, anspricht.
»Ich hätte doch mit dir wetten sollen! Obwohl – mit 2:0 hattest du ja recht. Nur eben nicht für Deutschland.« Er lacht.

»Jetzt macht das Fußballgucken gar keinen Spaß mehr«,
jammert Malte. »Verlieren die gegen Südkorea! Das ist doch
unglaublich. So eine Gurkentruppe.«

»Ja klar. Gestern waren sie noch die großen Helden, heute
sind sie Versager. Wie schnell so etwas geht. Niemand liebt
Verlierer.«

»Heißt das, Deutschland ist raus aus der Weltmeisterschaft
und fährt nach Hause? Jetzt schon? Das gab es ja noch nie.«
Ina ist erstaunt und sogar ein wenig enttäuscht, obwohl sie
wirklich kein Fußballfan ist. Als ein Kunde sie plötzlich an-
schreit, denkt sie im ersten Moment, es wäre eine Reaktion
auf ihre Äußerung. Aber dann knallt er ihr sein angebissenes
Fischbrötchen auf den Tresen.

»Wollen Sie mich vergiften? Das ist reines Salz!«

»Matjes ist nun mal …«

Der kleine schlanke Mann mit Brille und Halbglatze, die
gerade rot anläuft, fällt ihr ins Wort. »Ich weiß, wie Matjes
schmeckt … schmecken soll. Ich will sofort mein Geld zurück!«

Seine Frau lächelt Ina beschwichtigend an, nimmt das Brötchen, beißt vorsichtig hinein und spuckt den Bissen sofort wieder aus. »Das ist wirklich versalzen«, stellt sie mehr erstaunt als verärgert fest. Der Mann schweigt und sieht Ina herausfordernd an.

Die gibt ihm die 2,50 Euro und murmelt verlegen: »Entschuldigung! Ich verstehe das nicht, das muss ein Versehen sein.«

Als die Kunden weg sind, nimmt Simon das Fischbrötchen auseinander und hält Ina wortlos die untere Hälfte hin. Auf dem Salatblatt sind deutlich Salzkörner zu erkennen.

»Diese blöde Kuh! Das kann doch nur Wiebke gewesen sein. Deshalb hat die so blöd gegrinst, als ich meine Brötchen geholt habe.« Sie will noch hinzufügen, dass es offensichtlich eine Racheaktion der Kellnerin ist. Dass ihr Schwarm abends mit Ina baden geht, gefällt ihr mit Sicherheit nicht. Aber da soll Simon selbst drauf kommen, sie wird das heikle Thema nicht ansprechen.

Der Rettungsschwimmer geht aber auch nicht darauf ein, sondern betrachtet nachdenklich Inas Auslage.

»Was nun? Die kann ich ja wohl alle wegwerfen, oder? Nur gut, dass ich nicht so viele habe. Aber in Zukunft muss ich mir meine Brötchen wohl selbst belegen.«

»Verkaufst du die eigentlich gut?«

»Na ja, geht so. Die Leute essen schon Fischbrötchen, aber die gibt es hier eben überall.«

»Warum bietest du denn nicht etwas anderes an?«

»Aus Gewohnheit wahrscheinlich. Ich habe noch gar nicht so richtig darüber nachgedacht.« Sie erinnert sich an ihre großen Pläne, bevor sie den Kiosk übernommen hat. Sie wollte doch herausfinden, was die Gäste haben wollen und sich von den anderen absetzen. Aber dann hatte sie ganz andere Probleme und ist einfach in der Routine stecken geblieben. »Hast du denn eine Idee, was ich anbieten könnte?«, fragt sie etwas verlegen.

Woher soll er das wissen, er ist Rettungsschwimmer.

»Cocktails vielleicht. Und Prosecco«, mischt sich Malte ein. »Damit kannst du dich profitieren.«

›Meint der jetzt, ich kann davon profitieren oder ich kann mich damit profilieren?‹, überlegt Ina kurz, hat aber keine Lust, darauf einzugehen.

Auch Simon ignoriert ihn. »Was haben die anderen nicht?«, überlegt er laut und sieht zu den Imbissständen an der Seebrücke hinüber. »Fischbrötchen, Bratwurst und Bockwurst gibt es überall. Du kannst zum Beispiel Schnitzelbrötchen anbieten. Die anderen haben keinen Platz, um die zu braten, aber du kannst sie dir aus der Gaststätte holen. Außerdem würde ich auf gesunde Ernährung setzen. Gerade die Familien mit Kindern wissen das bestimmt zu schätzen. Belege doch statt der lappigen Brötchen lieber Schwarzbrot mit Fisch. Oder mit Frischkäse, oder Putenfleisch: Alles was sich gesund und kalorienarm anhört. Nimm als Garnitur reichlich frisches Gemüse: Tomate, Paprika, Gurke. Dann solltest du alles frisch vor den Augen der Gäste zubereiten. Ich denke, die warten lieber ein bisschen länger, wenn sie selbst entscheiden können, was draufkommt. Du kannst auch Obst anbieten, Bananen, Kiwi, Weintrauben – Melone besonders. Wenn es so warm ist, geht Melone bestimmt super. Und vielleicht Nutella oder besser Obstmus für die Kinder.« Er hat sich jetzt sogar etwas hineingesteigert.

Ina hört staunend zu. »Mensch, das ist super, warum hast du mir das nicht schon früher gesagt?«

»Du hast mich nicht gefragt und es geht mich eigentlich nichts an. Aber ich esse auch lieber Schwarzbrot als Brötchen, besonders zu Räucherfisch. Also, meine Ratschläge sind rein egoistisch.«

»Deine Ratschläge sind genial. Ich werde heute noch mit meinem Chef darüber reden, aber dem gefällt das bestimmt.«

Als Simon weg ist, muss Ina ihre Begeisterung teilen, auch wenn nur Malte als Zuhörer da ist.

Der winkt nur gelangweilt ab. »Möchte ja wohl sein, dass der so was weiß, schließlich hat er es studiert.«

»Was hat er studiert? Koch?«

»Gastronomie eben, oder Tourismus, was weiß ich. Er leitet wohl nicht umsonst ein großes Luxushotel in Hamburg.«

»Weißt du das genau?«

»Natürlich, weiß doch jeder.« Er blickt sie misstrauisch an. Will sie ihn wieder auf den Arm nehmen?

›Ich weiß es nicht‹, denkt Ina. ›Warum hat er mir das nicht erzählt? Mädchen für alles, jede Menge Überstunden, immer Schuld, wenn was schiefgeht – das stimmt ja wohl alles.‹ Ihr fällt ein, dass Wiebke Simon einmal »Chef« genannt hat und gleich darauf vor seinem Blick zusammengezuckt ist. Das war dann wohl ihr gemeinsames Geheimnis, deshalb haben sie manchmal getuschelt. Also kein sexuelles, sondern ein berufliches Verhältnis. Das eine schließt das andere ja nicht aus. Warum hat er Wiebke denn von Hamburg mit hierher gebracht? Oder ist sie ihm einfach gefolgt? Das würde zu ihr passen. Aber was sollte diese Heimlichtuerei? Oder haben es wirklich alle anderen gewusst? Sie müsste Niklas mal fragen, der unterhält sich doch oft mit Simon. Und warum ist er denn überhaupt hier, hat er mit seinem Hotel nicht genug zu tun? Ausgerechnet, wo Ina und ihre Schwestern auch hier sind.

Ina ist schon wieder misstrauisch. Das ist sie zurzeit eigentlich immer und jedem gegenüber. Simon konnte ja gar nicht wissen, dass die Kannenbachs den Sommer in Ahlbeck verbringen. Oder? Sie weiß überhaupt sehr wenig über ihn. Ganz abgesehen von dem Hotel in Hamburg – er spricht auch nicht über seine Eltern, selten über seine Kindheit. Hat er eigentlich noch Geschwister? Colette hat ihn vermutlich gut gekannt. Sie hat öfter mal gestichelt oder Bemerkungen gemacht, die Ina nicht verstanden hat. Er hat es zwar ganz gut überspielt, aber die Begegnungen mit der verwahrlosten Frau waren ihm unangenehm, davon ist Ina nach einiger Überlegung überzeugt. Er hat auch ihre Anspielungen auf den Schatz im Keller der Pension Daheim sofort und sehr vehement als Spinnerei abgetan.

Malte hat sich endlich verabschiedet. Herr Clausen hat inzwischen frische Fischbrötchen gebracht, ohne dass sie erzählt hat, wo die von heute Morgen geblieben sind. Auch Wiebke gegenüber ließ sie sich nichts anmerken. Jetzt hat Ina nicht viel zu tun, ihr bleibt genügend Zeit zum Nachdenken. Besonders über Simon und dann über diesen geheimnisvollen Schatz. Vielleicht steckt doch mehr dahinter, als ein blöder Scherz. Der hat gar nicht zu Colette gepasst. Warum reagierte ihre Tante so heftig, als Ina sie danach fragte? Warum gehen Niklas und vor allem Malte, der doch sonst überall seinen Senf dazu gibt, überhaupt nicht auf das Thema ein?

Ina beschließt, sich den Keller bei nächster Gelegenheit gründlich anzusehen. Am besten, wenn Nelda, Fiona und Niklas nicht im Haus und ihre Tante nicht in ihrer Wohnung ist, sodass niemand etwas mitbekommt.

30

»Wie sehen die denn aus?« Ina sieht erstaunt ihren ersten Kunden hinterher, die barfuß in grellfarbenen Neopren-anzügen über die Promenade laufen.

»Das sind Kite-Surfer«, erklärt Simon.

»Ach ja, heute ist ja die Meisterschaft. Schön, dass endlich mal was los ist.«

Im Laufe des Vormittags füllt sich die Promenade und Ina hat reichlich zu tun. Die Schnitzelbrötchen, die sie gestern Abend noch beim Restaurantchef Clausen bestellt und heute ins Angebot aufgenommen hat, verkaufen sich gut, und ihr bleibt kaum Zeit, ein paar Worte mit Anne zu wechseln. Sie wollte ihr doch von Simon erzählen, aber auf die Frage der Freundin »Gibt's was Neues?« deutet sie auf die Schlange vor dem Kiosk.

»Ich komme nach Feierabend vorbei«, schlägt Anne vor.

Ina nickt erleichtert. Ihr geht wirklich eine Menge durch den Kopf, worüber sie gern reden würde.

Wiebke ist heute spät dran und mal wieder schlecht gelaunt. »Ich würde auch lieber mal 'ne Pause machen«, schnauzt sie Ina an. »Die Neue blickt nicht durch, sie ist überhaupt keine Hilfe. Clausen stellt aber auch jeden ein.«

Ina weiß von keiner »Neuen«, hat aber auch keine Lust, sich mit der Kellnerin zu unterhalten, die jetzt ihren Platz im Kiosk einnimmt. Wenigstens hat sie sich noch nicht über die

Mehrarbeit mit den Broten beschwert, die sie jetzt belegen muss. Vermutlich weiß sie, dass die Idee von Simon stammt.

Natürlich stellt Herr Clausen jeden ein, der auch nur halbwegs in der Lage ist, zu arbeiten, so wie die anderen Restaurant- und Ladenbesitzer. Alle suchen Mitarbeiter, obwohl die Saison noch nicht einmal richtig angefangen hat.

Ina schlendert auf die Seebrücke. Die Kite-Surfer haben wirklich perfektes Wetter. Die Sonne scheint, das Wasser ist strahlend blau, ein frischer Ostwind weht. Es sieht beeindruckend aus, wie die Sportler an ihren bunten Schirmen hängend auf ihren Brettern über die kleinen Wellen flitzen. Ina würde gern länger hier stehen und zusehen, aber nach einer halben Stunde geht sie widerwillig zurück.

Sie hat vermutet, dass Wiebke sie ungeduldig erwarten und anmeckern würde, aber die Sorge war unbegründet. Die blonde Kellnerin ist nicht mehr da. Als Ina am Kiosk ankommt, steht eine andere Frau an ihrem Arbeitsplatz, die sie strahlend begrüßt. Keine Spur von Wiebke. »Hi, ich bin Joy«, stellt die Unbekannte sich vor, reicht einem Kunden einen Becher Kaffee über den Tresen, nimmt das Geld entgegen und bedankt sich freundlich. Auch als Ina neben ihr steht und den nächsten Gast bedient, arbeitet sie weiter. Nach einer halben Stunde sind alle versorgt. Die beiden Frauen, die bisher nur kurze Bemerkungen ausgetauscht haben, sehen sich an.

»Du bist also die Neue«, vermutet Ina und fügt in Gedanken hinzu, ›die nicht durchblickt.‹ Sie war jedenfalls mit ihrer Arbeit zufrieden.

»Eigentlich sollte ich in der Gaststätte kellnern, aber ich bin mit dem Kassensystem nicht klargekommen, das muss ich erst mal üben. Deshalb habe ich mit Wiebke getauscht.«

»Mir soll es recht sein«, sagt Ina ehrlich.

Die neue Kollegin lächelt sie erfreut an. »Wir haben ganz gut verkauft. Soll ich Nachschub holen?«

»Ja, das wäre gut. Du weißt ja, was ich brauche – Schnitzelbrötchen, Räucherfisch und Tomaten.«

»Alles klar.« Sie begrüßt Anne fast herzlich, als die gerade an den Kiosk tritt, und geht schnell über die Promenade.

Ina sieht ihr amüsiert hinterher. Ihre neue Kollegin ist, wie sie selbst, eher klein, aber viel fülliger. Sie trägt Sneakers und gelbe Leggings, die ihre kräftigen Oberschenkel betonen, einen sehr kurzen, engen Rock und ein straff sitzendes T-Shirt. Ihre Haare sind wasserstoffblond und so kurz, dass sie wie Stacheln vom Kopf abstehen. Die Augen sind sehr stark geschminkt, auf den ersten Blick hat sie Ina an einen Pandabären erinnert – einen hübschen, kleinen Pandabären.

»Na ja«, Simon blickt skeptisch. »Hauptsache, sie macht ihre Arbeit.«

»Wird sie schon. Jedenfalls ist sie nett.« – ›Und das ist schon mehr, als man von Wiebke sagen kann‹, diesen Zusatz schluckt Ina gerade noch herunter. Sie weiß immer noch nicht so richtig, wie sie sich Simon gegenüber verhalten soll. Einerseits ist sie ihm dankbar für seine Tipps, andererseits nimmt sie ihm dessen Geheimniskrämerei übel. Vielleicht bildet sie sich das auch nur ein und er ging davon aus, dass sie wusste, was er so in Hamburg macht.

Am Nachmittag ist Joy wieder da. Vermutlich nutzt sie jede Gelegenheit, um aus der Gaststätte und von Wiebke wegzukommen. Das kann Ina gut verstehen. Jetzt sitzt die Neue am Tisch hinter dem Kiosk und flirtet heftig mit Niklas. Sie hat von ihm eine Zigarette geschnorrt. Im Stuhl zurückgelehnt bläst sie genüsslich den Rauch in die Luft und blinzelt in eine dicke, weiße Wolke, die, von der Sonne bestrahlt, blendet. Die Beine hat sie übereinandergeschlagen, sie wippt mit dem Fuß nach der Musik, die vom Konzertpavillon herüberklingt.

Niklas grinst und mustert sie ungeniert, während Malte leicht verlegen und missmutig daneben sitzt und die Frau nur verstohlen von der Seite anblickt. Vielleicht ist er beleidigt, weil Joy ihn im Gegensatz zu Niklas und Simon völlig ignoriert.

Ihr Typ ist er also auch nicht, das macht sie Ina noch sympathischer. Sie hofft, dass die Neue bleibt, auch wenn sie sich vor Arbeitseifer nicht gerade überschlägt.

Auch Anne gefällt die junge Frau. »Sie wirkt intelligent, trotz ihrer Kriegsbemalung«, stellt sie fest. »Ich mag keine dummen Leute.«

»Wem sagst du das?! Ich kann Malte auch nicht ausstehen.«

Die beiden Frauen lachen, in dieser Hinsicht sind sie sich einig.

»Ich weiß gar nicht, was die Mädchen an diesem Babyface finden. Und dann diese geleckte Frisur – bah!« Ina schüttelt sich. »Wenn der redet, ist doch alles zu spät. Nicht nur, dass er die Fremdwörter durcheinanderbringt ... Mich nervt diese ganze gezierte Art. Meistens klingt er auch noch irgendwie beleidigt.«

»Den ganzen Tag möchte ich ihn auch nicht um mich herum haben. Aber eigentlich ist er doch harmlos«, beschwichtigt Anne. »Und die jungen Mädchen mögen ihn sicher, weil er nett ist und sie mit seinen babyblauen Augen anhimmelt. Außerdem merken sie, dass er ein Weichei ist und sie mit ihm machen können, was sie wollen.«

»Na ja, wem es gefällt. Mir ist ein richtiger Mann schon lieber.«

»So einer wie Simon.«

»So wie Simon«, gibt Ina ein bisschen trotzig zu.

Später bummeln die beiden Frauen über die Seebrücke. Ina hat den Kiosk kurz nach sechs Uhr geschlossen. Sie hat fast alles verkauft. Aber jetzt sind nicht mehr viele Leute auf der Promenade unterwegs, es lohnt sich daher nicht, weiteren Nachschub zu holen. Außerdem tut ihr der Rücken weh. Trotz Joys Hilfe hat sie heute lange gestanden. »Komm, lass uns ein Eis essen!«, schlägt Ina spontan vor.

Anne ist einverstanden. Sie setzen sich an einen Tisch auf der Plattform der Seebrücke und sehen zum Strand hinunter. Die Strandkörbe sind bereits leer und verschlossen, im Wasser ist auch niemand mehr. Aber viele Spaziergänger schlendern am Ufer entlang.

»Geht ihr eigentlich noch jeden Abend baden?«, fällt Anne ein, als der Kellner ihr einen Eiskaffee und Ina einen großen Eisbecher mit Sahne hinstellt.

»Ja. Und das ist richtig schön. Vor allem, wenn es so warm ist, freue ich mich den ganzen Tag darauf.«

»Auf das Wasser?«, stichelt Anne.

»Ja klar, was denkst du denn?« Ina grinst. »Es hat inzwischen schon so 18, 19 Grad.«

»Na ja, wer es mag.« Anne verzieht das Gesicht. »Ist doch aber nett von Simon, dass er abends noch mal durch das ganze Dorf läuft, um dich abzuholen und dahinten zu baden.«

»Ja, ist es. Aber andererseits joggt er abends sowieso noch eine Runde oder er fährt mit dem Rad. Und bei uns da hinten ist es am ruhigsten. Also kein so großer Aufwand.«

»Okay.« Anne denkt nach und sie schweigen beide eine Weile.

Dann erzählt Ina, was sie über Simon erfahren hat. »Wusstest du, dass er Chef in einem großen Hotel in Hamburg ist?«

»Nein, aber ich habe ihn auch nie gefragt, was genau er im Winter macht. Ist das ein Problem für dich?«

»Nein. Aber warum ist er dann den ganzen Sommer hier in Ahlbeck? Kann er sich in der Position einen monatelangen Urlaub leisten? Oder hat er hier etwas Dringendes zu erledigen? Vor allem frage ich mich, warum er es nicht erzählt hat.«

»Vielleicht fand er es nicht so wichtig. Oder er hat schon zu oft erlebt, dass sich attraktive Frauen nur wegen seiner Position an ihn herangemacht haben. Er wollte eben als einfacher, armer Rettungsschwimmer geliebt werden.«

»Wie romantisch! Ja, mach du dich mal lustig über mich. Wahrscheinlich zerbreche ich mir wirklich zu viel den Kopf über ihn.«

»Nun komm, sei nicht sauer! Du musst nicht immer alles so persönlich nehmen. Und so ernst. Sei mal ein bisschen locker!«

»Du hast gut reden.« Ina weiß selbst nicht, weshalb sie plötzlich Tränen in den Augen hat.

Anne erschrickt. »Was ist denn? Was hast du? Geht es dir nicht gut?«

»Ich weiß selbst nicht, was mit mir los ist. Ich fühle mich bedroht, habe dauernd Angst, dass mir oder meiner Familie wieder etwas passiert.« Sie schluckt und wischt sich verstohlen die Tränen aus den Augenwinkeln. »Aber das ist ja auch nicht grundlos«, fährt sie dann etwas gefasster fort. »Nelda und Fiona geht es genauso. Nelda wollte schon aufgeben und wieder weggehen aus Ahlbeck. Und Fiona ist sowieso ein Nervenbündel, die dreht bald durch. Sogar Rosi hat Angst. Sie kontrolliert jeden Abend, ob die Haustür und alle Fenster im Erdgeschoss verschlossen sind.« Ina erzählt ihrer Freundin von den Nüssen in Fionas Müsli und dem Anschlag auf Neldas Auto. Auch von ihrem Gespräch mit Rosi und Nelda.

»Glaubst du wirklich, der Grund für das alles liegt so weit zurück?« Anne blickt zweifelnd.

»Du nicht?«

»Ich weiß nicht. Was damals geschehen ist und die Vorfälle von heute müssen doch nicht unbedingt zusammenhängen. Das ist so unterschiedlich. Auch das, was dir und deinen Schwestern geschehen ist, als ihr noch nicht hier wart. Das war alles so raffiniert geplant und skrupellos. Und dann hier in Ahlbeck: Chlorreiniger in der Gesichtsmilch, Nüsse im Müsli und ein zerkratztes Auto. Das ist eine ganz andere Liga, ich kann mir nicht den gleichen Täter vorstellen.«

»Ja, das stimmt. Aber das macht es nicht besser, oder?«

»Nein. Habt ihr eigentlich schon mal daran gedacht, zur Polizei zu gehen?«

»Nelda war bei der Polizei wegen ihres Autos. Sie hat Anzeige erstattet, damit die Versicherung zahlt. Von der Creme und dem Müsli hat sie denen nichts erzählt, obwohl sie es vorhatte. Dann kam sie sich aber doch zu blöd vor. Sie meint, wahrscheinlich hätten die sowieso Niklas verdächtigt. Wen denn sonst. Niemand glaubt, dass jemand einbricht, ohne etwas zu klauen, nur um uns so fiese Streiche zu spielen.«

»Aber Niklas wird ja wohl nicht seine eigene Mutter vergiften, oder?«

»Nein, natürlich nicht.«

31

Der ehemalige Speiseraum der Pension, in dem die Familie auch jetzt noch die Mahlzeiten einnimmt, ist seit dem Einzug der Schwestern gemütlicher geworden. »Macht ruhig, was ihr wollt!«, hatte Rosi gesagt, als Ina sie bat, die schweren Gardinen vor den Fenstern abnehmen zu dürfen. »Ihr sollt euch hier wohl fühlen!« Sie haben die überflüssigen Tische und Stühle entfernt, mit vier Sesseln und einem kleinen niedrigen Tisch aus den leer stehenden Gästezimmern eine gemütliche Sitzecke geschaffen sowie das alte Büfett durch kleine Sideboards ersetzt. Auf einem steht jetzt ein Fernseher aus Niklas' Besitz, Nelda hat eine Musikanlage beigetragen und Ina einige Vasen und Kerzenständer. Sie liebt Nippes. Überall liegen Bücher und Zeitschriften und stehen Grünpflanzen. Die haben die Schwestern aus ihren alten Wohnungen mitgebracht, ihre Möbel haben sie erst einmal eingelagert. Den Raummittelpunkt bildet der große ovale Esstisch mit furnierter Platte und verschnörkelten Füßen aus Nussbaumholz. Er stand mit den passenden Stühlen in Rosis Wohnung. »Der war mir sowieso nur im Weg«, hatte sie erklärt. Insgeheim fand Ina es bequemer, an dem Tisch mit Resopalplatte zu essen, den man danach einfach abwischen konnte, aber Nelda legt eben Wert auf Esskultur.

Fiona hat ein paar Tage im Krankenhaus verbracht, ihr Kreislauf musste erst wieder stabilisiert werden. Sie sieht immer noch schlecht aus. Heute, eine Woche nach ihrem Anfall, sitzt sie zum ersten Mal wieder mit Ina zusammen am Frühstückstisch. Sie schweigen. Ina würde ihre Schwester gern fragen, was sie denkt, ob sie überhaupt weiß, dass ihre allergische Reaktion absichtlich herbeigeführt wurde. Aber sie fürchtet, dass Fiona dann gleich wieder in Tränen ausbricht oder einen hysterischen Anfall bekommt. Nachdenklich legt sie sich eine Scheibe Käse aufs Brot.

Fiona knabbert an einer trockenen Toastscheibe.

»Willst du dir nicht Butter draufschmieren und eine Scheibe Wurst oder Käse? Du bist so dünn geworden.« Ina spricht leise und liebevoll. Sie möchte ihrer Schwester gern helfen, aber sie nicht aufregen. Manchmal allerdings würde sie sie am liebsten anschreien oder schütteln, so geht ihr diese Leidensmiene auf die Nerven. Deshalb zuckt Ina auch nur mit den Schultern und sagt nichts mehr, als diese den Kopf schüttelt und »Nein, ich kann so was nicht essen« piepst.

Rosis Gehstock klopft auf die Fliesen im Hausflur.

Ina erhebt sich, um ihr die Tür zu öffnen. Sie hat den Eindruck, dass ihre Tante in den letzten Tagen noch gebrechlicher geworden ist.

Die Tante stöhnt, als sie zu einem Stuhl humpelt und sich vorsichtig hinsetzt. »Ich muss erst mal was essen, damit ich meine Schmerztabletten nehmen kann«, erklärt sie den Nichten. »Danach geht es mir besser.«

Fiona ist völlig in ihre eigene Leidensgeschichte versunken, sie blickt nur kurz auf und murmelt einen Gruß, dann trinkt sie ihren Pfefferminztee aus und geht hinaus.

»Geht es ihr noch nicht besser?« Rosi seufzt mitleidig. »Ich glaube, sie geht auch nicht mehr gern zur Arbeit. Ihr solltet mal mit ihr reden.«

›Ja, vielleicht‹, denkt Ina flüchtig, ›aber wir haben auch eigene Sorgen. Fiona ist nicht der Mittelpunkt der Welt, das glaubt sie nur.‹ Sie gießt etwas heiße Milch in den Kaffee ihrer Tante, holt Butter, Honig und Käse und warmen Toast aus der Küche. »Möchtest du auch Wurst, oder ein Ei? Ich könnte dir auch Rührei machen.«

»Nein, nein, nun lass mal! Ich habe alles, was ich brauche. Du verwöhnst mich. Komm setz dich zu mir!«

Nachdem Rosi gefrühstückt und ihre Tabletten genommen hat, geht es ihr zusehends besser. Auch mental scheint sie heute gut drauf zu sein. Sie sieht ihre Nichte aus klaren Augen an, während sie für ihre Verhältnisse schnell und zusammenhängend spricht. Nur manchmal muss sie nach einem Wort suchen, aber sie erinnert sich heute erstaunlich gut an Namen und Jahreszahlen. »Ich glaube zwar immer noch nicht, dass es etwas mit den heutigen Vorfällen zu tun hat, aber ich habe in den vergangenen Tagen und Nächten über die Zeit nach der Wende nachgedacht. Ich habe mir die alten Fotos angesehen und dabei ist mir vieles wieder eingefallen. Jetzt erinnere ich mich auch wieder an Colette. Die hatte ich ja schon völlig vergessen. Ich habe ein Bild gefunden. – Ach, jetzt hab ich es vergessen, ich wollte es dir zeigen – na ja, später.« Rosi erzählt, dass die junge Colette ein sehr hübsches Mädchen war, mit dunklen Haaren, hellen Augen und einer guten Figur. »Ein bisschen dumm war sie, schwatzhaft und ziemlich naiv.

Sie hatte wirklich Pech mit den Männern, ist immer auf die falschen reingefallen und hat alles geglaubt, was die ihr erzählt haben. Ehrlich gesagt, hat sie die Männer ziemlich häufig gewechselt und dann war sie eben irgendwann schwanger. Aber ob nun wirklich von einem Ausländer, wie in Ahlbeck erzählt wurde, das weiß ich nicht. Ich kann es mir eigentlich nicht vorstellen. Ich habe sie aber aus den Augen verloren, als sie nicht mehr bei uns gearbeitet hat. Auch weil ich schnell Ersatz für sie ausfindig machen konnte. Damals gab es noch keinen Arbeitskräftemangel im Tourismus, im Gegenteil, es gab viele Arbeitslose.« Rosi erzählt aus der Zeit vor fünfundzwanzig Jahren, von Euphorie und enttäuschten Hoffnungen.

›Das war wirklich eine aufregende Zeit‹, denkt Ina. Sie trinkt ihre dritte Tasse Kaffee und hört schweigend zu. Dann bringt sie das Gespräch wieder auf Colette zurück. »Hast du eine Idee, wie sie darauf kam, dass ein Schatz im Keller vergraben ist?«

Rosi lacht kurz. »Nein, nicht wirklich. Aber, wie gesagt, sie war sehr naiv und leichtgläubig. Wahrscheinlich hat ihr das jemand erzählt, um sie auf den Arm zu nehmen. Die Brauns vielleicht, die haben sich öfter mal auf ihre Kosten amüsiert.«

»Ach ja?« Waren die beiden Alten vielleicht doch nicht so nett? »Was haben die beiden eigentlich zu DDR-Zeiten gemacht?«

»Er war Heimleiter beim FDGB und sie war in der Verwaltung. In der Buchhaltung, glaube ich.«

›Also vermutlich auch nicht so dumm, wie sie tun‹, denkt Ina für sich.

»Die haben sich auch sehr verändert«, fährt Rosi nachdenklich fort. »Das waren damals so Hundertprozentige, beide in der Partei und man hat sich schon überlegt, was man in ihrer Gegenwart sagt. Und ziemlich hochnäsig. Aber nach der Wende wurden sie dann erst einmal arbeitslos und waren froh, dass wir sie eingestellt haben. Ich bin immer gut mit ihnen klargekommen. Umgänglich waren sie. Und fleißig. Das sind sie ja heute noch. Wirklich traurig, dass sie nun wohl völlig durch den Wind ist. Redet ja nur noch dummes Zeug.« Rosi schüttelt niedergeschlagen den Kopf.

»Wie alt ist ihr Sohn eigentlich?«

»Der muss so Anfang dreißig sein. Wie alt ist Malte? Der hat sich neulich angeregt mit den Brauns unterhalten und dann hat sie mir erzählt, dass er mit ihrem Klaus-Dieter in eine Klasse gegangen ist. So was weiß die, aber nicht, was wir heute für einen Wochentag haben.«

32

In vielen Bundesländern haben die Sommerferien begonnen, Ahlbeck ist erwartungsgemäß voll. Aber vor allem der Strand. Es ist warm – sehr warm. Und trocken. Die Blumenrabatten auf der Promenade werden bewässert, die Rasenflächen sind gelb und trocken, was sich neben dem Strandwetter sogar als Vorteil herausstellt: Man hört in diesem Sommer keine Rasenmäher. Und die Straßen sind nicht so überfüllt wie sonst zu dieser Jahreszeit, es gibt weniger Stau.

»Meinst du nicht, das liegt auch daran, dass die Urlauber jetzt kostenlos mit dem Linienbus fahren können?«, fragt Ina an Anne gerichtet.

»Das macht sicher etwas aus. Übrigens nicht nur die Urlauber, Einheimische auch. Man muss nur eine Kurkarte vorzeigen.«

»Wirklich?« Das war Malte mal wieder neu. »Wo kann ich denn so eine Kurkarte herbekommen?«

»Da drüben ist die Touristinformation. Da legst du deinen Ausweis vor, dann geben sie dir eine Kurkarte. Also wirklich!« Anne blickt zu Ina und verdreht die Augen. »Aber du bewegst dich doch sowieso nur zwischen dem Kiosk hier und deiner Wohnung. Und die ist nur einen Katzenwurf entfernt, wo willst du denn mit dem Bus hinfahren?«, hakt die Reiseleiterin etwas spöttisch nach.

»Ich könnte ja mal an die Grenze fahren und dir Zigaretten vom Polenmarkt holen«, schlägt er Niklas vor.

»Du hast doch keine Zeit, kriegst du überhaupt noch mal frei?«, fragt Malte.

»Nee, lass mal! Meine polnischen Kollegen bringen mir welche mit. Ich muss dann auch …«

Ina sieht ihrem Neffen nach und überlegt, dass der offenbar zum ersten Mal in seinem Leben richtig arbeitet. Und das scheint ihm bei allem Stress auch noch Spaß zu machen. Er ist also doch kein hoffnungsloser Fall, wie Nelda immer vermutet. Kein Wunder, dass er nicht wieder weg will aus Ahlbeck. Beim Gedanken an ihre Schwestern vergeht ihr allerdings die gute Laune. Die Stimmung in der Familie ist äußerst gereizt. Beide scheinen auf der Arbeit Ärger zu haben. Sie rechnet jeden Tag damit, dass eine von ihnen ihre Zelte in Ahlbeck abbrechen wird.

»Hast du eigentlich etwas gehört, ob die Polizei den Mörder von Colette gefunden hat? Oder wenigstens einen Verdächtigen?«, unterbricht Anne ihre Gedanken.

»Nein, woher? Meinst du, die kommen her und erzählen mir das?«

»Hätte ja sein können, dass Simon was weiß.« Anne ist ein bisschen eingeschnappt.

»Ja – nein, der hat jedenfalls nichts gesagt. Entschuldige, ich bin ein bisschen nervös!«

»Versteh ich doch.« Anne ist gleich wieder beschwichtigt. Sie hat heute einen freien Tag, denn während der Ferien sind nicht so viele Busgruppen unterwegs. Meistens hilft sie dann einer Freundin in Bansin, aber bei so einem Wetter ist deren Gaststätte tagsüber nur schlecht besucht. Heute ist Anne morgens die fünf Kilometer am Strand entlang nach Ahlbeck gewandert, um Ina zu besuchen. »Ich bin die ganze Strecke durchs Wasser gelaufen, immer am Ufer entlang. Es war herrlich«, schwärmt sie.

»Ja, glaub ich.« Ina ist mit ihren Gedanken noch bei ihrem Neffen. »Findest du auch, dass Niklas sich in letzter Zeit verändert hat?«, fragt sie leise, sodass Malte nichts mitbekommt. »Irgendwie ist der erwachsener geworden.«

»Also bitte – der ist erwachsen. Ist dir das aufgefallen, weil Joy sich an ihn heranschmeißt? Meinst du, da läuft was?«

»Keine Ahnung, ist mir auch egal.«

»Na also. Lass sie doch! Er ist ein hübsches Kerlchen und Joy scheint auch in Ordnung zu sein.«

»Ja. Das meine ich auch gar nicht.« Sie kann aber nicht erklären, was sie überhaupt meint. Sie kannte ihn immer nur als verwöhnten, unreifen und verantwortungslosen Bengel. Diesem Bild hat er auch am Anfang des Sommers noch entsprochen. Jetzt wirkt er viel reifer, ernster. Und auch irgendwie geheimnisvoll. Ja, das ist es. Sie traut ihm nicht. Was verbirgt er hinter der ständig lächelnden Maske? ›Jetzt verdächtige ich schon meinen eigenen Neffen, ich sollte mich schämen!‹, denkt sie. ›Ich darf das niemandem erzählen – höchstens Anne.‹

Am Kiosk finden sich nur wenige Kunden ein, die meisten Leute liegen am Strand oder kühlen sich in der Ostsee ab. Simon gehört zu den Wenigen, die bei diesem Wetter viel zu tun haben. Jetzt kommt Joy mit strahlendem Gesicht über die Promenade. »In der Gaststätte ist heute gar nichts los«, berichtet sie. »Herr Clausen hat gesagt, wenn du möchtest, sollst du dir den Rest des Tages freinehmen und ich vertrete dich. Dann kannst du auch mal zum Strand gehen.« Wann immer sie kann, verdrückt sich Joy aus der Gaststätte und hilft am Kiosk aus. Heute trägt sie grüne Leggings und eine ebensolche kurze Weste. Ihr Rock ist anscheinend noch enger geworden, dazu haben sicher Inas Schnitzelbrötchen beigetragen. »Ich bin froh, wenn ich da raus bin. Wiebke – was ist das überhaupt für ein Name? –, diese aufgetakelte Fregatte geht mir so was von auf die Nerven! Was bildet die sich ein? Will mir vorschreiben, was ich anziehen soll, na das fehlt ja wohl noch. Soll ich vielleicht so rumlaufen wie sie? Ich hab ihr gesagt, sie soll sich bei Heidi Klum bewerben, da passt sie rein, in den Zickenstall.«

Ina mag die neue Kollegin, was auf Gegenseitigkeit beruht.

Anne grinst schadenfroh. Sie mag Wiebke auch nicht, schon aus Loyalität Ina gegenüber. Obwohl die Kellnerin nicht mehr ganz so aggressiv um Simon wirbt. Hat sie etwa aufgegeben? Oder hat sie nur ihre Taktik geändert und plant irgendeine Gemeinheit?

»Da fasst man sich doch an den Kopf«, murmelt Wiebkes heimlicher Verehrer Malte und mustert Joy verächtlich von oben bis unten.

»Ja, und so mancher fasst sich an den Kopf und greift ins Leere.« Sie lächelt ihn freundlich an.

Anne prustet los. »Guter Spruch, den muss ich mir merken! Und so passend«, fügt sie hinzu, als Malte aufgesprungen und wütend weggegangen ist.

»Das ist aber auch eine Affenhitze«, stöhnt Joy. »Ich muss erst mal was Kaltes trinken. Setzt ihr euch noch einen Moment zu mir?« Sie nimmt die große Sonnenbrille ab, um sich den Schweiß von der Stirn zu wischen, und Ina sieht, dass sie trotz der Wärme wieder stark geschminkt ist, offensichtlich wasserfest. Nur Joys Frisur hat etwas gelitten und an den Ansätzen ist zu erkennen, dass sie von Natur aus dunkelhaarig ist. »Hast du heute auch frei?«, wendet sie sich an Anne und die gibt bereitwillig Auskunft. Sie und Ina haben sich schon über Joys Neugier lustig gemacht. Sie interessiert sich wirklich für alles und jeden, aber auf eine sympathische Art. So ist sie bereits über die Familienverhältnisse von Ina und Niklas genauestens informiert, auch über Simon wusste sie schon nach drei Tagen mehr, als Ina in Wochen erfahren hat. »Malte ist dann ja praktisch dein Cousin«, wechselt sie jetzt das Thema.

Ina wehrt erschrocken ab: »Nein, das fehlte noch! Wir sind nicht wirklich verwandt. Er ist ja nicht Rosis Sohn, sondern nur das Ergebnis eines Seitensprunges.«

»Deshalb behauptet er, sie wäre seine Stiefmutter. Was für ein Idiot.«

»Ich wundere mich auch manchmal über Rosis Geduld mit ihm.«

»Wie alt ist Malte denn eigentlich? War deine Tante schon mit seinem Vater verheiratet, als er geboren wurde? Ich meine nur – weil du von einem Seitensprung sprichst.«

Ina überlegt. So genau hat sie noch gar nicht darüber nachgedacht. Hat Rosi den Begriff nicht verwendet? Aber was geht Joy das eigentlich an?

Die hat inzwischen wohl selbst gemerkt, dass sie etwas zu weit gegangen ist und hebt abwehrend die Hände. »Schon gut, geht mich nichts an. Ich höre nur so gern Familiengeschichten, wohl, weil ich selbst keine Familie habe.«

›Stimmt, über sich selbst hat sie noch gar nichts erzählt. Aber das bringt ihr vermutlich einen großen Teil der allgemeinen Sympathie ein, dass sie lieber zuhört, als redet‹, denkt Ina.

Die beiden Frauen schlendern über die Strandpromenade. Ina will die Gelegenheit nutzen, um Anne die Pension, ihr derzeitiges Zuhause, zu zeigen. Vielleicht kann die Freundin dann auch Rosi kennenlernen, die kaum noch aus dem Haus kommt. Sie gehen im Schatten der Bäume, aber Ina wischt sich dennoch mit dem Handrücken den Schweiß von der Stirn.

Anne ist tief in Gedanken versunken. »An irgendjemanden erinnert mich Joy«, überlegt sie. »Ich komme nur nicht drauf ...«

»Ja«, unterbricht Ina sie lebhaft, »das war mein erster Gedanke, als ich sie gesehen habe: Die kenne ich. Aber wir kannten sie doch nicht, oder? Wem sieht sie also ähnlich?«

»Keine Ahnung. Aber sie ist auch immer dermaßen angemalt, man weiß doch eigentlich gar nicht, wie sie wirklich aussieht.«

»Oder sie kommt uns so bekannt vor, weil sie sich so schminkt, wie jemand, den wir kennen. Aus dem Fernsehen vielleicht.«

»Kann auch sein.« Anne zuckt unzufrieden mit den Schultern.

Sie bleiben am Tor vor der Pension stehen. Ina versucht, das Haus mit den Augen der Freundin zu sehen. »Ganz schön heruntergekommen, was?«

»Aber es hat doch einen gewissen Charme. Ich mag diese alten Häuser. Selbst wenn sie fast zusammenfallen, wirken sie noch immer elegant und mondän. Man sieht direkt vor sich, wie die Damen in langen Kleidern mit ihren großen Hüten und Sonnenschirmen die Treppe hinunter schritten.«

»Ich sehe nur, dass der Putz abfällt und die Treppe allmählich bröckelt. Komm, lass uns reingehen! Aber ich warne dich: Drin wird es auch nicht besser.«

Im Haus ist es angenehm kühl. Sie gehen zuerst ins Wohnzimmer der Familie, um etwas zu trinken. Ina hat vorsichtig an die Tür ihrer Tante geklopft, aber die hat sich nicht gemeldet. Wahrscheinlich schläft sie. Sie steht immer früh auf, weil sie Schmerzen hat und am Vormittag, wenn ihre Tabletten wirken, legt sie sich gern noch einmal hin. Schade, Ina hätte sie gern ihrer Freundin vorgestellt.

»Hast du dich denn schon entschieden, ob du das Haus als Pension weiterführen willst? Also, Potenzial hat es. Und die Lage ist natürlich Gold wert.« Anne erzählt von ihrer Freundin, die in Bansin ebenfalls eine Pension von ihrer Tante geerbt und saniert hat und diese jetzt erfolgreich führt. »Allerdings ist das Haus größer und mehr im Zentrum und Sophie hat Tourismus studiert.« Sie verschluckt die Bemerkung, dass ihre Freundin in Bansin viele Freunde und viel Unterstützung hat und natürlich ihre Tante Berta, die zum Glück immer noch äußerst rüstig ist und mit Rat und Tat hilft.

»Ich weiß nicht. Ehrlich gesagt, ich fühle mich nicht mehr so wohl. Nicht in Ahlbeck und vor allem nicht in diesem Haus. Ich bilde mir immer ein, dass hier irgendeine Gefahr auf mich lauert«, gibt Ina zu und ahnt nicht, wie recht sie damit hat.

»Kein Wunder, bei dem, was euch passiert ist.«

Die beiden schweigen, Anne blickt nachdenklich aus dem Fenster auf die Promenade, auf der Kinder in Badehosen mit Eis in der Hand entlang laufen. »Verdächtigst du eigentlich immer noch Niklas?«, fragt sie nach einer Weile. »Du schaust ihn manchmal so misstrauisch an.«

»Ist dir das aufgefallen?« Ina erschrickt. Dann hat ihr Neffe das sicher auch bemerkt.

»Ja, gerade heute Morgen wieder.« Sie sieht Ina von der Seite an. »Ist außer deiner Tante eigentlich noch jemand im Haus?«

»Nein. Die sind alle arbeiten. Warum? Hast du was gehört?«

»Nein, ich meine nur: Vielleicht sollten wir die Gelegenheit nutzen …?«

Ina versteht sofort. »Niklas' Zimmer? Nee du, so was kann ich nicht. Wenn der nun plötzlich auftaucht?«

»Warum sollte er? Außerdem lassen wir die Zimmertür offen, dann hören wir rechtzeitig, wenn jemand ins Haus kommt.«

»Ich weiß nicht …« Ina zögert.

Anne wird energisch: »Also wenn du immer nur Angst hast und nichts unternimmst, kriegst du nie heraus, wer hier sein Unwesen treibt. Dann kann ich dir auch nicht helfen.«

»Hast ja recht. Komm!«

In Niklas' Zimmer, an der Rückseite des Hauses, sind die Übergardinen zugezogen, damit die Nachmittagssonne nicht ungehindert hineinscheint. Es ist trotzdem hell genug, um den Raum zu durchsuchen. Alles sieht sehr ordentlich aus. Auf dem Tisch stehen nur ein sauberer Ascher und eine halbvolle Flasche Wasser. Ein Laptop liegt geschlossen auf der Kommode neben ein paar Büchern. Ina öffnet den Kleiderschrank. Auf den Bügeln hängen weiße T-Shirts, die er zur Arbeit trägt, und eine schwarze Stoffhose. In den Fächern liegen außer einer Bermuda-Shorts und zwei bunten Shirts nur eine Jeans und zwei Pullover. Auf dem Boden stehen ein Paar Sneakers und Badelatschen. Im oberen Fach der Kommode findet sie Badehosen, ein paar Unterhosen und Socken. Viel Kleidung hat er nicht, jedenfalls nicht hier.

Anne betrachtet inzwischen die Bücher und pfeift leise durch die Zähne.

Ina sieht sich die Titel an: Fitzek, Dan Brown, Ken Follett. »Deshalb muss er ja nun nicht selbst kriminell sein«, verteidigt sie ihren Neffen. Sie zieht die zweite Schublade der Kommode auf, findet einige Stangen Zigaretten und Feuerzeuge, ein Kartenspiel und weitere Bücher, die sie aber nicht genauer ansieht, dazu fehlt ihr die Ruhe. Die unterste Schublade ist leer. Sie sieht sich um. Weitere Schränke gibt es nicht. Im Schubfach des kleinen Schreibtisches liegen Niklas' Papiere: Pass und Führerschein, die AOK- und eine Kreditkarte, ein Notizbuch, ein leerer Schreibblock, einige Kugelschreiber.

Anne hat sich neben das Doppelbett gehockt, bei dem nur eine Seite bezogen ist und die Nachttischschublade geöffnet. Sie sieht nichts Interessantes und schließt sie gleich wieder.

Die Klappe darunter klemmt, sie braucht eine Weile, um sie möglichst leise zu öffnen.

Ina sieht ungeduldig zu. »Nun lass doch …!«, setzt sie an.

Anne hat es doch geschafft. Auch hier nur ein paar Bücher, die sie flüchtig betrachtet. Sie will den Nachttisch schon wieder schließen, dann sieht sie aus einem dicken Buch die Ecke eines Papierblattes herausragen. »Warte mal!«

Ina läuft nervös hin und her, geht an die offene Tür und lauscht ins Haus, der Kleiderschrank steht einen Spalt weit offen, sie schließt ihn fest – oder war die Schranktür gar nicht richtig zu? Sie bereut zutiefst, dass sie sich von Anne zu dieser Schnüffelei überreden ließ. Niklas bemerkt es garantiert. Ob er sich darüber aufregt? Nein, er wird sie nur höhnisch angrinsen. Schließlich haben sie ja nichts gefunden. Oder? »Was hast du denn da?«

»Hier, guck mal! Das ist interessant.« Anne faltet den Brief vorsichtig auseinander. Sie lesen den kurzen, gedruckten Text gemeinsam, dann stöhnt Ina entsetzt.

»Wer ist denn Gerd? Verstehst du das?«, fragt Anne.

Ina nickt. »Ja … eigentlich verstehe ich gar nichts mehr. Aber leg erst mal den Brief zurück! Wir müssen hier raus!«

Anne schüttelt den Kopf. Sie versteht nicht, weshalb Ina so ängstlich ist. Auf diese Weise werden sie nie etwas herausfinden. Da sind doch ihre Freundin Sophie und vor allem Tante Berta ganz anders. Sie legt den Brief wieder in das Buch, an dieselbe Stelle, an der sie ihn gefunden hat. »Wenn der merkt, dass wir hier drin waren, muss er schon sehr misstrauisch sein«, erklärt sie. »Und dann wäre er lange nicht so harmlos, wie er immer vorgibt.«

Sie gehen in Inas Zimmer. Anne stellt sich ans Fenster, sieht zum Strand hinunter und auf die Ostsee. Hier am Ortsrand sind nicht ganz so viele Menschen unterwegs, es stehen auch nur noch ein paar vereinzelte Strandkörbe im Sand. Ein Stück weiter befindet sich der Hundestrand. Sie beobachtet, wie die Tiere im Wasser toben, Möwen aufscheuchen oder Stöckchen holen. Etwas weiter draußen rast ein Jet-Ski, scheinbar, ohne die Wasserfläche zu berühren. Am Horizont gleitet langsam ein großes Segelschiff entlang und die Schwedenfähre fährt an der Mole vorbei aus dem Hafen. »Schön«, stellt sie fest, dreht sich zu ihrer Freundin um und fragt dann, als sie deren Gesicht sieht: »Gerd war Fionas Mann, stimmt's?«

»Ja. Aber, wer hat den Brief geschrieben?« Es kann nur jemand gewesen sein, der ihre Schwester hasst. In dem Schreiben, das an ihren Schwager gerichtet war, wird behauptet, dass Fiona ihn verlassen wolle, weil sie einen Liebhaber hätte. Sie hätte schon alles vorbereitet, die beiden wollten sich ins Ausland absetzen. Das erschien Gerd sicher glaubhaft, Fiona hat schon immer für Skandinavien geschwärmt und sogar Schwedisch gelernt. Einen Satz hat sich Ina besonders eingeprägt: *Heute Abend haut sie ab, und wenn du es nicht verhinderst, siehst du sie niemals wieder.* Wie das auf ihren Schwager gewirkt hat, kann Ina sich genau vorstellen. »Er war sowieso krankhaft eifersüchtig und hat sich andauernd eingebildet, dass sie fremdginge. Das hat er sofort geglaubt.« Je mehr sie darüber nachdenkt, um so perfider erscheint ihr dieser Brief. Wer Gerd Tauber kannte, wusste, wie er reagieren würde. Er hätte Fiona totschlagen können. Hat der Verfasser des Briefes das beabsichtigt?

»Hast du ein Datum auf dem Brief gesehen?«

»Nein. Darauf hab ich geachtet.«

Sie überlegen.

»Gehen wir mal davon aus: Gerd Tauber hat den Brief an dem Tag bekommen, als Fiona ihn überfahren hat«, schlägt Ina vor.

»Dann hat sie ihn absichtlich umgebracht. Aus Angst. Entweder, weil sie von dem Brief wusste, oder weil er völlig durchgedreht ist. Dann wäre es Notwehr gewesen.«

»Aber wie kann sie ahnen, dass er ihr vor das Auto läuft?«

»Muss er ja gar nicht. Sie kann sich einfach ins Auto gesetzt und gewartet haben, bis er aus dem Haus stürmt. Das war absehbar.«

»So berechnend ist Fiona nicht, die Nerven hat sie nicht.«

»Also war es ein spontaner Entschluss?! Sie hat einfach die Gelegenheit genutzt.«

»Oder es war so, wie sie es der Polizei erzählt haben: ein Unfall.«

»Jedenfalls kann man ihr nichts anderes nachweisen.«

Anne sieht Ina an und fügt hinzu: »Und das ist auch gut so.«

»Ja«, Ina nickt nachdrücklich, »aber wer hat den verdammten Brief geschrieben? Und warum hat Niklas den?«

»Genau. Das ist nämlich die Frage!«

»Wahrscheinlich will er auch herausfinden, wer seiner Mutter das angetan hat. Ob er deshalb nach Ahlbeck gekommen ist? Womöglich verdächtigt er sogar mich oder Nelda.«

»Wenn er euch verdächtigt hat, muss er ja inzwischen mitbekommen haben, dass ihr keine Täter, sondern auch Opfer seid.«

»Und warum hat er uns dann nichts von dem Brief erzählt? Ob Fiona den überhaupt kennt?«, fällt Ina ein.

Anne zuckt mit den Schultern. Dann hat sie eine neue Idee. »Was wäre denn, wenn er den selbst geschrieben hat? Um zu erreichen, dass sich seine Mutter endlich trennt. Oder, damit genau das geschieht: Sein Vater ist tot.«

»Und warum hebt er den Brief dann auf? Er belastet ihn doch. Und Fiona auch.«

Anne sieht wieder aus dem Fenster.

Ina überlegt, dann findet sie die einzig logische Erklärung. »Weißt du, das passt genau zu dem, was mir passiert ist. Mein Mann wurde auch auf so eine hinterhältige Art ermordet. Bei Nelda gab es zwar keinen Toten, aber ihre Karriere wurde zerstört. Ich denke, dass der Brief von demselben kommt, der uns das angetan hat.«

»Mag sein. Nur, dass Fionas Situation dadurch letztendlich verbessert wurde.«

Ina findet diese Bemerkung etwas zynisch, aber sie stimmt.

»Jedenfalls kommen wir so nicht weiter«, stellt Anne energisch fest. »Lass uns das jetzt beenden und in Ruhe nachdenken!« Insgeheim beschließt sie, mit Sophie und Tante Berta zu reden. Die kennen die Familie zwar nicht, aber als Außenstehende erkennen sie vielleicht eher, was hinter dem »Fluch der Kannenbachs« steckt. Schließlich haben sie ja bereits Routine im Aufklären von Verbrechen.

»Ja, ich glaube, das wäre das Beste. Ich hab schon Kopfschmerzen. Außerdem muss ich unbedingt was trinken. Bei dieser Hitze ist auch das Denken anstrengend.«

»Was machen wir denn jetzt? Willst du wirklich zum Strand?« Anne klingt nicht sehr begeistert.

»Nicht unbedingt. Bei dem Wetter kriege ich sogar im Schatten einen Sonnenbrand. Außerdem sind mir da zu viele Menschen.«

33

Dienstag, 10. Juli

Kurz nach zehn Uhr morgens ist alles für den Tag vorbereitet: ein Blech voller frisch gebratener Schnitzel steht bereit, daneben frische Brötchen und dicke Scheiben Schwarzbrot, Räucherfisch sowie viel frisches Gemüse, zum Beispiel Tomaten, Paprika, Eisbergsalat, Gurkenscheiben. Die Getränke sind in der Kühlung und die Kaffeemaschine ist startklar. Ina stapelt am Rande ihrer Theke ein paar Bücher und überlegt, wo sie die anderen hinstellen kann, die ihr den Platz wegnehmen. ›Die Geister, die ich rief‹, denkt sie und seufzt. Seit sie bemerkt hat, dass vom Strand kommende Urlauber nicht nur Zeitungen, sondern auch Bücher, meist Paperbacks, in den Papierkorb werfen, holt sie diese einfach wieder heraus und legt sie am Kiosk aus. Jeder kann sich, was ihn interessiert, mitnehmen. Inzwischen bringen ihr die Gäste allerdings mehr Bücher, als abgeholt werden. Klar, denn niemand wirft eigentlich gern Bücher weg. Sie wird wohl einen der Stehtische dafür opfern müssen.

Die Tische muss sie noch abwischen. Nach der gefühlt unendlich langen Trockenheit hat es heute Morgen ein wenig geregnet. Gleich sind alle Farben frischer und es riecht nach Gras und Blumen. Ina atmet tief ein und betrachtet zufrieden die gepflegten Rabatten. Wie schön es hier ist! Eine Möwe mustert mit schräg gelegtem Kopf kritisch den Inhalt eines Papierkorbes, ein Schwarm Spatzen pickt eifrig die Krümel unter dem Tisch auf. Ina schaut zur Jugendstiluhr und den grünen Türmchen der Seebrücke hinüber. Sie möchte für immer hier bleiben. Plötzlich ist sie wütend auf den Unbekannten, der ihr diese schöne Zeit hier verdirbt und versucht, sie aus Ahlbeck zu vertreiben. ›Aber ich krieg dich schon!‹, denkt sie. Wenn sie nur wüsste, wem sie vertrauen kann? Sie sollte mit Nelda reden, vielleicht auch über den Brief. Mit Rosi, mit Simon? Auf jeden Fall hat sie Anne als Freundin, sie ist eine große Hilfe. Beide telefonieren jeden Tag, aber Anne unterstützt momentan ihre Freundin im Hotel, der eine Rezeptionistin ausgefallen ist. Ina hält sie auf dem Laufenden, obwohl nicht wirklich etwas passiert. Ihr kommt es vor wie die Ruhe vor dem Sturm.

Niklas kommt herangeschlendert. »He Ina, hast du eine Scheibe Brot übrig?«

Ina nickt. »Willst du Fisch drauf haben? Ich hab frischen Räucherlachs. Oder ein Schnitzel?«

»Nein, danke!« Er klopft auf seinen nicht vorhandenen Bauch. »Ich werde allmählich fett, muss wohl aufhören, jeden Nachmittag Kuchen zu essen. Gib mir doch bitte ein Stück Paprika dazu!«

Sie betrachtet ihn wohlwollend. Er ist keineswegs fülliger, sondern schlanker und durchtrainierter als im Frühjahr. Vermutlich geht er wirklich jeden Morgen schwimmen. Seine rotbraunen Haare, lockig, aber nicht so kraus wie Fionas, sind etwas zu lang, er ist glattrasiert und gepflegt, wirkt aber trotz seiner ebenfalls blauen Augen im Gegensatz zu Malte sehr männlich. Sie kann sich nicht vorstellen, dass er jemandem etwas Böses antun könnte, schon gar nicht seiner eigenen Mutter. Anscheinend hat er nicht bemerkt, dass sie in seinem Zimmer waren, auch nicht, dass Ina ihn genauer beobachtet. Oder er ist ein wirklich guter Schauspieler. Sie sollte aufhören, ihre eigene Familie zu verdächtigen und lieber im Umkreis nach jemandem suchen, der ein Motiv hat, ihnen zu schaden.

Als Kunden zum Kiosk kommen, winkt Niklas Ina kurz zu und verschwindet in Richtung Seebrücke. Auch Simon trinkt nur einen Kaffee und hält sich nicht lange auf. Sie hat heute gut zu tun, es ist kein Strandwetter. Eigentlich ist überhaupt kein Wetter. Kein Regen, keine Sonne, kein Wind und eine Temperatur, die man nicht spürt – weder warm noch kalt.

Ihre Vertretung Joy taucht später auf als sonst. Inas Rücken schmerzt und sie lässt sich erleichtert auf einen Stuhl hinter dem Kiosk fallen. Sie sitzt dort heute ganz allein, nicht einmal Malte ist da. Ob sie Anne anruft? ›Oh Mist, mein Handy hängt zu Hause am Ladekabel.‹ – »Joy, wie viel Zeit hast du? Kann ich vielleicht schnell nach Hause gehen? Ich hab mein Telefon vergessen.«

Die Kollegin nickt gleichmütig. »Kein Problem, dann bleibe ich eben so lange es dauert. Geh ruhig, ist schließlich wichtig!«

Ina ist außer Atem, als sie in der Pension ankommt. Ein wenig plagt sie doch das schlechte Gewissen, gerade heute, wo so viel zu tun ist, so lange wegzugehen. Aber sie benötigt das Smartphone, um in der Gaststätte Nachschub für den Verkauf zu ordern.

Leise betritt sie das Haus, läuft nach oben, steckt das Telefon ein und schleicht die Treppe wieder hinunter. Rosi soll sie nicht hören, die würde sie nur noch länger aufhalten. Ihre Tante fühlt sich tagsüber einsam und freut sich immer, wenn eine ihrer Nichten vorbeikommen kann, um sich mit ihr zu unterhalten. Sonst besucht sie ja niemand. Oder? Ina bleibt erstaunt stehen, als sie Stimmen aus dem gemeinsamen Aufenthaltsraum hört. Das ist Rosi, sie klingt ungewöhnlich ärgerlich. Und die Männerstimme? Malte! Will der sie schon wieder anpumpen? Dass der knapp bei Kasse ist, hat Ina sich schon gedacht, er kommt auch nicht mehr so oft zum Kiosk. Einen Moment lang überlegt sie, hineinzugehen, um ihrer Tante beizustehen, aber die wird schon allein mit dem fertig. Sie hat jetzt wirklich keine Zeit. Außerdem geht es sie auch nichts an. Trotzdem bleibt Ina vor der Tür stehen und lauscht, bereit, sofort zu verschwinden. Zunächst versteht sie gar nicht, worüber die beiden reden, dann will sie es nicht glauben.

Rosis Stimme klingt ungewohnt böse, höhnisch, als sie ihn anfährt: »Das bringt dir alles nichts. Meine Nichten haben dich schon in Verdacht, besonders Ina, die kann dich sowieso nicht leiden. Wenn sie herauskriegt, dass du dahintersteckst, zeigen sie dich an, verlass dich drauf!« »Aber was soll ich denn machen?«, heult er. »Ich bin pleite. Mir wurde schon der Strom abgestellt und mit der Miete bin ich auch im Rückstand.«

»Und deswegen machst du Neldas Auto kaputt und mischt Nüsse in Fionas Müsli? Warst du das auch mit der Creme?«

»Ja, tut mir leid. Ich will doch nur, dass sie wieder abhauen aus Ahlbeck.«

»Damit ich auf dich angewiesen bin, oder was?«

Er antwortet nicht, vielleicht hat er genickt. Ina kann sich seinen dummdreisten Gesichtsausdruck genau vorstellen.

»Das bringt aber nichts«, wiederholt ihre Tante sich, jetzt etwas ruhiger. »Die bleiben trotzdem hier. Und wenn sie wegziehen würden«, das klingt drohend, »dann verkaufe ich das Haus und gehe in ein teures Pflegeheim. Aber vorher erwischen sie dich!«

»Ist ja gut, ich mache ja gar nichts mehr. Aber ich könnte auch hier im Haus wohnen. Du hast doch genug Platz.«

»Nein!« Das klingt endgültig. »Ich gebe dir noch einmal Geld, damit du deine Schulden bezahlen kannst. Aber dann suchst du dir endlich eine vernünftige Arbeit, verstanden?«

Ina hört einen Stuhl rücken und verlässt so schnell und so leise, wie sie kann, das Haus. Sie biegt um die Ecke und läuft an der Rückseite zur Straße, damit die beiden sie nicht vom Fenster aus sehen können.

Was war das denn? Also doch Malte – aber warum weiß Rosi das und hat nichts gesagt? Ach nein, vermutlich hat sie ihn gerade erst erwischt, als er wieder etwas anstellen wollte, und sich dann gedacht, dass er auch das andere getan hat. Bestimmt erzählt sie es heute Abend. Oder will sie ihn etwa weiter beschützen? Warum gibt sie ihm denn nach all dem auch noch Geld? Ina schüttelt den Kopf. Ihre Tante ist wirklich zu gutmütig. Malte ist zwar der Sohn ihres verstorbenen Mannes, aber deshalb hat sie doch keine Verpflichtungen ihm gegenüber. Jedenfalls keine moralischen. Sie sollte sich wirklich endlich erkundigen, ob ihm etwas aus dem Erbe zusteht und ihn, wenn nötig, auszahlen. Aber dass sie seine Verbrechen deckt, geht nun wirklich zu weit! Ina ist stinkwütend, aber auch erleichtert. Sie hatte die ganze Zeit Angst, hat Simon oder Niklas verdächtigt, dabei war es Malte, dieser harmlose Trottel. Na ja, so harmlos nicht. Aber umbringen wollte der bestimmt niemanden. Außerdem wird das nun ja aufhören.

Sie atmet auf, beschleunigt ihre Schritte und geht am Hotel Ostende auf die Promenade. Plötzlich fällt ihr etwas ein und ihre Hochstimmung verfliegt. Malte kann doch wohl nicht für den Mord an ihrem Mann verantwortlich sein, oder? Ist der doch nicht so dumm, wie er tut? Hat er auch Rosi etwas vorgespielt und nur zugegeben, was für sie offensichtlich war? Sie muss unbedingt mit jemandem darüber reden. Hoffentlich hat Simon heute Abend Zeit.

Auch abends kühlt es sich kaum ab. Simon hat keine Lust auf Joggen oder Radfahren, zumal er jetzt tagsüber viel zu tun hat. Der Strand ist voll, das Wasser auch, die Gäste erfordern seine ganze Aufmerksamkeit. Dennoch holt er zwei- oder dreimal in der Woche Ina ab, um mit ihr baden zu gehen.

Sie sind heute weit hinausgeschwommen, das Meer ist ruhig und ihre Kondition hat sich fühlbar gesteigert. Ina genießt das klare, angenehm warme Ostseewasser. Sie kommt nach der Hektik des Tages zur Ruhe und ihrem Rücken geht es besser. »Hast du noch ein bisschen Zeit?«, fragt sie Simon.

»Sicher doch.« Simon schließt seine Hose, zieht ein T-Shirt an und setzt sich in den warmen Sand.

Ina hat noch den nassen Badeanzug an, sie nimmt gar nichts zum Wechseln mit, sondern zieht sich erst zu Hause um. Sie lässt sich auf dem Handtuch nieder, das sie neben Simon gelegt hat. »Ich weiß jetzt, wer uns aus Ahlbeck vertreiben will«, beginnt sie.

Er hört zu, ohne sie zu unterbrechen, als sie von dem Gespräch zwischen Rosi und Malte erzählt. Auch danach schweigt er noch eine Weile und sieht mit leicht zusammengekniffenen Augen über das Meer. Er ist wütend, aber nicht besonders überrascht. »Geahnt habe ich es«, gibt er dann zu. »Diese miese kleine Ratte.«

»Aber traust du ihm auch den Mord an meinem Mann zu?« Kurz überlegt sie, ob sie auch von dem Brief in Niklas' Zimmer erzählen soll. Aber das ist im Moment nicht wichtig, außerdem ist es ein wenig peinlich, zuzugeben, dass sie in den Sachen ihres Neffen herumgeschnüffelt hat.

Er zögert. »Ich weiß es nicht. Ich kenne ihn ja schon sein Leben lang. Er ist bösartig und hinterlistig – der Typ, der immer überfreundlich grüßt, alten Frauen die Einkaufstaschen trägt und sie dann beklaut, wenn es geht – aber ich halte ihn eigentlich für dumm.«

»Ich auch. Er grinst immer so dämlich. Und dann seine ganze Art: die Klamotten, die Haartolle, das langsame Sprechen, wie er dauernd die Fremdwörter verwechselt.«

»Stimmt. Aber gerade das kann auch vorgespielt sein. Er ist der harmlose Dummkopf, der niemandem etwas Böses tun will oder kann.«

»Dann muss er aber schon sehr raffiniert sein. Ich kann mir das einfach nicht vorstellen.«

Sie schweigen.

Simon hat sich zurückgelegt, stützt die Ellenbogen im Sand auf und betrachtet die Sterne.

Ina lässt den trockenen Sand durch ihre Finger rieseln. Sie schaudert, ihr ist jetzt kalt in dem nassen Badeanzug. »Aber warum hasst er uns so?«, fragt sie dann leise. »Wir haben ihm doch nichts getan. Gut, diese Streiche hier in Ahlbeck – das verstehe ich ja noch. Er wollte uns loswerden, damit er Rosi ausnutzen kann. Das ist dann wohl aus dem Ruder gelaufen. Aber warum sollte er meinen Mann umbringen und Neldas Karriere zerstören. Damit hat er uns doch erst hierhergeholt – wenn er es war.«

»Das hat er dann vielleicht nicht geplant. Er wollte euch einfach nur zerstören, eure ganze Familie.« Simon steht auf und wischt sich den Sand von der Hose. »Komm, geh dich umziehen, bevor du dir noch was wegholst!«

Ina ist erstaunlich schnell eingeschlafen. Sie träumt von einem kleinen blonden Jungen mit gegelter Tolle, der eine alte Frau schmierig angrinst und ihr dabei die Geldbörse aus der Tasche zieht. Dann erkennt sie, dass die Frau ihre Tante ist. Sie will zu ihr laufen, kann sich aber nur in Zeitlupe bewegen. Als sie näherkommt, erblickt sie Fiona anstelle von Rosi. Das Kind gibt ihr einen Brief. Bevor sie ihn lesen kann, ist Niklas da und reißt ihn ihr aus der Hand. Plötzlich beginnt es zu regnen, große Tropfen fallen auf das Papier und verwischen die Schrift. – Ina wird wach. Der Regen prasselt an die Scheiben des angekippten Fensters. Sie öffnet es weit und bleibt davor stehen. Auf dem Telefon sieht sie, dass es halb vier Uhr morgens ist. Wie ein Sturzbach rauscht das Wasser durch die Bäume und auf den trockenen Boden. Tief atmet sie die frische feuchte Luft ein. Jetzt ist sie hellwach, fühlt sich ausgeschlafen. Sie denkt über ihren Traum nach. Kann es wirklich sein, dass Malte hinter all dem steckt? Und weiß Rosi das? Nein, bestimmt nicht. Ina muss es ihr sagen. Und dann? Wird man ihm etwas nachweisen können? Wird die Polizei ihr überhaupt glauben? Aber vor allem – warum hat er das getan? Ina stellt sich vor, wie sie ihn mit dieser Frage überrumpelt. Ihn einfach mit sicherer Stimme zur Rede stellt: »Du hast meinen Mann ermordet! Warum?« Er ist ein Feigling. Er wird zusammenbrechen und winseln: »Das wollte ich nicht, ich wollte dir nur einen Streich spielen, weil … ?« – Nein. – »Ja, ich habe es getan! Ich wollte euch vernichten, euch alle, weil ich euch hasse!« – Auch nicht. Sie sieht ihn vor sich: das falsche Lächeln, den treudoofen Blick, hört die weiche Stimme: »Ina, wie kannst du so etwas denken? Das könnte ich doch niemals tun. Ich liebe euch doch. Ihr seid meine Familie. Ich habe doch niemanden weiter. Und Rosi ist immer so gut zu mir.« – Ja, das passt. Genau so würde er reden. Und sie kann nichts beweisen. Rosi würde denken, dass sie spinne. Sie behandelt ihn ja wirklich wie einen Verwandten. Vermutlich aus Loyalität zu ihrem verstorbenen Mann. Eigentlich sollte sie sauer auf ihn sein. Also auf den Mann natürlich. Malte kann ja nichts dafür, dass der seine

Frau betrogen hat. – Moment! Da war doch was. Richtig, Joy hat sie mit einer Frage darauf gebracht. Ina rechnet. Malte ist Anfang dreißig, also Mitte der Achtziger geboren. War Rosi da überhaupt schon mit seinem Vater verheiratet? Ihre Tochter ist jedenfalls erst nach der Wende zur Welt gekommen. Und wenn Manfred Baumert die schwangere Freundin oder die Lebensgefährtin mit dem Baby wegen Rosi verlassen hat? Das würde erklären, weshalb sie Malte unterstützt: Sie hat ein schlechtes Gewissen. Das kann Ina sich bei Rosi gut vorstellen. Ist das vielleicht auch der Grund für Maltes Hass auf ihre Familie? Das ist wohl ein bisschen weit hergeholt. Außerdem war er, als alles anfing, als die Kannenbachs aus Ahlbeck vertrieben und dann auch im Westen gemobbt wurden, noch ein Schulkind.

34

Ina und Anne haben festgestellt, dass die Hitze ihren ästheti-
schen Ansprüchen nicht gerade zuträglich ist. Nicht nur, dass
die Leute verschwitzt aussehen, sie scheinen von Tag zu Tag
mehr von ihrem Anstand oder zumindest von ihrer Scham-
haftigkeit abzulegen und zeigen Körperteile, die sie normalerweise aus gutem Grund bedecken.

Ina freut sich, dass die Freundin endlich einmal wieder
hier ist, sie hat ihr eine Menge zu erzählen. Am Telefon hat
sie nur Andeutungen gemacht, jetzt ist Anne natürlich neugierig. Gut, dass noch nicht so viel los ist, es ist noch vor der
Mittagszeit, da haben sie Zeit zum Reden.

So eine gute Zuhörerin wie Simon ist Anne allerdings nicht,
sie unterbricht Inas Bericht immer wieder durch erstaunte
Zwischenrufe und Fragen. Danach schüttelt sie fassungslos
den Kopf. »Ich kann das einfach nicht glauben. Wir mochten ihn ja noch nie, aber so was? Glaubst du wirklich, er war
auch bei deinem Mann und hat sich als Polizist ausgegeben?
Und meinst du, er hat auch den Brief an Fionas Mann geschrieben?«

»Ich weiß nicht …«

»Hat er denn vielleicht auch das Gerücht über deinen Vater aufgebracht?«, unterbricht Anne.

»Nein, da war er noch ein Kind, nicht einmal zehn Jahre
alt.«

»Ja, stimmt. Vielleicht war es seine Mutter?!«

Auf die Idee ist Ina noch gar nicht gekommen. Natürlich, wenn ihre These stimmen würde, dass Rosi ihr den Vater ihres Kindes weggenommen hat, hätte die Frau auch ein Motiv. »Aber dann hätte sie sich doch an Rosi oder an deren Mann gerächt«, fällt ihr dann der Schwachpunkt auf. »Was haben denn meine Eltern damit zu tun. Die waren nicht mal besonders eng mit den Baumerts, soviel ich weiß.«

»… soviel du weißt. Frag sie doch einfach! Sie haben Maltes Mutter doch sicher auch gekannt.«

»Das mach ich auch. Ich habe mir sowieso vorgenommen, zu meinen Eltern zu fahren und mit ihnen über alles zu reden. Nelda kommt vielleicht auch mit.« Ina ist erleichtert. Dann muss sie ihre Tante auch nicht fragen, wann sie Maltes Vater geheiratet hat. Das hat sie vor sich hergeschoben. Weniger, weil es ihr peinlich ist, sondern weil sie Rosi nicht wehtun will.

»Übrigens habe ich unserer Tante Berta alles erzählt«, sagt Anne.

Ina nickt nur. Nach allem, was sie von ihrer Freundin über die Köchin und Hobbydetektivin aus Bansin gehört hat, kann das nicht schaden. Es ist nur ein kluger Kopf mehr, der über ihre Probleme nachdenkt.

»Sie vermutet auch, dass alles zusammenhängt, von dem Gerücht über deinen Vater bis zu den Nüssen in Fionas Müsli. Sie hat gesagt, es kann gar nicht so schwer sein, den Täter zu finden, weil er so viel gemacht hat. Bei jeder Tat verrät er ein bisschen mehr über sich selbst: dass er einen Schlüssel für die

Pension hat zum Beispiel, dass er weiß, wann niemand im Haus ist, und dann natürlich, dass er deine Familie kennt. Wer wusste denn so genau Bescheid über dich, als du in Rostock warst? Und über Nelda in Brandenburg?«

»Ja, das stimmt. Das ist richtig unheimlich.« Ina überlegt.

»Malte war dauernd bei Rosi. Und bevor wir zurückkamen, hatte sie niemanden weiter, da haben sie bestimmt viel miteinander gesprochen. Sie könnte ihm von uns erzählt haben. Obwohl – alle Details hat sie natürlich auch nicht gekannt.«

»Was hattest du denn für eine Verbindung zu ihr?«

»Wir haben schon öfter telefoniert. Wie gesagt, sie hatte niemanden außer uns, nachdem ihr Mann gestorben und Sandra, ihre Tochter, dann auch weg war. Sie hat sich immer gefreut, wenn wir sie besucht haben, aber so oft ging das eben nicht. Ich habe ihr alles erzählt: über meine Arbeit, meinen Mann und das Haus. Sie hat sich auch für alles interessiert, anders als meine Eltern, die nur noch mit sich selbst zu tun haben.«

»Wahrscheinlich bist du für sie der Tochterersatz«, vermutet Anne.

»Das kann schon sein. Aber warum sollte sie das Malte erzählen? Das geht ihn doch gar nichts an.«

»Natürlich nicht. Aber du kennst ihn. Er schleimt sich ein, hört aufmerksam zu und alte Leute reden nun mal gern.«

»Wenn er uns schon was vormachen konnte, dann ihr natürlich erst recht.«

»Wo ist er überhaupt? Ich hatte gehofft, ihn zu treffen und ihm mal ein bisschen auf den Zahn zu fühlen.«

»Das lass mal lieber, wenn er wirklich so gefährlich ist, wie wir vermuten. Aber es stimmt, er war schon seit ein paar Tagen nicht mehr hier. Nicht mehr, seit ich das Gespräch zwischen ihm und Rosi belauscht habe.«

»Hast du mit deiner Tante darüber gesprochen?«

»Nein. Ich weiß nicht, was ich sagen soll. Ich müsste ihr doch Vorwürfe machen, aber das kann ich nicht, sie tut mir einfach nur leid. Ich habe übrigens auch meinen Schwestern nichts erzählt.«

»Ich glaube, ihr habt es alle nicht so mit dem Reden. Das ist euer Problem. Übrigens«, fällt ihr ein, »Tante Berta vermutet, der Mord an Colette hängt auch mit eurer Familie zusammen. Sie wollte doch unbedingt mit deiner Tante sprechen, stimmt's? Und sie meint, du solltest der Sache mit dem Schatz noch einmal nachgehen. Das könnte eine Bedeutung haben.«

»Ja, da habe ich gar nicht mehr dran gedacht. Vielleicht wollte Malte uns deshalb aus dem Haus haben, damit er in Ruhe danach suchen kann.«

»Das kann doch sein. Tante Berta hat einen Bekannten bei der Mordkommission angerufen, den Kriminalhauptkommissar Schneider, um zu erfahren, wie weit die in der Mordermittlung wegen Colette sind. Offiziell darf er natürlich nichts sagen, aber er hat so durch die Blume zugegeben, dass die keine Ahnung haben, wo der Pfeffer wächst. Keine Zeugen, kein Verdächtiger, kein Motiv – gar nichts.«

»Arme Colette. Die hatte es schon zu Lebzeiten nicht leicht, dann wird sie umgebracht und nun finden die nicht mal ihren Mörder.« Ina ist plötzlich sehr traurig.

»Sprecht ihr von der Frau, die am Strand ermordet wurde? Kanntet ihr sie?«

Ina und Anne erschrecken. Sie haben Joy gar nicht kommen gehört.

»Ja«, gibt Ina zu. »Sie war oft hier am Kiosk.« Warum soll sie ein Geheimnis daraus machen?

»Ach Gott, die Arme! War sie nett?«

»Na ja …«, Ina lächelt. »Nett wäre nicht das Erste, was mir zu ihr einfällt.«

Abwechselnd erzählen Anne und Ina, was sie über Colette wissen, was sie getan und gesagt hat, alles ein bisschen beschönigt. In Joy finden sie eine dankbare Zuhörerin. Sie interessiert sich wirklich für alles. Nachdem den beiden Frauen zu der Toten wirklich nichts mehr einfällt, so viel wissen sie ja auch gar nicht über sie, fragt sie Ina über ihren Neffen aus. Die ist etwas vorsichtiger, was Auskünfte über ihre Familie betrifft.

Anne dagegen amüsiert sich über Joys Neugierde. »Frag Niklas doch einfach selbst!«, schlägt sie vor.

»Der erzählt mir ja nichts«, schmollt die junge Frau.

»Dann schlag in den grünen Seiten nach!«

Joy sieht Anne verwirrt an und wechselt das Thema. Sie reden über die Gaststätte, über Herrn Clausen, der sehr nett, und über Wiebke, die weniger nett ist. »Die kann ja nun wirklich niemanden leiden, außer vielleicht diesen Rettungsschwimmer – wie heißt er noch? Ist sie so sauer auf dich, weil sie eifersüchtig ist? Ist das dein Freund?«

»Du weißt genau, wie er heißt. Und nein – er ist nicht mein Freund. Jedenfalls nicht so, wie du es meinst.« Ina reicht es jetzt.

»Schon gut, entschuldige!« Die junge Kellnerin tut zerknirscht. »Ich gehe dann mal lieber wieder rüber. Bis später!«

Anne schüttelt lachend den Kopf. »Die ist aber auch neugierig! Oder meinst du, da steckt etwas anderes hinter ihrer Fragerei?«

»Ich weiß auch nicht, langsam werde ich paranoid. Mir ist aufgefallen, nachdem sie uns über Malte und Niklas ganz ungeniert ausgefragt hat, hat sie sich auffallend vorsichtig an das Thema Simon herangetastet. Vielleicht ist sie ja auch eine Freundin aus Hamburg, die mal gucken will, was er hier so treibt. Weißt du, als die sich das erste Mal hier getroffen haben, hatte ich den Eindruck, er würde sie kennen. Er hat sie ganz erstaunt angesehen und dann hat er sich ein Grinsen verkniffen und sie von der Seite beobachtet. Und sie hat ihn auffallend ignoriert.« Auch Anne verkneift sich ein Grinsen und Ina fügt etwas verlegen hinzu: »… oder ich habe mir das eingebildet.«

»Vielleicht hat er sich auch nur über ihr Aussehen amüsiert und sie hat das gemerkt und war beleidigt«, vermutet Anne.

35

Es ist schon über eine Woche her, Ina hat immer noch nicht mit Rosi über Malte gesprochen. Die Tante tut ihr einfach leid, sie will ihr nicht wehtun. Aber irgendwann muss sie es. Sie kann sich nicht darauf verlassen, dass Malte aufgibt. ›Wie konnte der sich nur die ganze Zeit so verstellen? Er hat doch fast jeden Tag am Kiosk herumgesessen und scheißfreundlich getan‹, denkt Ina wütend. ›Hat er womöglich auch Colette ermordet?‹ Der Gedanke kommt Ina plötzlich, während sie die Treppe im Haus hinuntergeht. Unwillkürlich bleibt sie stehen, ihr stockt der Atem. Denkbar ist es, er mochte Colette jedenfalls nicht und sie hat ihn nur verspottet. Was wusste sie von ihm? Hat er noch mehr Geheimnisse? Wollte er nicht, dass sie über den Schatz im Keller redet? Aber dann deckt sie einen Mörder. Und wenn er diese Hemmschwelle erst einmal übertreten hat … Sie muss zur Polizei gehen! Aber vorher mit Rosi sprechen und mit den Schwestern.

Am Esstisch kauert nur Fiona. Sie hat einen leichten Sonnenbrand auf der Nase, sonst ist sie immer noch blass und scheint ständig zu frösteln, trotz der Hitze.

»Morgen! Na, gut geschlafen?« Betont munter ignoriert Ina das offensichtliche Elend ihrer Schwester. Dieses dauernde Gejammer geht ihr auf die Nerven. Als ob andere keine Probleme hätten! Aber dann sieht sie diese hoffnungslose Traurigkeit in Fionas Augen und bekommt doch Mitleid. »Was ist denn los?« Sie setzt sich neben sie und legt den Arm um die schmalen Schultern ihrer Schwester. »Hast du wieder so einen blöden Anruf bekommen?«

Kopfschütteln, ein erleichterter Blick zu Ina. »Nein, zum Glück nicht mehr.«

»Aber?«

»Was, aber?«

»Was ist los mit dir? Bist du krank? Hast du Ärger auf der Arbeit? Rede einfach mit mir!«

»Wozu? Du kannst mir doch auch nicht helfen.« Dann, nach kurzem Zögern: »Eigentlich habe ich gar keinen Ärger. Aber, die sind alle so distanziert. Höflich, freundlich, aber eben … Ich weiß auch nicht. Die mögen mich einfach nicht, glaub ich. Und von Festanstellung ist auch keine Rede mehr.«

Ina wird nun doch ungeduldig, bemüht sich aber um Verständnis. »Fiona, wenn du da auch mit so einer Trauermiene herumläufst, musst du dich nicht wundern, wenn die anderen Abstand halten. Man traut sich ja gar nicht zu lachen in deiner Gegenwart. Vielleicht denken die, du bist krank und willst nicht darüber reden, oder du hast zu Hause Probleme – was weiß ich. Kannst du nicht wenigstens versuchen, wieder so zu sein wie früher, schusslig und verpeilt meinetwegen, aber lustig? Und ein bisschen optimistisch. Wir wollten doch neu anfangen in Ahlbeck!«

»Ja, das hat dann ja auch wunderbar geklappt.«

Ina verschluckt die Antwort, als Rosi hereinkommt.

Ihre Tante geht noch krummer als sonst, scheint von Woche zu Woche zusammenzuschrumpfen. Am Anfang des Sommers sah es noch so aus, als würde sich ihr Zustand verbessern, davon ist sie jetzt weit entfernt. Nachdem Rosi eine Scheibe Toast mit Käse gegessen hat, nimmt sie ihre Tabletten. Ihre Hand zittert dabei so sehr, dass Ina ihr helfen muss, das Wasserglas zu halten. Rosi lehnt sich zurück und schließt die Augen. Ihr Gesicht ist grau und eingefallen, die knochigen Hände umklammern die Stuhllehne. Offenbar hat sie starke Schmerzen. Ina stellt fest, dass ihrer Tante, die früher so viel Wert auf ihr Äußeres gelegt hat, das jetzt völlig egal zu sein scheint. Ihre Kleidung ist viel zu weit und zu warm für die Hitze, die Haare sind strähnig und nicht mehr kunstvoll hochgesteckt, sondern einfach zu einem dünnen grauen Zopf zusammengehalten.

Wie soll sie jetzt mit ihr über Malte reden? Das geht nicht, es würde sie womöglich umbringen. Sie muss einen anderen Weg finden. Sie könnte einfach zur Polizei gehen und ihn anzeigen, auch von ihrem Verdacht berichten, dass er Colette ermordet hat. Vielleicht bekommt Rosi das gar nicht mit, er ist eben plötzlich weg, was ja auch für sie eine Erleichterung wäre. Ob die Polizei sich davon abbringen ließe, mit Rosi zu sprechen? Sicher nicht, sie ist eine wichtige Zeugin. Es sei denn, Malte gibt alles zu und … Aber das wird er nicht.

Nelda kommt herein, schon gestylt für das Büro. Sie grüßt kurz, blickt ihre Tante prüfend, Ina besorgt und Fiona herablassend mitleidig an. Nelda muss nichts sagen, sie kann alles mit Blicken ausdrücken. Schweigend trinkt sie ihren Kaffee und knabbert dabei an einer trockenen Scheibe Vollkorntoast.

Rosi öffnet die Augen, ihre Gesichtszüge sind jetzt etwas entspannter, sie legt die Hände auf den Tisch, greift dann, immer noch zittrig, zur Kaffeetasse. »Ach, Nelda, ich habe dich gar nicht hereinkommen gehört. Hast du gut geschlafen?«

»Nicht wirklich.« Sie blickt auf die Tischplatte, dann nachdenklich zu Ina.

Die erschrickt. Was ist nun wieder los? Auch Nelda scheint sich aus Rücksicht auf die Tante zurückzuhalten. »Irgendjemand schleicht hier nachts durch das Haus«, sagt sie betont unaufgeregt und beachtet Fiona gar nicht, die leise aufschreit. »Es war jemand im Keller. Als ich heute Nacht zur Toilette gegangen bin, habe ich ganz deutlich gehört, dass die Kellertür geöffnet und wieder geschlossen wurde. Ich fand es aber unvernünftig, hinunter zu gehen, um nachzusehen. Von uns war es ja wohl niemand?«

›Jede andere hätte gesagt, ich hatte Schiss, aber Nelda hat nachgedacht, das Risiko abgeschätzt und fand es unvernünftig‹, denkt Ina. ›Und wahrscheinlich stimmt das sogar.‹ – »Natürlich war es niemand von uns«, erwidert sie. »Wir können ja wohl am Tage da runtergehen. Und das mache ich auch. Ich habe mir sowieso vorgenommen, mich dort einmal gründlich umzusehen.«

»Wahrscheinlich ein Einbrecher, der den Wein klauen wollte«, vermutet Rosi. »Da ist nur ein einfaches Schloss an der Tür, das kann jeder öffnen. Ich werde es auswechseln lassen.«

»… oder den Schatz, von dem Colette gesprochen hat«, kann Ina sich nicht verkneifen.

Ihre Tante schüttelt unmutig den Kopf.

Nelda übergeht die Einwürfe. »In meinem Zimmer war auch jemand, hat sogar meine Wäsche durchwühlt. Mir reicht es wirklich. Mein neuer Chef hat eine E-Mail mit wilden Anschuldigungen gegen mich bekommen, im Anhang war eine Kopie von einem Zeitungsausschnitt beigefügt. Das war der mieseste Artikel, der damals über mich und meinen Lebensgefährten geschrieben wurde. Vermutlich überlegt er schon, wie er mich loswird. Aber ich komme ihm zuvor und kündige. Ich habe eine Kanzlei in Berlin gefunden, in der ich sofort anfangen kann. Ich brauche nur noch eine Wohnung. Hier fühle ich mich einfach nicht wohl. – Wenn du willst, kannst du ja mitkommen, ich helfe dir dort bei einem Neuanfang. In der Großstadt ist alles einfacher«, wendet sie sich an Fiona.

»Was soll das?« Ina merkt selbst, dass ihre Stimme verzweifelt klingt. »Wir müssen doch nur denjenigen stellen, der uns das alles antut, und ihn der Polizei übergeben. Dann ist Ruhe und es geht uns gut. Es ist bestimmt jemand, den wir kennen, eine miese kleine, feige Ratte. Wenn wir wissen, wer es ist, lachen wir über unsere Angst. Bitte Nelda, du kannst doch nicht einfach aufgeben! Nicht wegen so einem. Dann hat er doch erreicht, was er wollte.« Ina ist unsicher, ob sie jetzt einfach sagt, was sie weiß, Maltes Namen nennt. Dann kommt es ihr wie ein Verrat an Rosi vor, sie wollte doch erst mit ihr reden.

»Na schön«, Nelda zögert, »vielleicht hast du recht. Und Ahlbeck hat natürlich seine Vorzüge. Im Moment, bei diesem Wetter möchte ich jedenfalls nicht in Berlin sein.« Sie überlegt.

Ina sieht sie hoffnungsvoll an.

»Also gut, warten wir es ab. Aber ich schwöre dir, passiert noch etwas, bin ich hier weg.«

»Ich auch«, piepst Fiona, aber niemand beachtet sie.

Als die Schwestern weg sind, setzt Ina an, mit ihrer Tante über Malte zu reden. Sie fasst ihre Hände, sieht ihr beschwörend in die Augen und räuspert sich: »Ich denke, ich weiß wer …«, beginnt sie.

Da stöhnt Rosi plötzlich. »Ich habe solche Schmerzen, bringst du mich bitte in mein Zimmer?«, bittet sie mit zitternder Stimme.

»Natürlich, komm!« Ina vermutet, dass ihre Tante den Schmerzanfall vorgetäuscht hat. Hat sie geahnt, was ihre Nichte sagen wollte? Aber was soll sie machen? Sie kann Rosi nicht zwingen, ihr zuzuhören. Es wäre sowieso besser, wenn sie von sich aus ihren Nichten erzählen würde, was sie sich mit Malte für eine Laus in den Pelz gesetzt hat. Aber auf jeden Fall will Ina das Ganze jetzt so schnell wie möglich klären. Nicht nur, weil sie sich von Nelda unter Druck gesetzt fühlt. Sie hat Angst. Da Malte nicht mehr am Kiosk aufkreuzt, ahnt er vermutlich, dass er verdächtigt wird. Vielleicht ist er auch nicht sicher, dass Rosi ihn noch immer deckt. Dennoch macht er weiter, wer sonst sollte nachts im Haus herumschleichen? Und was wollte er im Keller? Noch einmal nach dem Schatz suchen, bevor ihm der Zugang endgültig verwehrt wird? Was ist ihm noch zuzutrauen?

36

Die Hitzewelle dauert an. Inzwischen klagen die Bauern über
Dürreschäden, Anne erzählt von den vertrockneten Feldern,
die sie auf ihren Rundfahrten über die Insel sieht. Es herrscht
höchste Waldbrandgefahr, einige Gebiete darf man gar nicht
mehr betreten. Auf den Straßen schmilzt der Asphalt, manche Radwege sind kaum befahrbar, da sie nur aus losem, wei-
chem Sand bestehen. Die Hoteliers und Ferienwohnungs-
besitzer hingegen sind zufrieden. Wahrscheinlich gibt es auf
ganz Usedom kein freies Bett mehr. Auch das größte Problem der Insel, der ständige Verkehrsstau, hat sich in der
Sonne aufgelöst. Die Urlauber sitzen nicht im Auto, sie liegen am Strand.

Inas Kiosk brummt. Simon hatte recht. Das für einen
Strandkiosk ungewöhnliche Angebot wird gern angenommen, die Gäste wollen leichtes, gesundes Essen. Den meisten
Umsatz macht sie aber mit kühlen Getränken. Sie arbeitet inzwischen schnell und routiniert, über Mittag kommt Joy, um
zu helfen. Die Gaststätte wird erst abends voll. Malte hat sich
auch heute nicht blicken lassen. Zwischendurch, wenn sie sich
nicht gerade auf ihre Arbeit konzentrieren muss, wird Ina von
einer Welle aus Wut und Hass erfasst. Sie weiß, sie muss ihn
stoppen! Zur Polizei gehen, mit Rosi ein ernstes Wort reden,
ihre Schwestern über ihn informieren – nur gerade jetzt nicht.
Erst einmal die Kunden bedienen. Wenn es doch nur endlich

regnen würde, nur mal einen Tag zum Durchatmen. Es ist sogar zum Denken zu heiß.

Simon war nur kurz da, um einen Kaffee zu trinken. Niklas hat sich etwas länger aufgehalten, ein bisschen von seiner Arbeit auf der Seebrücke erzählt und mit Joy geflirtet. Die beiden scheinen sich gut zu verstehen. Sie tuscheln oft lange und angeregt miteinander und Ina fragt sich, worüber sie reden. Niklas lässt sich von ihr doch bestimmt nicht ausfragen, oder? »Das geht dich doch eine feuchte Bohne an«, hatte Anne Ina beschieden. »Lass das junge Glück in Ruhe! Ich finde, die passen gut zusammen, ein hübsches Paar.«

Abends ist es immer noch warm bei einem angenehm frischen Ostwind. Es ist wolkig und daher etwas dunkler als sonst um diese Zeit. Als Ina den Dünenweg hinab zum Strand geht, ist es ganz still. Nur das Meer rauscht tief und beruhigend, Ina liebt dieses Geräusch. Ein paar Grillen zirpen und ein Vogel zwitschert kurz und erschrocken, vielleicht hat er schlecht geträumt. Die Wellen sind hoch und dunkel mit kleinen weißen Kämmen. Regelmäßig wirft der Leuchtturm von Swinemünde seinen Leuchtstrahl über den Hafen.

Langsam geht Ina in das Wasser. Es ist erfrischend, aber nicht kalt. Sie will heute nicht weit hinausschwimmen, die Wellen sind ziemlich groß und sie spürt eine kräftige Unterströmung. Noch in Ufernähe lässt sie sich hineinfallen, taucht unter einer Welle hindurch, schwimmt ein paar Züge, taucht wieder. Ein paar Mal wirft sie sich in die brechenden Wogen und treibt mit dem Wasser in Uferrichtung, so wie sie es als Kind gern getan hat. Dann legt sie sich auf den Rücken, lässt sich von der Welle tragen und schaukeln, blickt in den wolkenverhangenen Himmel und genießt die Stille, in der nur das Brausen des Meeres zu hören ist.

Sie will sich gerade wieder umdrehen, um festzustellen, wie weit sie vom Ufer entfernt ist, als sie plötzlich spürt, wie eine Hand ihren Knöchel packt und sie unter das Wasser zieht. Panisch strampelt sie mit dem freien Bein, trifft aber niemanden. Bevor sie wieder auftauchen kann, packt ihr Angreifer von oben ihre Schultern und drückt sie hinunter. Sie glaubt, ihre Lunge platzt. In Todesangst schlägt sie um sich. Sie schluckt Wasser, spürt wie sie schwächer wird und denkt an Colette. So ist das also, wenn man ertrinkt. Plötzlich löst sich der Griff, sie schafft es, den Kopf über Wasser zu bringen, aber nicht, ans Ufer zu schwimmen. Die nächste Welle wird sie verschlingen.

Jemand dreht sie auf den Rücken, greift von hinten unter ihre Arme und zieht sie an den Strand. Sie war gar nicht weit draußen, wahrscheinlich hätte sie sogar noch stehen können.

Als sie im Sand liegt, schließt sie die Augen, glaubt, vor Erschöpfung das Bewusstsein zu verlieren und ringt immer noch nach Luft. Dann hört sie Simons Stimme.

Er steht neben ihr, ebenfalls keuchend und blickt in die Dunkelheit. »Wer zum Teufel war das? Weißt du das?«, fragt er.

Ina braucht eine Weile, bis sie wieder klar denken und noch länger, bis sie wieder reden kann. Nein, natürlich weiß sie nicht, wer das war. Sie denkt an Malte, spricht den Namen aber nicht aus. Sie müsste zu viel erklären.

Simon sagt, er hätte jemanden wegschwimmen sehen, konnte ihn aber zwischen den hohen Wellen und später, weiter entfernt am Ufer, nicht erkennen. Er konnte ihm auch nicht folgen, weil er sich um Ina kümmern musste.

»Danke!« Was soll man sagen, wenn einem das Leben gerettet wurde?

Simon bringt sie bis zur Haustür und wartet, bis sie hineingegangen ist. Erst im Bett, immer noch zitternd und vor Aufregung hellwach, überlegt Ina, warum er überhaupt da war. Plötzlich und genau im richtigen Moment.

37

Als Ina erwacht, steht die Sonne bereits sehr hoch am Himmel. Sie sieht auf ihr Telefon: Es ist schon nach neun Uhr. Sie hat tief und traumlos geschlafen, wahrscheinlich vor Erschöpfung. Ihr Herz fängt erneut an zu rasen, sie springt aus dem Bett. Wie blöd ist sie eigentlich, es so weit kommen zu lassen? Nur einem Zufall und Simon hat sie es zu verdanken, dass sie überhaupt noch lebt. Sie hat keine Lust, hinunterzugehen, ihrer Tante und den Schwestern gegenüberzutreten. Sie ist nicht hungrig. Im Bad füllt sie ein Glas mit kaltem Wasser, trinkt hastig und ruft Anne an. »Hast du heute eine Fahrt?«

Anne hat frei. Die Reiseleiterin hört nur kurz zu, dann unterbricht sie die Freundin: »Ich komme sofort rüber. Bist du in deinem Zimmer?«

Eine halbe Stunde später hat Ina der Freundin alles erzählt und dann einen Heulkrampf bekommen.

Anne streichelt ihr über den Rücken, holt noch ein Glas Wasser und reicht ihr dann Papiertaschentücher. »Geht's wieder? Dann geh dein Gesicht waschen und zieh dich an! Gib mir mal die Nummer von deinem Chef, ich melde dich da erst mal krank für heute. Wir fahren zur Polizei.«

Ina nickt. Sie nimmt sich aber doch noch Zeit für eine ausgiebige Dusche und versucht dabei, ihre Gedanken zu ordnen.

Was will sie der Polizei erzählen? Egal. Hauptsache, die ziehen Malte aus dem Verkehr, alles andere findet sich dann schon.

Anne fährt an der Bundesstraße nach rechts, in westlicher Richtung.

Ina wundert sich. »Sind die nicht an der Grenze, in dem ehemaligen Zollgebäude?«

»Nein, die haben eine ganz neue große Polizeistation, in Heringsdorf, hinter dem Bahnhof.«

»Ach so.« Ina schweigt und versucht, sich zu konzentrieren.

»Erzähl einfach alles, so wie es dir einfällt!«, rät Anne. »Die sortieren sich das schon.«

Sie werden in ein Büro geschickt, es wirkt modern und riecht neu wie überall im Haus. Ina nimmt die Ausstattung gar nicht wahr, sie zittert schon wieder und befürchtet, in Tränen auszubrechen.

Der Polizist ist jung, jünger als sie selbst jedenfalls, aber er macht einen kompetenten Eindruck. Ernst und konzentriert hört er zu, stellt dann einige Fragen. Anne hilft Ina, alles zu erklären.

Als sie zum Auto zurückgehen, fühlt Ina sich erleichtert. »Meinst du, der Spuk hat jetzt ein Ende?«, fragt sie die Freundin.

Die nickt. »Na klar. Die werden sich schon um den Vogel kümmern.«

»Hoffentlich finden sie ihn schnell. Und wenn er alles abstreitet? Oder jedenfalls, dass er mich gestern Abend umbringen wollte? Ich hätte einfach behaupten sollen, dass ich ihn erkannt habe.«

»Was, wenn es doch ein anderer war? Ich meine ja nur … Theoretisch ist es doch möglich.«

Ina schüttelt vehement den Kopf: »Glaub ich nicht.«

Sie sitzen im Auto, Anne steckt den Schlüssel ins Zündschloss, lässt den Motor aber doch nicht an. Nachdenklich betrachtet sie die hohen Bäume am Waldrand. »Und wenn es doch kein Mordversuch war und dich jemand nur erschrecken wollte? Vielleicht, damit du auch die Nase voll hast von Ahlbeck, so wie Nelda und Fiona? Hast du eigentlich jemanden weglaufen oder wegschwimmen sehen?«

»Was denkst du denn?« Ina ist empört. »Ich hatte Todesangst, ich hatte zu tun, mich über Wasser zu halten. Ich habe überhaupt nichts gesehen. Nur Simon.«

»Eben.«

Ina schweigt entsetzt. Dann schüttelt sie den Kopf. »Anne, tu mir das nicht an! Gerade habe ich mich etwas besser gefühlt.«

Anne zuckt mit den Schultern, dann startet sie den Wagen. »Zur Pension?«

»Nein, warte! Da ist jetzt nur Tante Rosi, mit der will ich gerade nicht sprechen. Aber ich brauche dringend einen Kaffee und was zu essen. Möglichst was Süßes.«

»Okay. Also zu Bäcker Junge.«

Es ist voll, viele Gäste frühstücken noch, sie haben es gar nicht mehr so eilig, zum Strand zu kommen. Es sind schon wieder über dreißig Grad, aber es ist leicht bewölkt, die Luft ist schwül und trüb und liegt wie eine schwere Decke auf dem Ort. Die beiden Frauen drängen sich zwischen den Tischen hindurch. Plötzlich hält Anne, die über die meisten Menschen hinwegsehen kann, ihre Freundin am Arm fest und zieht sie ein Stück zurück. Sie deutet auf eine Ecke im hinteren Teil des Cafés. »Dahinten sitzt Simon mit einer Frau, die konnte ich so schnell nicht erkennen. Sieht aus, als ob die sich hier drin verstecken.«

»Anne, bitte! Ich habe andere Sorgen. Ganz bestimmt werde ich Simon nicht hinterherschnüffeln.« Trotzdem versteckt sie sich ein wenig hinter einem großen dicken Mann, als sie näher an die Nische herangeht und um die Ecke blickt.

Die beiden, die dort die Köpfe zusammenstecken, sind eindeutig Simon und Joy.

Das ist ja nun wirklich seltsam.

»Schleich dich hin!«, flüstert Anne. »Ich kann nicht dichter ran, mich sehen sie sofort. Ich warte draußen.«

Ina nickt erstaunt. Offensichtlich ist Anne genauso misstrauisch allen gegenüber wie sie selbst. Oder verdächtigt sie wirklich Simon? Egal, dieses Treffen wirkt doch sehr konspirativ. An einem kleinen Tisch vor einem Vorsprung hockt sie sich auf einen Stuhl, der mit dem Rücken zu den beiden steht. Aber die sind so in ein Gespräch vertieft, dass sie ihre Umgebung ohnehin nicht wahrnehmen.

»Ich habe dir doch gesagt, ich kümmere mich darum. Ich …« Seine Stimme klingt gereizt. Er will noch etwas sagen, sie unterbricht ihn.

»Ich musste einfach herkommen. Ich habe es nicht mehr ausgehalten in Hamburg. Ich hätte schon viel früher kommen sollen ...« Ihre Stimme kippt, weint sie etwa?

Er schweigt.

»Das kann nur sie gewesen sein!«, fährt Joy fort. »Ich weiß das, ich kenne sie. Du unterschätzt sie, sie ist gefährlich.«

»Nein, das ist unmöglich.«

Die nächsten Sätze versteht Ina nicht, die beiden haben sich noch näher zueinander gebeugt und flüstern hektisch.

»Wenn sie dich nun sieht?« Simon spricht in der Aufregung wieder etwas lauter.

»Sie würde mich gar nicht erkennen«, antwortet Joy verächtlich und steht plötzlich auf.

Ina kauert sich noch mehr zusammen, aber die beiden achten sicher nicht auf ihre Umgebung. Hoffentlich sehen sie Anne nicht vor der Tür.

Als Simon und Joy das Café verlassen haben, schlüpft Anne herein. »Ich hab schon aufgepasst. Aber selbst wenn, ich hätte ja zufällig vorbeikommen können und die beiden hätte ich gar nicht gesehen. Also, konntest du was verstehen, was die geredet haben?«

»Ich habe es gehört, verstanden habe ich gar nichts.« Ina berichtet.

Während beide nun endlich ihren Kaffee trinken und Franzbrötchen dazu essen, versuchen sie, das Gespräch zu deuten.

»Vermutlich ist es wirklich nur eine Liebesgeschichte«, stellt Ina abschließend etwas resigniert fest. »Sie sind ein Paar, sie wusste, dass Wiebke hier ist und hat Angst, dass die ihr den Kerl ausspannt.«

»Hältst du Wiebke für gefährlich?«, spottet Anne. »Und wer soll das sein, die sie nicht erkennt?«, fügt sie hinzu, als Ina schweigt. »Wahrscheinlich ist es eine harmlose Sache und wir dramatisieren es. Ist ja kein Wunder. Warten wir doch erst mal ab, was die Polizei unternimmt!«

»Ja«, hofft Ina, »vielleicht gibt Malte alles zu. Dann ist es vorbei und wir haben Ruhe. – Wer steht jetzt eigentlich im Kiosk?«, fällt Ina plötzlich ein.

»Wahrscheinlich Wiebke. Aber das sollte nicht dein Problem sein. Du wirst dir ja wohl mal einen freien Tag leisten können, wenn es dir nicht gut geht. Du solltest vielleicht lieber mit deiner Tante und deinen Schwestern reden, bevor die Polizei dort aufschlägt, um sie zu befragen.«

»Meine Schwestern sind auf Arbeit«, murmelt Ina. »Und meine Tante schläft wahrscheinlich und macht sowieso niemandem auf, wenn wir nicht da sind.« Am liebsten würde sie sich bei Anne ins Auto setzen und einfach aus Ahlbeck wegfahren, für mindestens eine Woche, bis alles vorbei ist.

Dann machen sie sich auf den Weg zu einer Badestelle in der Nähe von Bansin. Ina hat noch schnell ihren Badeanzug, ein Handtuch und zwei Flaschen Wasser aus der Pension geholt. Anne hatte alles, was sie benötigt, im Auto. Auf einem Feldweg fahren sie bis an die Badestelle heran. Der kleine Wiesenhang am Krebssee ist an drei Seiten von Wald umgeben. Es ist hier still und einsam.

Beide stellen fest, dass sie lieber in der Ostsee baden. Der Boden ist morastig, es wachsen Pflanzen im Wasser und wer weiß, was dazwischen alles sitzt oder herumkriecht? Aber im spiegelglatten, lauwarmen Wasser kann man gut schwimmen und niemand kann sich ihnen nähern, ohne dass sie ihn schon von Weitem sehen würden.

»Wer weiß, wann ich mich traue, wieder abends in die Ostsee zu gehen. Wahrscheinlich nie wieder.« Ina klingt traurig, als sie über den See hinüber zum Dorf blickt.

»Es ist vorbei, Ina. Die haben Malte sicher schon gefunden und jetzt können sie gar nicht so schnell mitschreiben, wie er singt. Er ist doch ein Weichei und ein dummes dazu. Hoffentlich verwendet er schön viele Fremdwörter, damit die auch was zu lachen haben.«

Ina ringt sich ein Lächeln ab. Sie denkt an Simon und Joy, mag aber nicht darüber reden. Stattdessen unterhalten sie sich über ihre Kindheit. Anne bringt Ina mit ihren Erlebnissen als Reiseleiterin zum Lachen und erzählt von ihrer Freundin Sophie und Tante Berta.

Als sie kurz nach fünf Uhr nachmittags in der Nähe der Pension Daheim in die Heimstraße einbiegen, kommt ihnen ein Polizeiauto entgegen.

»Zu spät, jetzt wissen sie es schon. Die werden vielleicht sauer sein auf mich. Ich mag gar nicht reingehen.«

»Soll ich mitkommen?«, fragt Anne.

Ina schüttelt den Kopf. »Da muss ich wohl allein durch. Hab ja auch selbst schuld, ich hätte …«

»Unsinn«, unterbricht Anne, »du standest unter Schock und musstest erst raus. Das werden die schon verstehen. Ist doch deine Familie!«

»Ja, hast recht.« Seufzend steigt Ina aus dem Auto, beugt sich dann noch einmal hinein: »Und – danke!«

Anne winkt kurz und fährt davon.

Ina sieht ihr nach, dann geht sie langsam zum Haus hinauf.

Niemand macht ihr Vorwürfe, im Gegenteil. Alle scheinen erleichtert, dass sie da ist. Sie wird in einen Sessel gedrängt, Nelda stellt ihr eine Tasse Kaffee hin, Fiona fragt, ob sie etwas essen möchte. Sogar Niklas ist da und nimmt sie kurz in den Arm – das hat er noch nie gemacht. Täuscht sie sich oder hat er Tränen in den Augen? Ina schämt sich. Aber nur ein wenig, dann genießt sie die Zuwendung. Die hatten ja wirklich Angst um sie. Rosi sitzt in ihrem Sessel am Esstisch, zurückgelehnt und entspannt, wie es Ina scheint, jedenfalls viel ruhiger, als sie befürchtet hat.

»Der Arzt hat ihr eine Beruhigungsspritze gegeben«, flüstert Fiona, die Inas Blick richtig gedeutet hat.

»Es war alles zu viel für sie. Aber sie will nicht ins Krankenhaus und auch nicht in ihr Bett, sie will hier sitzen bleiben.«

Natürlich, das versteht Ina. Sie geht zu ihrer Tante und umarmt sie. »Du kannst doch nichts dafür, Tante Rosi. Jetzt wird alles gut.« Dann wendet sie sich an die Schwestern. »Haben sie ihn denn eigentlich gefasst? Und hat er alles zugegeben?«

»Ja und nein«, fasst Nelda zusammen. »Erst einmal kann er gar nichts zugeben.« Abwechseln und durcheinanderredend erzählen die Schwestern, was Ina am Nachmittag verpasst hat. Die Polizei hat Malte in seiner Wohnung nicht angetroffen, auch nicht am Kiosk. Einer ist zu Niklas auf die Seebrücke gegangen, um ihn zu fragen, ob er wüsste, wo sich sein Freund aufhält. Bei dem Wort »Freund« verzieht Niklas das Gesicht, sagt aber nichts. Er ist dann mit den Polizisten zur Pension gegangen, weil er einen Verdacht hatte. Nelda hatte beim Frühstück erzählt, dass sie nachts wieder Geräusche im Haus gehört hätte: Schritte auf der Treppe und Türenklappen. Sie haben das Haus durchsucht und Malte in einem Zimmer im obersten Stockwerk gefunden. Er war bewusstlos, neben ihm lagen leere Tablettenpackungen und eine Schnapsflasche. »Der Arzt hat gesagt, eine Stunde später wäre er wahrscheinlich tot gewesen«, berichtet Nelda. Dann schweigt sie und sieht Rosi an.

Die hat die ganze Zeit auf die Tischplatte gestarrt. Jetzt sieht sie hoch und räuspert sich. »Ja, ich weiß, ich hätte es euch schon lange sagen müssen. Er tat mir eben einfach leid. Er ist doch Manfreds Sohn und ich dachte, er wird schon damit aufhören, wenn er bemerkt, das bringt ihm alles nichts. Ich habe doch nicht geahnt, dass er so schlecht ist! Mein Gott, wenn ich nur daran denke – du hättest tot sein können und das wäre dann meine Schuld.« Sie schüttelt fassungslos den Kopf. »Ich kann das immer noch nicht glauben.«

»Woher weißt du denn, dass er das war?«, wirft Ina ein.

»Er hat mir gestern Abend alles erzählt. Eigentlich war es seine Mutter, die uns alle so gehasst hat. Mich vor allem. Aber eure Eltern haben mich mit Manfred bekannt gemacht … verkuppelt sozusagen. Obwohl sie schon mit Malte schwanger war, angeblich wusste eure Mutter das, aber das glaube ich nicht. Malte hat von Kindheit an mit diesem Hass auf unsere Familie gelebt, alles, was bei ihm und seiner Mutter schiefging, haben die auf uns geschoben. Natürlich hat sie auch das Gerücht über euren Vater in Ahlbeck verbreitet und später in dem Dorf, in dem ihr gelebt habt. Stellt euch vor, sie ist da hingefahren, hat sich in die Dorfkneipe gesetzt und erzählt ... Na, ihr wisst schon.« Sie lacht bitter und schüttelt den Kopf. »Als Maltes Mutter dann tot war, hat er sich hineingesteigert. Es war sein ganzer Lebensinhalt, unsere Familie zu zerstören. Mir hat er nichts getan, weil er mich ausgenutzt hat. Nicht nur, dass ich ihm dauernd Geld gegeben habe, er hat mich auch über euch ausgefragt. Ich dumme alte Kuh habe nichts bemerkt.« Sie schluchzt.

Tröstend streichelt Ina die Hand ihrer Tante. »Wie solltest du das auch ahnen.« Es bringt ja wirklich nichts, der alten Frau Vorwürfe zu machen, die macht sie sich schon selbst genug.

»Ich habe ihn nicht richtig gekannt. Ich dachte immer, dass er ein bisschen dumm wäre. Nie im Leben hätte ich ihm zugetraut, so raffiniert und skrupellos zu sein. Er hat deinen Mann in den Selbstmord getrieben, Ina. Über Nelda hat er im Internet Lügen verbreitet. Und deinem Mann, Fiona, hat er auch einen Brief geschickt, das weißt du wahrscheinlich gar nicht.«

»Wie bitte?« Fiona reißt entsetzt die Augen auf, offensichtlich wusste sie wirklich nichts von dem Brief.

Ina traut sich nicht, Niklas anzusehen.

»Stellt euch vor, er wollte euch alle ermorden. Er weiß, dass ich nicht mehr lange leben werde und wollte mich beerben.«

Jetzt wird sogar Nelda blass. »Das ist ja ... meine Güte.«

Fiona fängt unkontrolliert an zu zittern, nur Ina bleibt verhältnismäßig ruhig, sie weiß das schon seit gestern Abend. Jedenfalls das, was sie betrifft. »Warum hat er denn jetzt auf einmal alles zugegeben?«, fragt sie.

»Er dachte, Simon hätte ihn gestern Abend erkannt. Er ist dann zu mir gekommen und hat mir alles erzählt. Er hat behauptet, es tue ihm leid und er wolle sich stellen. Er hat mich angefleht, nicht die Polizei anzurufen, er würde selbst hingehen. Ich war mir sicher, dass er das machen würde, was blieb ihm auch weiter übrig?«

»Na ja, das wissen wir ja nun.« Ina überlegt. »Warum hast du nicht mit mir gesprochen, als ich nach Hause gekommen bin?«

»Du musst gekommen sein, als ich noch mit Malte gesprochen habe. Ich wollte dich rufen, aber er hat gesagt, Simon wäre mit dir ins Haus gegangen. Er hätte euch durchs Fenster gesehen. Da wollte ich euch natürlich nicht stören und ich wusste ja, dass du in Sicherheit bist. Ich wollte beim Frühstück mit euch allen reden. Und dann habe ich verschlafen, ich hatte, als Malte weg war, eine Schlaftablette genommen. Deshalb habe ich ja auch nicht erfahren, was Nelda in der Nacht gehört hat. Sonst hätte ich vielleicht schon was geahnt. Warum musste er das denn bei uns im Haus machen?«, jammert sie.

»Weil er zu Hause kein Licht hatte, vielleicht«, vermutet Niklas trocken. »Ihm wurde doch der Strom abgestellt.«

Rosi schüttelt missbilligend den Kopf. »Er wollte das Haus immer haben. Er dachte wohl, er hätte ein Recht darauf«, sagt sie. Und fügt nach kurzem Schweigen hinzu: »Es ist wohl das Beste für ihn und uns, wenn er gar nicht wieder aufwacht.«

38

Nun ist es schon eine Woche her, dass sie ihn bewusstlos gefunden haben. Malte liegt noch immer im Koma. Jedenfalls
haben sie nichts anderes gehört und Kriminalhauptkommissar Schneider hat den Schwestern versprochen, sie zu informieren, wenn er erwachen und aussagen würde. Schneider,
der Freund von Annes Tante Berta, hat sie am Anfang der
Woche in der Pension aufgesucht. Sie haben lange mit ihm
am Esstisch gesessen und alles erzählt, was sie über Malte
wissen und was er ihnen angetan hat. Nur, dass sie den Brief
kennt, den er an Fionas Mann geschrieben hat, hat Ina nicht
zugegeben. Aber auch Niklas tat, als wüsste er nichts davon.

Inzwischen haben sich alle wieder etwas beruhigt. Es ist
nichts weiter passiert. Nur abends im Dunkeln baden zu gehen, traut Ina sich immer noch nicht, nicht einmal mit Simon
zusammen. Aber der hat sowieso viel zu tun und ist wahrscheinlich froh, wenn er abends zu Hause bleiben kann. Heute
musste er wieder einen Badetoten bergen: einen 81-jährigen
Mann, der im Wasser einen Herzanfall erlitten hat. Dement-
sprechend schlecht gelaunt war er auch, als er heute Mittag
seinen Kaffee am Kiosk trank. Joy hat er gar nicht beachtet.
Auch sie tut weiterhin so, als würde sie ihn nicht kennen.

›Was für Schauspieler‹, denkt Ina verärgert.

Gegen zwei Uhr ist Ina mit Joy ganz allein. Simon ist wieder am Strand, Niklas ist auf die Seebrücke gegangen und

die Kunden kommen auch nur vereinzelt, die Mittagszeit ist vorbei. Ina hat Kopfschmerzen, wahrscheinlich hat sie in der Hitze zu wenig getrunken. Das Thermometer zeigt im Schatten schon wieder über 30 Grad an.

»Geh doch nach Hause«, schlägt Joy vor. »Das bisschen, was hier noch kommt, schaffe ich allein. Ich sag Herrn Clausen Bescheid.«

»Du hast recht«, stimmt Ina zu. »Ich gehe nach Hause, nehme eine Tablette und schlafe mich mal richtig aus. Dann geht es mir morgen wieder besser.«

Im Hausflur ist es angenehm kühl, still und dunkel. Nur von oben, vom Treppenabsatz her, fällt etwas Licht hinunter. Ina zuckt zusammen, als sich plötzlich die Kellertür rechts vor ihr öffnet.

Herr Braun, der in der Tür steht, ist anscheinend genauso erschrocken. »Ich wollte nur …«, stammelt er »ähm … ich brauche Werkzeug, für den Zaun … Ich dachte … hab aber nichts gefunden. Ich sehe zu Hause mal nach, ob ich was habe.« Eilig verlässt er das Haus.

Vor Schreck bringt Ina kein Wort heraus. Weiß Tante Rosi darüber Bescheid? Wahrscheinlich schon, hofft sie.

39

Als Ina kurz nach fünf Uhr morgens erwacht, hat sie mehr als zwölf Stunden durchgeschlafen. Sie fühlt sich frisch und ausgeruht, die Kopfschmerzen sind weg. Eine ganze Weile bleibt sie am offenen Fenster stehen, ohne nachzudenken, genießt einfach den Blick auf die Ostsee und den noch leeren Strand. Auf der Promenade joggt ein junger Mann vorbei, kurz darauf kommt von der anderen Seite eine Frau mit einem braunen und einem weißen Pudel.

Ina legt sich wieder auf ihr Bett und blickt durch das Fenster in den makellos blauen Himmel. Nicht die kleinste Wolke ist zu sehen, nur ein paar große Möwen fliegen kreischend vorbei. Ihr fällt die gestrige Begegnung mit Herrn Braun wieder ein. In der Nacht hat sie von ihm geträumt. Es war ein Albtraum, der alte Mann verfolgte sie darin durch riesige Kellergewölbe. Was für ein Unsinn! Aber Ina hat schon immer eine Abneigung gegen Keller, das muss mit einem Kindheitserlebnis zusammenhängen, an das sie sich auch jetzt, trotz intensiven Nachdenkens, nicht erinnert. ›Wahrscheinlich habe ich deshalb die Suche nach dem ominösen Schatz immer wieder hinausgeschoben‹, analysiert sie sich selbst. ›Ob Braun gestern auch danach gesucht hat? Aber wenn der nichts gefunden hat, obwohl er das Haus doch so gut kennt, dann finde ich erst recht nichts. Aber manchmal ist man ja betriebsblind. Auf jeden Fall sollte ich endlich nachsehen. Und jetzt ist der beste Zeitpunkt dafür. Die anderen werden alle noch schlafen, dann muss ich niemandem etwas erklären.‹

Voller Tatendrang springt sie aus dem Bett, zieht sich ihre Jeans und ein T-Shirt an und schleicht so leise wie möglich die Treppe hinunter. Erst vor der Kellertür fällt ihr ein, dass sie gar keinen Schlüssel hat, den hat Rosi bei sich, in ihrer Wohnung. Sie drückt dennoch leise die Klinke herunter und hat Glück. In seiner Verwirrung gestern hat Herr Braun die Tür nicht abgeschlossen.

Der Lichtschalter befindet sich gleich rechts am Eingang. Erst als die Treppe und der Raum unter ihr hell erleuchtet sind, zieht Ina die Tür heran, lässt sie aber einen Spalt breit offen. Auf der Treppe stehend sieht sie sich um. Sie erblickt einen großen Raum, der wohl als Lager genutzt wurde. An einer Seite stehen noch ein paar Kästen mit verstaubten Flaschen, daneben zwei Fahrräder. An der Rückseite lehnen Holzteile an der Wand, durch Querstreben miteinander verbundene Latten, mehrere Türen mit Angeln, nur an einer hängt ein Vorhängeschloss. Vermutlich war der Keller früher in einzelne Verschläge für die Mieter aufgeteilt. Einer dieser Bereiche ist noch vorhanden, ganz rechts an der Außenwand des Hauses. Hier wurde die Abtrennung sogar verstärkt und blickdicht gemacht, indem jemand von innen eine alte Anbauwand dagegengestellt hat. Die Lattentür ist auch noch vorhanden. Sie steht offen.

Ina geht langsam ein paar Stufen weiter hinab, bleibt wieder auf der Treppe stehen und sieht sich gründlich um. Die

Decke ist hoch, dadurch wirkt der große Raum wie ein Gewölbe. Der Boden ist anscheinend lückenlos mit Beton ausgegossen.

Sie geht hinüber und blickt in den abgegrenzten Raum. Die Anbauwand stammt offensichtlich aus DDR-Produktion. Sie hatten die gleiche zu Hause, erinnert sie sich. Vielleicht ist es sogar die ihrer Eltern. In den offenen Fächern liegen Bücher, stehen Keramikkrüge und Kerzenhalter aus Holz. In einem stecken sogar noch Kerzen. Mitten in dem kleinen Abteil fällt Ina ein dunkelgrüner Sessel ins Auge. Ebenso wie die Schrankwand ist er kaum verstaubt. Macht hier etwa jemand sauber? Das seltsame Ehepaar Braun vielleicht? Auf jeden Fall ist es unheimlich, dieses Wohnzimmer in der dunklen Kellerecke. Rechts an der Wand stehen ein paar Obststiegen mit alten Blumentöpfen. Daneben eine große geschlossene Holzkiste. Sie sieht sich alles genau an, besonders den Boden, dann geht sie zurück zur Treppe.

Links führt ein kurzer Gang zur Rückseite des Hauses. Ina öffnet die erste Tür. Das ist der Weinkeller. In den Regalen, die drei Wände bedecken, liegen noch etwa zwanzig Flaschen. Sie erfasst alles in dem kleinen Raum mit einem Blick und schließt die Tür wieder.

Dahinter befindet sich der Heizungsraum. Er ist durch eine schwere Eisentür vom Gang aus zu erreichen. Das Haus hat zwar seit den Siebzigerjahren eine Zentralheizung, geheizt wird aber bis heute mit Kohlen, die hier unten, im alten Kohlenkeller an der Rückseite des Hauses, gelagert werden. An den kann der Lieferwagen direkt heranfahren. Durch eine Luke mit einer breiten Rutsche werden die Briketts hinunter befördert.

Rechts daneben befindet sich eine Tür. Das Haus steht an einem Abhang. Während man an der Nordseite über wenige Stufen vom Erdgeschoss auf die Strandpromenade gelangt, ist der Keller an der Südseite ebenerdig. Die Außentür ist jedoch mit dicken Brettern zugenagelt. Ina bleibt an dieser Stelle stehen und betrachtet das Fenster oben an der Wand. Ist es eigentlich durch ein Gitter verschlossen? Sonst könnten Einbrecher hier leicht ins Haus gelangen. Vorausgesetzt, die Tür zum Hausflur ist nicht abgeschlossen.

Sie will gerade etwas weiter in den Raum hineingehen, als es plötzlich dunkel wird. Dann hört sie, wie oben jemand ganz leise die Kellertür schließt. Inas Herz rast. Ihr wird schwindlig, das Blut rauscht in ihren Ohren. Sie stützt sich an der Wand ab und ringt nach Atem. Es ist fast das gleiche Gefühl wie vor einer Woche, als Malte sie unter Wasser drückte. Aber gerade diese Erinnerung hilft ihr anscheinend, die Panik unter Kontrolle zu bekommen. Es ist Luft da! Sie muss sie nur einatmen. Plötzlich weiß sie, woher ihr Albtraum und ihre Angst vor Kellerräumen herrührt. Die Erinnerung ist zurück: Kurz bevor ihre Familie aus Ahlbeck weggezogen ist, Ina war sechs oder sieben Jahre alt, war sie mit ihrer Mutter zu Besuch bei Tante Rosi. Die beiden Schwestern haben sich gestritten. Ina erinnert sich nicht, worum es ging, wahrscheinlich hat sie es auch damals noch gar nicht verstanden. Vielleicht haben sie über die Gerüchte um Inas Vater gesprochen, oder Rosi wollte nicht, dass die Familie wegzieht – der Streit war jedenfalls sehr ernsthaft. Es fielen böse Worte, die Ina nicht hören wollte. Ihre Mutter hat geweint. Sie wollte weg von den beiden Frauen, von dem Streit, das weiß sie noch, aber nicht, weshalb sie sich ausgerechnet im Keller verstecken wollte. Stand die Tür offen? Sie ist die Treppe hinuntergegangen, der Raum unten erschien ihr riesig, überall lagen Holzteile und Gerümpel. Sie hat dazwischen etwas gesehen, was sie interessierte, vielleicht ein Spielzeug und ist weiter hineingegangen. Dann wurde es plötzlich dunkel und sie hörte, wie die Tür oben zuging. Wie heute. Damals hat sie geschrien und geschrien und war kaum zu beruhigen. Warum eigentlich? War sie ein ängstliches Kind oder hatte sie sich wehgetan? Sie weiß nicht mehr, wie ihre Mutter und Tante Rosi reagiert haben. Daran, dass Onkel Manfred, Rosis Mann, sehr böse wurde, erinnert sie sich. Vielleicht, weil es so ungewöhnlich war, er war sonst immer sehr nett, besonders zu den Kindern. Sie mochte ihn. Das war also dieses Kindheitstrauma, das immer wieder in ihren Träumen auftaucht.

Jetzt gewöhnen ihre Augen sich allmählich an die Dunkelheit. Durch die beiden Klappen, die den Kohlenkeller verschließen, fällt ein schmaler Lichtstrahl, der zu schwach ist, um den Raum auszuleuchten. Irgendwo ist hier sicher ein Lichtschalter. Sie tastet die Wände ab, findet aber keinen. Sie atmet noch ein paar Mal tief durch und wird ruhiger. Niemand weiß, dass sie hier unten ist. Jemand dachte vielleicht, dass das Licht wohl versehentlich angelassen wurde, und hat es ausgeschaltet. Hoffentlich hat der nicht auch die Tür abgeschlossen. Aber selbst wenn, dann muss sie eben klopfen und rufen. »Alles ist gut! Kein Grund zur Panik«, murmelt

Ina vor sich hin, während sie sich an der Wand entlang die Treppe hinauftastet.

Die Tür ist nicht abgeschlossen. Unbemerkt kann sie zurück in ihr Zimmer gehen.

Beim Frühstück erwägt sie kurz zu fragen, wer das Licht ausgeschaltet hat, aber sie will nicht erklären, weshalb sie sich früh morgens in den Keller geschlichen hat. »Ich hab gestern Herrn Braun erwischt, als er gerade aus unserem Keller kam«, erzählt sie dann betont beiläufig. »Er hat was von Werkzeug erzählt, das er angeblich gesucht hat, aber er kam mir schon etwas seltsam vor.«

Nelda zuckt gleichmütig mit den Schultern, Fiona reagiert gar nicht. Nur Niklas sieht Ina aufmerksam und nachdenklich an.

Rosi wird plötzlich wütend. »Jetzt hab ich endgültig genug von denen! Die kommen mir nicht mehr ins Haus!«, schimpft sie. »Die können sich diese Schnüffelei einfach nicht abgewöhnen.« Auf Inas erstaunte Frage erzählt Rosi, dass sie ihren Nachbarn schon immer in Verdacht hatte, für die Stasi zu arbeiten. »Als er besoffen war, hat er es selbst mal zugegeben. Aber ich habe nie darüber geredet, jeder Mensch hat schließlich das Recht auf einen Neuanfang. Ich weiß auch nicht so genau, was er gemacht hat. Angeblich hat er ja den Dietrich verraten, Simons Vater, aber das will ich gar nicht wissen! Was geht es mich an? Aber dass er jetzt hier im Haus herumschleicht, das will ich nicht! Wahrscheinlich wollte er Wein klauen. Jedenfalls rufe ich gleich am Montag einen Schlosser an und lasse die Schlösser auswechseln, auch an der Haustür. Damit wir hier endlich einmal Ruhe haben.«

Ina sitzt am Nachmittag hinter ihrem Kiosk und trinkt einen Kaffee. Joy vertritt sie.

»Ist Frau Jansen heute nicht da?«, hört sie eine Stimme, die ihr bekannt vorkommt, die sie aber nicht zuordnen kann. Erst als er um die Ecke kommt, erkennt sie den Kriminalhauptkommissar Schneider.

»Nanu, arbeiten Sie auch am Wochenende?«

»Nein, ich bin privat hier. Darf ich?« Er deutet auf einen Stuhl.

Ina nickt. »Ja, natürlich! Möchten Sie einen Kaffee?«

»Nein, danke, ein Wasser wäre gut.«

Während Joy ihm ein Wasser hinstellt, betrachtet Ina den schlanken, dunkelhaarigen Mann. In T-Shirt, Bermuda-Shorts und Flip-Flops sieht er wie ein echter Urlauber aus.

»Ich bin mit meiner Frau und meinem Sohn am Strand«, erzählt er. »Wir wohnen in Anklam und kommen oft am Wochenende nach Ahlbeck.« Aber jetzt wurde ihm die Sonne doch zu viel und er nutzt die Gelegenheit, um in Ruhe und zwanglos mit Ina zu reden. »Also inoffiziell«, erklärt er. So erfährt Ina, dass Malte wach ist, aber weiterhin im Krankenhaus liegt. Der Polizist durfte auch nur kurz mit ihm sprechen. Allerdings haben sie inzwischen sein Bewegungsprofil überprüft, soweit es möglich war. Nachweisen ließ sich, dass er in der Woche, in der Inas Mann sich das Leben nahm, in Rostock ein Hotelzimmer gebucht hatte. Auch in der Kleinstadt, in der Fiona mit ihrer Familie lebte, hat er mehrmals im Gasthof logiert und sich in der Kneipe mit Einheimischen unterhalten. Auf seinem Rechner fanden sich E-Mails, die Nelda in Schwierigkeiten brachten, unter anderem ans Finanzamt, aber nicht der Brief, den Fionas Mann erhalten hat.

Als Schneider die Aufzählung beendet, schüttelt Ina fassungslos den Kopf. »Ich kann das immer noch nicht glauben. Ich habe den für total dämlich gehalten. Hat der uns was vorgespielt … Unglaublich!«

»Ja«, Schneider beugt sich über den Tisch, er sieht sein Gegenüber aufmerksam an, »das ist es. Ich kann es nämlich auch nicht glauben. Ich konnte, wie gesagt, nur kurz mit ihm sprechen. Aber ich habe den Psychiater gefragt, der ihn nun behandelt. Der war leider sehr zurückhaltend, ließ aber durchblicken, dass er es ihm auch nicht zutraut. Diesen ausgefeilten Plan, wie er ihren Mann in den Selbstmord getrieben hat. Das passt nicht zu ihm.«

»Und was heißt das jetzt?«

»Dass jemand anderes hinter ihm steckt. Er war nur das Werkzeug.«

Ina nickt, das würde einiges erklären. Dann erschrickt sie. »Aber das würde ja heißen, dass nichts vorbei ist. Der, der wirklich gefährlich ist, läuft immer noch frei herum und wir haben nicht die geringste Ahnung, wer er ist!«

»Ja, vielleicht. Das ist, wie gesagt, nur eine Vermutung. Aber ich dachte, es wäre besser, sie Ihnen mitzuteilen. Seien Sie bitte vorsichtig! Ich hoffe, dass wir mehr erfahren werden, wenn Malte Schlüter endlich vernehmungsfähig ist.«

Er will aufstehen, aber Ina hält ihn zurück. »Bitte, ich habe noch Fragen! Haben Sie noch etwas Zeit?«

Er nickt und setzt sich wieder. »Dann trinke ich vielleicht doch einen Kaffee. Hier im Schatten lässt es sich ja einigermaßen aushalten.«

»Wenn ihn wirklich jemand angestiftet oder unter Druck gesetzt hat – wie auch immer –, warum hat er Rosi das nicht gesagt? Es konnte ihm doch egal sein, wenn er sich sowieso das Leben nehmen wollte.«

»Darüber habe ich auch schon nachgedacht. Ist es jemand, den er liebt, den er schützen will? Oder hat er Angst? Wenn Letzteres zutrifft, ist es vielleicht berechtigt. Er kann sich nämlich nicht erinnern, dass er die Tabletten genommen hat. Er weiß noch, dass er mit Rosi Baumert gesprochen hat und dass er im Haus übernachten wollte. Das hat er wohl schon öfter gemacht. Aber er behauptet, dass er sich nicht das Leben nehmen, sondern am nächsten Tag der Polizei stellen wollte.«

»Mein Gott!« Ina überlegt, dann fällt ihr etwas anderes ein. »Über den Mord an Colette Köster wurde überhaupt nicht mehr gesprochen. War er das auch?«

»Er streitet es im Moment ab. Aber das wäre dann auch der einzige unmittelbare und vollendete Mord. Und es wäre schwer zu beweisen, wenn er es nicht zugibt.«

Nachdem Schneider sich wieder zu seiner Familie an den Strand begeben hat, kommt Joy aus dem Kiosk und sieht Ina erschrocken an. »Was ist denn los? Du bist ja ganz blass. Willst du nach Hause gehen? Ich kann hierbleiben.«

»Nein, nein, schon gut, danke. Geh ruhig rüber, die werden schon auf dich warten. Es ist nichts weiter.« – ›Nur, dass ein äußerst schlauer und skrupelloser Mensch mich und meine Familie umbringen will‹, denkt sie, während sie Joy nachblickt.

40

Die Hitze dauert an. Nachts kühlt es sich kaum ab. Heute morgen hat es ein wenig genieselt und es wehte ein angenehm kühler Westwind, aber am Nachmittag war der Himmel schon wieder gnadenlos blau und die Temperaturen gestiegen.

Ina steht in ihrem Zimmer am Fenster und sieht hinaus auf die Ostsee. Es ist schon nach zehn Uhr abends und immer noch nicht dunkel. Sie hatte sich in der vergangenen Woche vorgenommen, wieder schwimmen zu gehen, nun traut sie sich doch nicht. Die Angst sitzt ständig in ihrem Hinterkopf. Am Wochenende ließ sie sich tagsüber meist verdrängen, nur manchmal fühlt Ina sich beobachtet und sie traut niemandem mehr. Abends geht sie nicht mehr aus dem Haus und leidet unter Albträumen. Von ihrem Gespräch mit dem Kriminalhauptkommissar hat sie niemandem erzählt. Fiona ist gerade etwas ruhiger geworden, sie würde durchdrehen, wenn sie wüsste, dass die Gefahr noch immer besteht. Rosi hat zwar alles erstaunlich gut weggesteckt, aber die Aufregung ist ihrer Gesundheit nicht gerade zuträglich. Sie sitzt jetzt viel seltener mit der Familie zusammen, kommt manchmal gar nicht zum Frühstück. Ina hofft, dass sie viel schläft und nicht nur grübelt. Andererseits hofft sie natürlich, dass ihrer Tante doch noch etwas einfällt, was auf den Täter hinweist. Sie ist nach wie vor davon überzeugt, dass die Lösung in der Vergangenheit liegt.

Mit Nelda hätte Ina vielleicht reden sollen, aber auf die ist sie gerade sauer. Obwohl Hochsaison und viel zu tun ist, hat Herr Clausen Ina vor zwei Tagen den Sonntag freigegeben, damit sie zu ihren Eltern fahren kann. Und dann hat Nelda sich einfach geweigert. Sie schob die Hitze vor und dass sie sich nicht wohl fühle, aber Ina wusste genau, dass ihre Schwester einfach keine Lust hatte. Sie hat sich mit ihrer Mutter noch nie richtig verstanden. »Fahr doch allein, kannst ja mein Auto nehmen!«, hat sie angeboten. Ina wollte nicht zugeben, dass sie seit ihrem Unfall vor eineinhalb Jahren, der so furchtbare Folgen hatte, nie wieder selbst Auto gefahren ist. Nelda hätte dafür sicher kein Verständnis, aber viele gute Ratschläge.

Stattdessen hat Ina ihre Mutter am Sonntag endlich angerufen. Warum hat sie damit eigentlich so lange gewartet? Es war ein wirklich gutes und sehr langes Gespräch. Ihre Mutter zeigte volles Verständnis dafür, dass sie wieder in Ahlbeck sind. Sie schien sogar ein wenig neidisch. »Es muss jetzt herrlich sein am Strand«, hat sie sehnsüchtig geseufzt.

»Ja, aber ihr könnt doch jederzeit herkommen! Die Pension steht leer, es ist jede Menge Platz. Und mit Rosi versteht ihr euch doch, oder?«

»Ja, natürlich. Das ist gar kein Problem. Du, vielleicht machen wir das wirklich. Ich rede mal mit Papa. Der freut sich bestimmt. Er hat doch immer Sehnsucht nach euch.«

An der Stelle kamen Ina die Tränen. Ihr wurde bewusst, wie sehr sie ihre Eltern vermisst hat. Wie schön wäre es, sie endlich einmal wiederzusehen, besonders hier in Ahlbeck. Noch schöner, wenn man dann offen über alles reden könnte. Aber das können sie wohl erst, wenn alles geklärt und der Schuldige gefunden ist. Deshalb erzählte sie auch nichts von Malte Schlüter und von den Mordanschlägen, wie sie es eigentlich vorgehabt hatte. Außerdem klang ihre Mutter endlich wieder froh und optimistisch, Ina wollte die Stimmung nicht verderben. Es brächte ja doch nichts, wenn ihre Eltern nun auch noch Angst um ihre Töchter haben. Deshalb erzählte sie fröhlich von Ahlbeck, was sich verändert hat, was noch so ist, wie in ihrer Kindheit, von ihrer Arbeit, von ihren Schwestern. »Und stell dir vor, Niklas arbeitet auf der Seebrücke. Es macht ihm richtig Spaß.«

»Das kann ich mir vorstellen. Die Seebrücke ist schon etwas Besonderes. Ich habe da übrigens auch einmal gearbeitet, vor der Wende.«

Geschickt hat Ina das Gespräch auf diese Zeit gelenkt, nach den Erinnerungen ihrer Mutter gefragt, nach den Ahlbeckern, die sie kennt. Leider gehören weder Malte, dessen Mutter noch Colette dazu. Diesen Namen hat sie anscheinend noch nie gehört. Simon und seine Eltern kannte sie nur flüchtig, auch an die Brauns erinnerte sie sich nur schwach. Das brachte alles nichts. Dann sprachen sie über Rosi. »Hast du dich mit deiner Schwester eigentlich gut verstanden? Ich meine früher, als ihr Kinder wart?«, fragte Ina.

»Nicht so richtig«, gab ihre Mutter zu. »Sie hat mich schon als Kind ausgenutzt und manipuliert, obwohl sie fast zwei Jahre jünger ist als ich.«

»Wirklich?«, hat Ina sie erstaunt unterbrochen. »Dann ist sie ja erst 65?«

»Ja, was hast du denn geglaubt? Ich dachte, deswegen hätte sie die Pension aufgegeben. Sie muss jetzt auch Rente bekommen.«

»Ehrlich gesagt, habe ich noch nie so richtig darüber nachgedacht, aber ich habe Rosi viel älter eingeschätzt.«

»Na, das wundert mich ja jetzt.« Inas Mutter lachte. Es klang ein klein wenig schadenfroh. »Sie hat doch sonst immer so viel auf ihr Äußeres gegeben und behauptet, sie sehe mindestens zehn Jahre jünger aus als ich.«

»Sie ist ziemlich krank. Wahrscheinlich ist es noch schlimmer, als wir denken.«

»Das tut mir leid, wirklich. Ich habe sie auch schon so lange nicht mehr gesehen und am Telefon hat sie nie etwas davon gesagt.«

Das glaubte Ina sofort. Tante Rosi spricht nur sehr ungern über ihre Krankheit. »Und später«, hat sie weiter gebohrt, »als junge Frauen. Wie war euer Verhältnis da? Haben sich Papa und Onkel Manfred verstanden? Habt ihr viel zusammen unternommen?«

»Ina, wozu willst du alles wissen? Es ist doch so lange her.«

›Sie überlegt, versucht hoffentlich, sich zu erinnern‹, hofft Ina. Sie kann doch nicht sagen, weshalb sie möglichst alles aus dieser Zeit erfahren will. »Nur so, ich bin eben neugierig. Weil wir doch nun in der Pension leben. Da interessiert mich das eben.«

»Wir waren gar nicht so viel zusammen. Papa war ja erst Rosis Freund. Deshalb ...«, sie stockte.

Ina war überrascht. »Ach! Du hast ihn ihr ausgespannt?«

»Nein, eigentlich nicht. Sie hatte Manfred kennengelernt, der hatte mehr Geld und sah sehr gut aus. Er war der Schwarm aller Ahlbecker Mädchen. Papa hat sie sich trotzdem warmgehalten. Falls das mit Manfred nicht geklappt hätte, denke ich. Aber er hat es mitbekommen und sich von ihr getrennt. Da war sie sauer, besonders auf mich. Rosi konnte noch nie gut verlieren. Aber als wir dann beide unsere Familien hatten, haben wir uns wieder vertragen. Nur unsere Männer konnten nie so viel miteinander anfangen. Sie waren auch zu verschieden.«

»Ich kann mich kaum noch an Onkel Manfred erinnern.« Ina hat gezögert, dann aber doch vorsichtig weitergefragt. »Denkst du nicht, Rosi hat ihre Wahl bereut? Ich glaube, sie hatte es nicht leicht hier im Haus. Die böse Schwiegermutter und ihr Mann sollen sie nicht gut behandelt haben. Das hat sie selbst gesagt.«

»Das hat sie mir auch erzählt. Aber erst später, als er schon tot war. Der hat uns anscheinend alle getäuscht. Ich habe jedenfalls immer gedacht, dass er Rosi auf Händen tragen würde. Er wirkte so verliebt und fürsorglich. Als sie dann endlich schwanger war, es hat lange nicht geklappt bei den beiden, da schien er überglücklich. Im Nachhinein glaube ich, dass er ein guter Schauspieler war und deshalb auch als Kommunalpolitiker so beliebt und erfolgreich.«

»Ich mochte ihn auch, das weiß ich noch. Er hat uns immer Süßigkeiten geschenkt und Späße mit uns gemacht. Aber einmal hat er mich angeschrien«, fiel Ina dann plötzlich ein und sie hat ihrer Mutter von ihrer Erinnerung erzählt.

»Ja, das stimmt. Das war vielleicht eine Aufregung! Du warst spurlos verschwunden. Wir haben alle nach dir gesucht und plötzlich kam dein Geschrei aus dem Keller.«

»Stell dir vor, das ist mir am Wochenende wieder eingefallen, als ich im Keller war. Worüber hast du dich eigentlich mit Rosi so gestritten, weißt du das noch?«

»Also ehrlich, Ina, wie soll ich das jetzt noch wissen? Rosi war zu der Zeit dauernd gereizt, ihr Baby war noch sehr klein, vielleicht war sie übermüdet. Und wir hatten ja auch unsere Probleme, das weißt du ja.«

›Ja‹, dachte Ina, ›das weiß ich.‹ Darüber würden sie unbedingt endlich reden müssen, aber nicht am Telefon. So hat sie dann ihrer Mutter noch einmal zugeredet, nach Ahlbeck zu kommen. »Tante Rosi freut sich bestimmt und du musst unbedingt einmal nach ihr sehen« – und das Gespräch beendet.

Als sie jetzt hier am Fenster steht und hinaussieht, fühlt sie sich ihrer Mutter so nah wie schon seit Jahren nicht mehr. Dadurch hat sich der Anruf wirklich gelohnt. Aber etwas Neues erfahren hat sie nicht, jedenfalls nichts, was ihr weiterhilft.

41

»Heute Morgen dachten wir, wir hätten schon wieder einen Badetoten«, erzählt Simon und knabbert an einem Stück roter Paprika. »Jogger haben ganz früh morgens einen Packen Kleidung am Strand gefunden, ordentlich zusammengelegt, einschließlich einer Hotelkarte. Aber weit und breit war kein Mensch zu sehen, weder im Wasser noch am Strand. Zum Glück stellte sich dann schnell heraus, dass der Mann friedlich in seinem Hotelbett lag und schlief. Er war gestern Nachmittag baden, ist wohl abgetrieben und an einer ganz anderen Stelle aus dem Wasser gekommen, als er hineingegangen war. Das hat er aber nicht gemerkt. Er hat seine Sachen nicht gefunden und gedacht, sie wären geklaut worden.«

»Na Gott sei Dank! Da wart ihr bestimmt erleichtert.« Ina versteht Simon, den es immer besonders mitnimmt, wenn in seinem Bereich jemand verunglückt, obwohl er nun wirklich nichts dafür kann. In der vergangenen Woche, als die Strömung wieder sehr stark war, ist sogar ein Einheimischer ertrunken. Allerdings abends, als die Rettungstürme nicht mehr besetzt waren.

Heute ist es völlig windstill, die Ostsee spiegelglatt. Ina verkauft hauptsächlich kalte Getränke und Obst. Nur Anne bleibt ihrem täglichen Pott Kaffee treu. Sie muss erst am Nachmittag arbeiten, dann zeigt sie den Passagieren eines Flusskreuzfahrtschiffes die Kaiserbäder. Vorläufig sind die noch auf dem Oderhaff von Stettin nach Swinemünde unterwegs.

Joy kommt auf den Kiosk zu. Sie trägt heute rosa Leggings und ein ebensolches T-Shirt, dazwischen einen weißen Rock, der gerade so ihren Hintern bedeckt.

»Du siehst aus wie ein Himbeereis mit Sahne«, stellt Niklas fest.

»Lecker.« Die junge Kellnerin ist nicht so leicht zu kränken. »Soll ich dich ablösen?«, fragt sie Ina und stellt sich in den Kiosk, als diese nickt.

Ina geht zu Anne an den Stehtisch daneben. »Möchten Sie noch was?«, fragt Joy Simon.

»Nein, ich muss dann wieder. Bis später.« Er winkt den Frauen kurz zu und geht zum Strand.

Ina und Anne sehen sich fragend an.

Ina zuckt mit den Schultern, als wolle sie sagen: »Lass sie doch! Was geht es uns an!«

Aber Anne hat jetzt genug von den Lügen und Geheimnissen. »Was soll das? Wir wissen, dass ihr euch sehr gut kennt. Bist du seine Freundin? Warum macht ihr ein Geheimnis daraus?«

Niklas, der gerade gehen wollte, sieht kurz auf die Uhr und lehnt sich wieder an den Kiosk.

Joy wirkt weder besonders überrascht noch verlegen. Sie überlegt nur kurz, während sie langsam und gründlich den Tresen abwischt. »Ich hab geahnt, dass du es weißt«, gibt sie, an Ina gerichtet, zu. »Du siehst mich schon seit ein paar Tagen so komisch an. Ist auch egal.« Sie lächelt freundlich. »Nein, ich bin nicht seine Freundin. Nicht so, wie ihr denkt jedenfalls. Befreundet sind wir schon.« Sie legt den Lappen endlich weg, gießt sich ein Glas Mineralwasser ein und sieht erst Anne, dann Ina ungewohnt ernst an. Ganz plötzlich wirkt sie älter und reifer und ihr flippiges Aussehen passt nicht mehr zu ihrer Mimik und Gestik, schon gar nicht zu ihren Worten. Sie erzählt, dass sie ebenfalls aus Ahlbeck stammt und Simon schon seit ihrer Kindheit kennt. »Er hat mir vor sechs Jahren den Job in seinem Hotel gegeben. Ich habe mich hochgearbeitet vom Azubi zur Restaurantleiterin. Das war nicht einfach für mich. Aber er hat immer an mich geglaubt. Ohne ihn wäre ich vermutlich auf der Straße gelandet.«

»Na schön. Aber was soll nun diese Theatervorstellung hier? Warum tut ihr so, als würdet ihr euch nicht kennen?«, fragt Anne, immer noch etwas aggressiv.

»Das muss ja ein tolles Hotel sein, wo ein Himbeereis Restaurantleiterin ist«, mischt Niklas sich ein und grinst.

»In Hamburg sehe ich natürlich anders aus«, erklärt Joy. »Ich wollte nicht, dass mich jemand in Ahlbeck erkennt.«

»Warum?« Anne lässt nicht nach. »Und warum bist du dann überhaupt hier? Hattest du Heimweh?«

»Nein, ganz sicher nicht. Ich habe gar keine so guten Erinnerungen an Ahlbeck. Mir gefällt es in Hamburg viel besser.«

»Ach Scheiße, ich muss los!« Niklas sieht ärgerlich auf seine Armbanduhr. »Gerade, wenn es spannend wird. Erzählst du es mir heute Nachmittag?« Er beugt sich über den Tresen näher zu Joy und flüstert verschwörerisch: »Und lass dich ja nicht umstylen! Du siehst toll aus.«

Als Niklas weg ist, kommen einige Kunden an den Imbiss, die von Joy bedient werden. Dann muss auch sie zurück ins Restaurant.

»Ich hau dann auch erst mal ab.« Anne trinkt den letzten Schluck Kaffee und hängt sich ihre Tasche um.

»Hast du nicht noch etwas Zeit? Du musst doch erst in einer Stunde am Schiff sein.« Ina hätte zu gern die Neuigkeiten mit ihrer Freundin besprochen.

»Ja, aber ich muss mir in Swinemünde erst einen Parkplatz suchen und dann noch durch den ganzen Hafen laufen. Außerdem bin ich gern eine Viertelstunde vorher da. Der frühe Wurm fängt den Haken.«

Ina ist unkonzentriert. Ein paarmal vergisst sie, was die Kunden bestellt haben und muss nachfragen, einmal gibt sie das Wechselgeld falsch heraus. Sie hofft, dass Simon um die Mittagszeit kommt. Sie will ihn nach Joy fragen. Aber er lässt sich nicht blicken.

Als Anne zwei Stunden später mit ihrer Gästegruppe am Kiosk vorbei zur Seebrücke geht, hat sie auch keine Zeit und bleibt nur kurz stehen. »Ich rufe dich heute Abend an«, verspricht die Reiseleiterin.

Kurz darauf macht Niklas seine nachmittägliche Zigarettenpause bei Ina. Er sitzt kaum an dem kleinen Tisch hinter dem Kiosk, als Joy über die Promenade kommt. Vielleicht hat sie auf ihn gewartet. Es ist eine ruhige Zeit, jetzt am Nachmittag ziehen die Leute Eis und Kuchen Inas deftiger Kost vor. Sie setzt sich mit einer Tasse Kaffee zu den beiden und fordert

Joy ungeduldig auf: »Nun erzähl schon, weshalb ihr uns verarscht habt! Warum bist du hier?«

»Wegen Colette Köster.«

»Wie bitte?« Ina ist fassungslos. »Colette Köster ist tot.«

»Eben.« Die junge Frau, die aussieht wie eine Mischung aus Kleinkind und ausgeflipptem Teenager, lehnt sich zurück und blickt nachdenklich hinüber zur Jugendstiluhr, an der sich gerade eine Gruppe Gäste sammelt. Sie wirkt ganz ruhig, aber dann bittet sie Niklas um eine Zigarette und Ina bemerkt, dass ihre Hände zittern. Deshalb schweigt sie auch und wartet, bis Joy endlich weiterspricht. Sie erzählt, dass sie Colette gar nicht persönlich kannte. Jedenfalls nicht bewusst. Sie hat Ahlbeck verlassen, als sie siebzehn war und ist danach nie wieder zurückgekommen. Bis zu diesem Sommer. Mitte Juni bekam sie einen Anruf. Die Frau stellte sich als Colette Köster vor und sagte, dass Joy sie nicht kennen würde, aber sie hätte ihr etwas sehr Wichtiges mitzuteilen. Sie bat um ein Treffen, es sei zu bedeutsam und auch zu kompliziert, um am Telefon darüber zu reden. Joys Telefonnummer hätte sie von Simon bekommen. Der bestätigte das und sagte ihr, dass Colette zwar etwas seltsam aussehe, aber geistig völlig klar sei und sicher einen wichtigen Grund habe, sie zu sehen und zu sprechen. Den hat sie ihm allerdings auch nicht genannt. Sie hat darauf bestanden, erst mit Joy zu sprechen. Simon hat dann in der darauffolgenden Woche eine Vertretung für seine Restaurantleiterin organisiert. Aber einen Tag, bevor Joy nach Ahlbeck kommen wollte, rief er wieder an und teilte ihr mit, dass Colette tot sei. »Simon wollte nicht, dass ich trotzdem herkomme. Er hat mir erzählt, dass Colette ermordet wurde und meinte, es sei hier zu gefährlich für mich. Er wollte selbst herausbekommen, was Colette mit mir zu tun hat. Aber ich habe es in Hamburg einfach nicht ausgehalten. Und Urlaub hatte ich sowieso«, fügt sie etwas trotzig hinzu.

»Und warum arbeitest du dann?«, fragt Ina.

»Simon hat mir erzählt, dass Colette oft hier am Kiosk war. Ich dachte, so könnte ich euch unauffällig ein bisschen ausfragen.«

»Das hat doch auch ganz gut geklappt«, stellt Niklas fest. »Und – weißt du nun, was Colette von dir wollte?«

»Nein, eben nicht!« Sie klingt gereizt. »Ich bin noch genauso schlau wie am Anfang. Aber lange kann ich nicht mehr bleiben, mein Urlaub wird in zwei Wochen zu Ende sein und Simon besteht darauf, dass ich zurück nach Hamburg gehe.«

Ina nickt. »Versteh ich. Colettes Mörder ist ja immer noch nicht gefunden.« Sie denkt an Malte, hat aber keine Lust, Joy von ihm zu erzählen.

Niklas erwähnt ihn auch nicht. »Leben deine Eltern eigentlich noch in Ahlbeck?«, fragt der stattdessen.

»Meine Mutter. Aber die will ich nicht sehen«, erwidert Joy. Ihre Miene ist jetzt verschlossen, offensichtlich ist dieses Thema tabu.

Ina fällt ein, was sie im Gespräch mit Simon gesagt hat – »die würde mich gar nicht erkennen« –, vielleicht hat sie damit ihre Mutter gemeint. Ob das, was Colette mit Joy besprechen wollte, mit ihrer traurigen Kindheit zusammenhängt? Aber das hätte Simon dann herausbekommen. Er wird die Mutter ja kennen.

42

»Ob Kommissar Schneider heute wieder *zufällig*«, Anne betont das Wort ironisch, »vorbeikommt, um uns etwas Neues über Malte zu erzählen? Der wird doch wohl nicht immer noch im Krankenhaus herumliegen und sich pflegen lassen.«

»Vielleicht haben sie ihn inzwischen irgendwo eingeliefert«, erwägt Ina.

»Ja, kann sein. Ich denke eigentlich auch, dass der in eine geschlossene Anstalt gehört. Aber die müssen endlich herausfinden, wer ihn angestiftet hat.« Sie schüttelt den Kopf. »Ich verstehe das alles nicht. Eigentlich müssten die dich und deine Schwestern rund um die Uhr bewachen. Hast du gar keine Angst?«

»Und ob ich die habe. Aber was soll ich machen? Ich kann mich doch nicht im Zimmer einschließen. Meine Schwestern denken ja, das alles vorbei wäre, nachdem Malte es zugegeben hat.«

»Und deine Tante?«

»Ich weiß nicht genau. Sie war ja sowieso schon ein bisschen durch den Wind und der Schock hat wohl alles noch schlimmer gemacht. Sie kommt kaum noch aus ihrer Wohnung. Ich glaube, sie schläft die meiste Zeit. Sie nimmt starke Tabletten. Manchmal denke ich, sie kriegt das alles gar nicht mehr so richtig mit.«

»Ist vielleicht auch das Beste für sie«, sagt Anne mitleidig.

»Ja, sicher. Ich hätte sie nur gern einiges gefragt.« Ina seufzt. Sie ist froh, dass Anne trotz der Hitze an ihrem freien Tag wieder hergekommen ist. Mit wem sollte sie sonst reden? Niklas ist zu jung, er nimmt das alles erstaunlich leicht.

Und Simon? Der tut so, als wäre es völlig normal, dass er ihr mit Joy etwas vorgemacht hat. Er spricht einfach nicht darüber, auch nicht über Colette, die er besser gekannt hat, als alle gedacht haben. Wenigstens machen die beiden aus ihrer Freundschaft kein Geheimnis mehr und reden offen miteinander. Gerade sitzen sie hinter dem Kiosk an dem kleinen Tisch, trinken Eistee, den Ina neuerdings selbst kocht und anbietet, und diskutieren miteinander. Es geht wohl darum, dass Joy nach Hamburg zurückfahren soll, was sie aber nicht will.

Anne hatte das Gefühl zu stören, deshalb hat sie sich nicht zu ihnen gesetzt, sondern steht vor dem Kiosk und unterhält sich mit ihrer Freundin am Tresen.

»In Bansin haben wir immer alles allein aufgeklärt, noch vor der Polizei«, erzählt Anne. »Aber hier kommen wir auf keinen grünen Nenner.«

»Wer ist ›wir‹?«, will Ina wissen.

»Na, Tante Berta vor allem. Und dann natürlich meine Freundin Sophie und ich. Die Fischer haben auch geholfen und Bruno ...«

»Siehst du«, unterbricht Ina, »und hier sind wir ganz allein. Wenn ich offen mit meinen Schwestern rede, reisen die heute noch ab, das kannst du wissen. Meine Tante ist nicht so taff wie deine Berta. Sie ist krank und dröhnt sich mit Tabletten zu. Wem kann ich denn trauen? Simon vielleicht?« Sie dreht sich um und will gerade die Tür schließen, damit sie die beiden, die halblaut, aber erregt aufeinander einreden, nicht mehr sieht, da erstarrt sie plötzlich. »Was hast du eben gesagt?«, fragt Ina entgeistert.

Für einen Moment sieht Simon sie verständnislos an. Dann lehnt er sich zurück, fasst sich mit der linken Hand über die Augen und stöhnt.

Seine Gesprächspartnerin Joy braucht etwas länger, um die Situation zu begreifen. Abwechselnd schaut sie Simon und Ina an.

»›Sandra‹, ich hab ›Sandra‹ gesagt«, erklärt der Rettungsschwimmer.

»So, dann weißt du ja jetzt Bescheid. Ja, ich bin Sandra, deine Cousine, die Tochter deiner lieben Tante Rosi.« Joy blickt Ina herausfordernd an.

Die geht einen Schritt zurück, lehnt sich an ihren Tresen und schüttelt fassungslos den Kopf. »Ich verstehe überhaupt nichts mehr.« Dann fängt sie hemmungslos an zu weinen.

Zwei ältere Leute kommen an den Kiosk. Anne läuft schnell herum und zieht Ina heraus. »Los, bedien' du die Kunden!«, fordert sie Joy auf.

Ina kann gar nicht wieder aufhören zu weinen. »Ich weiß gar nicht warum«, versucht sie zwischendurch zu erklären. »Es ist alles zu viel.« Sie erwartet, dass Simon wieder die Flucht ergreift und das wäre ihr im Moment auch am liebsten, aber er bleibt auf seinem Stuhl hocken und sieht sie mitleidig an. Endlich hat sie sich wieder unter Kontrolle und schnäuzt sich verlegen in eine Papierserviette, die Anne ihr reicht.

»Ich verstehe dich«, gibt Simon kleinlaut zu. »Du hast Angst, fühlst dich ständig bedroht und alle belügen dich.«

»Ja, genau.« Vorwurfsvoll blickt Ina zu Joy, die nun Sandra ist. »Was sollte das?«

»Ich hätte es dir schon noch gesagt. Aber ich wollte nicht, dass du Rosi erzählst, dass ich hier bin.«

»Deiner Mutter, die dich seit wie vielen Jahren nicht mehr gesehen hat?«

»Richtig. Und mich auch in den nächsten Jahren nicht sehen soll.«

»Ach komm! Du kannst mir doch nicht erzählen, dass sie so eine furchtbare Mutter war. In der Pubertät hat schließlich jeder mal Zoff mit seinen Eltern, aber da bist du doch wohl raus.«

»Was weißt du denn?« Sie blitzt Ina wütend an. »Ich hatte nie eine liebevolle Mutter! Sie war entweder zu streng oder sie hat mich einfach vernachlässigt. Sie hat alle getäuscht. Jeder denkt, sie wäre nett und lustig und freundlich. In Wirklichkeit ist sie kalt und böse. Sie liebt niemanden, nur sich selbst.« Sandra erzählt, dass sie nur bei ihrem Vater Liebe und Geborgenheit gefunden hat. Als er tot war, fühlte sie sich völlig allein. »Würde mich nicht wundern, wenn sie bei seinem Unfall nachgeholfen hat«, fügt sie hinzu.

Ina schüttelt den Kopf. »Ich kann das alles nicht glauben.«

Als Sandra weg ist, will sie mit Simon über sie sprechen, aber der kann ihr nicht helfen. »Ich weiß es wirklich nicht. Ich kenne ihre Mutter nur vom Sehen und aus deinen Erzählungen. Auch ihren Vater habe ich kaum gekannt. Ich weiß nur, dass sie nie wieder nach Ahlbeck zurückkommen wollte. Ich habe auch nicht die geringste Ahnung, was Colette ihr zu sagen hatte oder ob sie bei dem Gespräch am Telefon etwas angedeutet hat – jedenfalls wollte Sandra danach unbedingt und ganz schnell herkommen. – Aber sie war dann eben doch nicht schnell genug«, fügt er traurig hinzu.

43

Die vergangenen Tage waren furchtbar. Am Montag hat Ina noch den Kriminalhauptkommissar Schneider angerufen, aber der konnte sie auch nicht beruhigen. Malte sitzt inzwischen in Untersuchungshaft. Er hat alles zugegeben, aber mehr oder weniger als Dumme-Jungen-Streiche dargestellt. Er hätte niemanden ernsthaft verletzen, schon gar nicht ermorden wollen. Er wollte den Schwestern nur wehtun, weil er sie hassen würde. Sie hätten sich nie um ihre Tante gekümmert und trotzdem sollten sie alles erben. Er war einfach neidisch, besonders, weil Rosi so oft von ihnen gesprochen und regelrecht geschwärmt hätte. Er wollte die heile Welt der Schwestern zerstören. Den Selbstmord von Inas Mann hätte er nicht geplant und es täte ihm leid. Auch Ina wollte er nicht ermorden, sondern nur erschrecken. Mit Colettes Tod hätte er überhaupt nichts zu tun.

»Glauben Sie ihm etwa?«, hat Ina gefragt.

»Ich weiß nicht. Es ist immerhin möglich«, hatte Schneider geantwortet.

Inas Gefühle schwankten. Sie war wütend, weil Malte sich anscheinend geschickt aus der Schlinge zu ziehen schien. Wenn die Richter im Glauben schenkten, käme er vielleicht mit einer Bewährungsstrafe davon. Der Tod ihres Mannes wird als unglücklicher Zufall dargestellt, er hätte einfach überreagiert, das war doch nicht vorauszusehen. Für Ina ist es grausamer Mord, der nun nie gesühnt wird. Das darf einfach nicht sein. Dann zwang sie sich, von der Annahme auszugehen, dass es stimmen würde, was Malte der Polizei erzählt hat. Er hätte sich hineingesteigert in seinen Neid, seine Eifersucht, seinen Hass auf die Schwestern. Es wäre ihm klar, dass er irgendwann erwischt würde, aber das sei ihm egal. Er war so dicht davor, sein Ziel zu erreichen. Nelda wollte ihre Zelte in Ahlbeck abbrechen. Sie hätte Fiona mitgenommen. Niklas und Ina hätte er auch noch vertrieben. Dann hätte er Rosi wieder für sich allein gehabt. Im Gegensatz zu ihren Nichten würde er sich liebevoll um sie kümmern und sie schließlich, in nicht allzu ferner Zukunft, beerben. »Ja, das passt doch. Ich kann mir gut vorstellen, dass Maltes krankes Gehirn das genauso geplant hat«, sagte Ina resigniert.

Anne hat sie mitleidig angesehen. »Ich denke, wir sollten das so akzeptieren.«

»Ich kann das einfach nicht glauben. Er verharmlost alles.« Sie dachte an den Tod ihres Mannes. An Fiona, die ihren Mann überfahren hat. An Nelda. »Kann es wirklich sein, dass ein so dummer Mensch aus so albernen Gründen so viel zerstört?«

Anne hat nur hilflos mit den Schultern gezuckt und dann die Freundin in den Arm genommen. »Aber dann ist jetzt auch wirklich alles vorbei. Du brauchst keine Angst mehr zu haben.«

»Das stimmt.« Für einen Moment hat Ina aufgeatmet. »Aber was ist mit Colette?«, fiel ihr dann ein, als sie Sandra sah, die gerade über die Promenade kam, um sie im Kiosk abzulösen.

Darauf wusste Anne auch keine Antwort. Sandra war nicht mehr Joy. Sie stellte auch keine Fragen mehr. Sie kleidete sich nicht mehr ganz so auffällig. Sie flirtete nicht mal mehr mit Niklas.

Der war ein bisschen enttäuscht. Als Joy hatte sie ihm besser gefallen. »Bin ich eigentlich mit ihr verwandt?«, hat er Ina gefragt.

»Ja, sie ist die Cousine deiner Mutter.«

»Das ist doch so gut wie gar nichts. Sie sieht ja wohl auch niemandem von uns ähnlich. Wahrscheinlich kommt sie nach ihrem Vater.«

»Das ist es!«, hat Anne plötzlich ausgerufen. »Sie hat Ähnlichkeit mit Malte. Wir dachten, sie kommt uns bekannt vor, weil sie sich so schminkt, wie jemand, den wir kennen. Es ist genau umgekehrt. Sie schminkt sich so stark, damit man die Ähnlichkeit mit ihrem Halbbruder nicht sieht. – Das kann ich verstehen«, hatte sie hinzugefügt und Ina hat ihr aus vollem Herzen zugestimmt.

Erstaunlicherweise hat dieses Gespräch am gestrigen Vormittag Ina beruhigt und sie konnte gestern Abend sogar ohne Tabletten einschlafen. Vielleicht war sie auch einfach erschöpft.

Der Klingelton erwischte sie, während sie schon tief und fest schlief. Im Traum irrte sie durch den Keller und suchte nach ihrem Telefon. Als sie endlich wach wurde, hätte sie es beinahe vom Nachttisch gestoßen. »Ja?«, meldete sie sich schlaftrunken. »Anne, sag mal, bist du irre, ich habe tief und fest geschlafen. Wie spät ist es überhaupt?«

»Noch nicht mal zwölf. Entschuldige, ich dachte, du bist noch wach und grübelst über deine Probleme nach. So wie ich.« Das klang beinahe vorwurfsvoll.

»Ja, danke. Das werde ich dann jetzt sicher tun.«

»Hör zu! Mir ist etwas eingefallen.«

Nach dem mitternächtlichen Gespräch mit ihrer Freundin war dann auch Ina hellwach. Warum hat sie eigentlich dem Mord an Colette so wenig Bedeutung zugemessen? Vermutlich, weil sie mit den eigenen Problemen und denen ihrer Familie genug zu hatte. Aber vielleicht lag hier der Schlüssel für alles. Anne hatte recht, man sollte in diesem Fall wirklich alles infrage stellen. Besonders das, was Sandra erzählt hat. Was wissen sie denn von ihr? Dass sie Sandra Baumert, also Rosis Tochter, und somit ihre Cousine ist, wird vermutlich stimmen. Darauf deutet die Ähnlichkeit mit Malte hin. Aber woher kommt dieser Hass auf ihre Mutter? Warum soll die sie nicht sehen? Befürchtet sie, dass Rosi etwas über sie verrät? Angenommen, Annes These stimmt und sie steckt hinter Malte? Der ist immerhin ihr Halbbruder, wie sie ganz richtig erkannt haben. Es kann sein, dass sie sich nicht nur äußerlich ähnlich sind. Wollte sie mit ihm zusammen verhindern, dass Rosi das Erbe an die Cousinen verschleudert? Was hat Colette ihr am Telefon erzählt? Hing es mit dem Schatz zusammen? Oder hat sie sie erpresst? Ist sie wirklich erst am Tag nach Colettes Tod nach Ahlbeck gekommen? Ina erwägte, Simon danach zu fragen. Er könnte feststellen, ob Sandra zur Zeit des Mordes noch in Hamburg gewesen war. Aber

– kann sie Simon noch trauen? Er kann Sandras Freund, aber auch ihr Geliebter und Komplize sein.

Als es draußen langsam heller wurde, stand Ina noch eine Weile am Fenster und bewunderte den Sonnenaufgang über dem Meer. Es würde wieder ein sehr warmer, wolkenloser Tag kommen. Dann zog sie ihr Laken glatt, schüttelte das Kissen und die dünne Decke auf und schlief endlich wieder ein.

Im Haus ist es still, als Ina die Treppe hinuntergeht. Sie ist erst nach neun Uhr aufgewacht, hat dann schnell Herrn Clausen angerufen und ihn gebeten, dass Joy sie für eine Stunde vertritt. Beinahe hätte sie »Sandra« gesagt. Sie reden sie alle noch mit »Joy« an, sogar Simon, aber der spricht ohnehin nicht viel mit ihr. Manchmal wechseln sie Blicke: er vorwurfsvoll oder besorgt, sie trotzig. Meist geht sie ihm aus dem Weg. Ina überlegt, ob sie Kriminalkommissar Schneider anruft, ihm von Annes Vermutung erzählt und bittet, Sandras Alibi für den Mord an Colette zu überprüfen. Dann hätte Ina ihre eigene Cousine offiziell als Mörderin verdächtigt. Aber was soll's, unter diesen Umständen wird wohl selbst sie es verstehen.

Die Tür zu ihrem Gemeinschaftsraum steht offen, ihre Schwestern und Niklas sind wohl schon aus dem Haus, Rosi schläft wahrscheinlich noch. Gestern Abend war die Tante kurz aus ihrer Wohnung herausgekommen, hat aber kaum gegessen und sah sehr schlecht aus. Ob sie wirklich Krebs hat, wie die Schwestern vermuten? Warum lässt sie sich dann aber nicht behandeln? Sie weigert sich strikt, über ihre Krankheit zu sprechen.

Ina will gerade Brot in den Toaster stecken, als sie hört, wie die Kellertür geöffnet wird. Sie erschrickt, dann wird sie ärgerlich. Hat der alte Braun sich schon wieder ins Haus geschlichen? Schnell geht sie in den Hausflur und steht Niklas gegenüber. Der hat das Kellerlicht angeknipst und wollte gerade hinuntergehen.

»Was machst du denn noch hier? Musst du nicht arbeiten?«, fragt er.

»Die Frage ist doch: Was machst du hier? Was willst du im Keller?«

»Etwas nachsehen. In Ruhe, ohne blöde Fragen beantworten zu müssen. Ich dachte, ich wäre allein im Haus.«

»Ja, klar dachtest du das. Wieso eigentlich allein – ist Rosi nicht da?«

»Hast du das nicht gehört gestern? Ach nein, da warst du nicht dabei. Sie hat Nelda gebeten, heute mit ihr nach Greifswald zu fahren. Zum Arzt.«

»Nein, das wusste ich nicht. Und da hast du gedacht, du nutzt mal die Gelegenheit? Wo hast du eigentlich den Schlüssel her? Aus Rosis Wohnung geklaut?«

Er zuckt mit den Achseln und geht, ohne ein weiteres Wort zu verlieren, die Treppe hinunter.

Ina folgt ihm.

Unten holt er einen Zollstock aus der Tasche und klappt ihn auseinander. Dann drückt er Ina einen Schreibblock und einen Stift in die Hand. »Hier, du schreibst!«

Erstaunt sieht Ina, dass die Kellerräume auf dem Block aufgezeichnet sind. Ihr Neffe misst die Entfernung von der Treppe bis zur rechten Außenmauer. »Das ist diese Wand, siehst du«, zeigt er ihr auf dem Papier. »Schreib hin! 5,50 Meter.«

Sie trägt die Zahlen ein. »Ich dachte, du wolltest den ominösen Schatz suchen. Warum vermisst du denn den Keller?«

»Um den Schatz zu finden.« Er legt den Zollstock in den Winkel, schiebt ihn dann weiter, noch einmal, geht in den Verschlag, noch einmal, murmelt vor sich hin: »Zwei, vier, sechs, acht … Die Außenwand – Hast du sie? – ist zehn Meter lang.« Er sieht sich in dem abgeteilten Raum um. »Müssen wir das einzeichnen? – Nein, spielt keine Rolle.«

»Niklas, vielleicht erklärst du mir mal, was wir hier tun!« Ina ist gereizt. Sie ist unausgeschlafen, nervös, hungrig und muss zur Arbeit.

Er seufzt. »Ina, guck dir mal den Boden an! Was siehst du? – Richtig, Beton. Hier hat niemand etwas vergraben. Und wenn, kriegt er es nie wieder raus. Das macht keinen Sinn. Also – wo kann man etwas verstecken?«

Sie sieht sich um und schüttelt verständnislos den Kopf.

»In einem geheimen Raum. Wusstest du, dass hier unten ursprünglich, als das Haus gebaut wurde, die Küche war? Und die Lagerräume natürlich. Die hatten nämlich keine Kühlschränke und hier war der kälteste Teil des Hauses. Da gab es einen Raum für Kartoffeln und Gemüse. In einem anderen wurden Fleisch und Fisch gelagert, noch ein weiterer für Getränke, vielleicht gab es sogar einen Eiskeller. An der Nordseite liegt diese Ebene unter der Erde, da gibt es keine Fenster. Wenn die Tür zugemauert wird, weiß kein Mensch, dass sich dahinter ein geheimer Raum befindet. Das ideale Versteck!«

»Wofür?«

»Keine Ahnung. Am wahrscheinlichsten ist es schon, dass die Hausbesitzer hier 1945 etwas vor den Russen versteckt haben. Immerhin haben die jahrelang ein Hotel betrieben in einem der angesagtesten Seebäder Deutschlands. Also – arm waren die nicht, wie Simon uns weismachen wollte.«

Schon wieder Simon. Stimmt, er hat der Spekulation über einen verborgenen Schatz in der Pension am vehementesten widersprochen. Vielleicht hat Colette Sandra von dem Schatz erzählt, es ist ja ihr Elternhaus. Wollte sie an dem Fund beteiligt werden? »Aber woher kann Colette davon gewusst haben?«, überlegt Ina laut.

»Sie hat hier im Haus gearbeitet. Vielleicht hat sie etwas gefunden – eine Notiz, eine Zeichnung, was weiß ich. Komm, mach weiter!« Er geht in den Weinkeller.

Ina schreibt gewissenhaft die Maße auf, die Niklas ihr diktiert.

Am Esstisch, während Ina endlich ihren Toast isst und Kaffee trinkt, vergleicht ihr Neffe die Skizze vom Keller mit dem Grundriss des Hauses, den er gezeichnet hat. »Mist! Es stimmt genau überein, es gibt keinen versteckten Raum.« Enttäuscht lehnt er sich zurück. »Und ich war so sicher. Ich glaube einfach nicht, dass Colette das erfunden hat. Die war doch nicht bescheuert. Und ich denke immer noch, dass sie deswegen ermordet wurde.«

Er geht ans Fenster, öffnet es weit und steckt sich eine Zigarette an. Dann dreht er sich zu Ina um. »Was denkst du?«

»Ich denke, wenn Nelda riecht, dass du hier drin geraucht hast, gibt es ein schönes Donnerwetter.«

Er winkt ab, nimmt noch einen tiefen Zug, drückt die Zigarette gründlich an der Hauswand aus und wirft sie in den Vorgarten. »Los komm, trink deinen Kaffee aus, wir gehen noch mal runter und sehen uns den Boden ganz genau an! Irgendetwas muss da sein.«

Ina seufzt, folgt ihm aber.

Während Niklas einiges Gerümpel in dem großen Raum hin und her schiebt, geht sie in den Verschlag. ›Wenn es in diesem Keller ein Geheimnis gibt, dann hier‹, denkt sie. Sie streicht über den Sessel und sieht sich ihre Handfläche an. Sauber. Sie setzt sich hinein und sieht sich gründlich um. Mit Schwung steht sie wieder auf und öffnet nacheinander die Fächer der Anbauwand. Die meisten sind leer. In einem liegen lediglich ein paar vergilbte Bücher und Broschüren aus DDR-Zeiten. Im nächsten befinden sich Kerzen und Streichhölzer, in einem anderen Servietten. In einer Schublade entdeckt sie ein Fotoalbum. Ina schlägt es auf. Es enthält Babybilder. Vielleicht von Sandra? Sie blättert es ohne großes Interesse durch, dann schließt sie es und legt es wieder in das Schubfach. Sie setzt sich erneut in den Sessel und lehnt sich zurück.

Niklas verschiebt gerade die Lattengestelle an der Wand nebenan und verursacht einen ziemlichen Lärm dabei.

›Wenn jetzt Nelda und Rosi kommen würden, können wir was erleben‹, denkt Ina. Haben sie eigentlich die Tür oben geschlossen? Sie betrachtet die quadratische Holzkiste rechts an der Wand. Sie ist mindestens einen Kubikmeter groß, aus Sperrholz mit einer Klappe oben. Was mag da drin sein? Ohne großes Interesse sieht sie sich den Inhalt an. Der besteht hauptsächlich aus Kinderbüchern, Spielzeug sowie Babybekleidung. Ina weiß selbst nicht, weshalb sie dann einige Obststiegen, in denen allerlei Blumentöpfe stehen, wegzieht und die Holzkiste zur Seite schiebt. Das geht erstaunlich leicht, an deren Unterseite sind Rollen angebracht, die man nicht sieht. Was ist das? Sie hockt sich hin und wischt Strandsand, der offenbar absichtlich auf dem Boden verteilt wurde, beiseite.

»Mein Gott!«, sagt Niklas, den sie gar nicht gehört hat und der nun plötzlich hinter ihr steht. »Du hast es gefunden.«

»Was hab ich gefunden?«

»Na, den Schatz.«

Ina sieht sich die Betonplatte, die sie freigelegt hat, genauer an. Sie ist einen Meter breit, aber nur etwa einen halben Meter tief, wurde von der Holzkiste völlig bedeckt. Links ist ein Kreuz eingeritzt, an einigen Stellen sieht man Wachsreste. »Das sieht wie ein Grab aus«, flüstert sie.

»Du spinnst.« Niklas stößt sie an, aber seine Stimme klingt unsicher. »Dann würde doch ein Name draufstehen und ein Datum. Oder zwei. Geburts- und Todestag.«

»Hören wir auf! Das ist Rosis Keller, wir müssen ihr sagen, was wir gefunden haben. Wir können hier nicht einfach …«

»Meinst du nicht, dass sie das weiß?«, unterbricht Niklas. Er deutet mit einer Handbewegung auf die Möbel. »Vielleicht haben sie hier ihren Hund begraben.«

»Quatsch!«

»Na jedenfalls, wenn wir nichts sagen, kriegt sie gar nicht mit, dass wir das gefunden haben. Sie kommt doch sowieso nicht mehr hier herunter.«

»Ja, stimmt.«

»Na los, dann lass uns das jetzt aufmachen! Ich muss wissen, was da drunter ist«, sagt ihr Neffe und geht in den großen Kellerraum zurück, wo er ein Brecheisen gesehen hat.

Wenig später, während er die schwere Betonplatte anhebt und zur Seite schiebt, lauscht Ina ängstlich nach oben. Hoffentlich kommt Rosi jetzt nicht nach Hause!

Dann starren sie entsetzt auf einen kleinen weißen Sarg.

»Nicht!«, Ina will Niklas zurückhalten, aber er hat den Deckel schon angehoben. Ein kleines Skelett liegt unter einem zartrosafarbenen Babydeckchen, daneben ein kleiner weißer Plüschhase.

44

Der Schock steckt Ina in den Knochen. In der Nacht nach dem Fund hat sie so gut wie gar nicht geschlafen. Sie ist zittrig und nervös, sodass sie kaum ihre Arbeit bewältigt. Heute Morgen hat sie schon ein Glas und eine Kaffeetasse umgestoßen und sich in den Finger geschnitten. Andererseits hilft ihr die Routine, etwas ruhiger zu werden. Sie muss unbedingt mit Anne sprechen, sie braucht ihren Rat. Ihre eigenen Gedanken drehen sich immer nur im Kreis.

Zusammen mit Niklas hat sie gestern das kleine Grab wieder geschlossen und die Kiste darüber geschoben. Es sieht jetzt alles wieder so aus wie vorher. Sie wollte sofort die Polizei anrufen, aber Niklas hat sie beschworen, zu warten. »Das Grab ist wer weiß wie viele Jahre alt. Es kommt doch jetzt auf ein paar Tage nicht an. Wenn Rosi nichts davon weiß, kann der Schock sie umbringen. Und wenn sie es weiß und die Polizei plötzlich in ihrem Keller ist, auch. Wir müssen vorher mit ihr darüber reden, aber vorsichtig. Sie ist doch unsere Tante. Mir tut sie jedenfalls leid, egal, was sie damit zu tun hat.«

Das ungewohnt rücksichtsvolle Verhalten ihres Neffen erschien Ina zwar etwas suspekt, aber es stimmte, was er gesagt hat. Sie müssen es Tante Rosi so schonend wie möglich beibringen, was sie im Keller gefunden haben. Gestern Vormittag hatten Ina und Niklas keine Zeit mehr, sich länger zu unterhalten, sie mussten beide zur Arbeit. Am späten Abend hat Niklas dann leise an ihre Tür geklopft.

»Bist du noch wach? Darf ich reinkommen?«

Sie war froh, dass er da war. Den ganzen Tag konnte sie an nichts anderes als an das Grab denken. Sie hatte das dringende Bedürfnis, darüber zu reden. Andererseits erschien ihr gerade das unmöglich. Ihr Neffe hatte zwei Flaschen Bier mitgebracht – »Das beruhigt, dann kannst du besser schlafen.« – und sie haben sich lange unterhalten. Das Bild von dem verzogenen unreifen Bengel hatte sie schon so nach und nach korrigiert, aber nun erkannte sie, dass Niklas ein kluger und verantwortungsvoller junger Mann ist. Er erzählte seiner Tante von seiner Kindheit und Jugend, seinem Vater, den er hasste, für all das, was er seiner Mutter angetan hat. »Ihn umzubringen, war das Beste, was sie tun konnte. Obwohl sie ihn eigentlich nicht absichtlich überfahren hat. Es war reine Panik. Du kannst dir nicht vorstellen, in welchem Zustand wir alle waren. So voller Adrenalin, dass es nur noch um Leben und Tod ging. Er war verrückt vor Eifersucht oder was weiß ich. Er war sowieso verrückt. Der Alkohol hatte sein bisschen Gehirn zerstört. Der wusste gar nicht mehr, was er tat. Und ich habe seit Jahren darüber nachgedacht, wie wir ihn loswerden. Eine Trennung hätte er nie akzeptiert. Es gab nur eine Möglichkeit, ich war nur zu feige.« Niklas hat dann unter den Sachen seines Vaters den Brief gefunden. Er zog ihn jetzt aus der Tasche und gab ihn Ina, die ihn las und so tat, als sähe sie ihn zum ersten Mal.

»Was für eine Gemeinheit.«

»Ja.«

Fiona hat er das Schreiben natürlich nicht gezeigt, die war ohnehin völlig mit den Nerven am Ende, er konnte sie damals gar nicht allein lassen. Da war die Einladung von Rosi gerade richtig gekommen. Er wollte sowieso nach Ahlbeck, um seinen Onkel, den Bruder seines Vaters, kennenzulernen. Den verdächtigte er zunächst, den bösartigen Brief geschrieben zu haben.

»Und? Glaubst du, er war es?«

»Nein. Ich habe mit ihm selbst gar nicht gesprochen, aber mit seiner geschiedenen Frau. Er säuft wie sein Bruder, die haben wohl schon als Jugendliche damit angefangen. Sie glaubt, Briefe schreiben gehört nicht zu seinen Hobbys, dazu wäre er gar nicht in der Lage. Wenn er ihn hätte aufhetzen wollen, dann per Anruf. Aber sein Bruder war ihm völlig gleichgültig, jedenfalls so lange er lebte. Danach kam dann die große Trauer, er hat von »Mord« gesprochen und Rache geschworen, aber das hätte er inzwischen wohl schon wieder vergessen.« Niklas wusste nicht, wer den Brief geschrieben hat. »Aber mir war klar, dass er hier aus Ahlbeck kam. Ich habe dann ja auch von dem Tod deines Mannes erfahren und was Nelda passiert ist. Und auch, weshalb Oma und Opa damals mit euch aus Ahlbeck weggezogen sind. Das hat meine Mutter mir nie so richtig erzählt. Stattdessen hat sie was vom ›Fluch der Kannenbachs‹ geschwafelt.« Um diesen Fluch zu beenden, sei er nach Ahlbeck gekommen. »Ich habe mich dann mit Malte Schlüter angefreundet, der erschien mir von Anfang an verdächtig, wegen seiner Verbindung zur Familie. Aber ehrlich gesagt, kam der mir völlig harmlos vor und außerdem zu dämlich. – Aber, der war schlauer als ich.«

»Das glaube ich nicht. Ich denke immer noch, dass es jemand anderen gibt, der sich das alles ausgedacht und Malte benutzt hat.«

»Die Idee hatte ich auch schon. Aber wer?«

»Was hältst du denn von Sandra?« Zögernd erzählte Ina von Annes Verdacht, den sie inzwischen teilt.

Aber ihr Neffe war empört. »Gut, ich habe mich in Malte getäuscht, aber Sandra – auf keinen Fall! Ich kenne sie besser als ihr.«

»Das mag ja sein. Aber du bist nicht objektiv ihr gegenüber. Und, Niklas, sei nicht sauer, aber ein bisschen mehr Lebenserfahrung und Menschenkenntnis als du haben wir schon. Sandra/Joy ist nicht echt, kein bisschen. Wir haben vermutlich nur die oberste Schicht abgekratzt, darunter ist noch einiges verborgen.«

»Das glaube ich einfach nicht.«

Ina versuchte, ruhig mit ihm über die verdächtigen Umstände zu reden. Sie erwähnte Colette, aber Niklas hörte nicht mehr zu. Er schüttelte nur trotzig den Kopf und sprang dann auf. »Ich muss jetzt schlafen«, erklärte er heftig und Ina erwartete fast, dass er die Tür zuwerfen würde. Dann blieb er aber doch noch einmal stehen und sagte etwas ruhiger: »Ich denke darüber nach. Gute Nacht, Ina!«

Anne ruft an. »Ich komme heute nicht, ich helfe meiner Freundin in der Pension. Da ist eine Zimmerfrau ausgefallen. Betten beziehen ist so gar nicht mein Ding, aber was soll man machen? Gibt es bei dir was Neues?«

›Allerdings‹, denkt Ina. Wenn sie jetzt eine Andeutung macht, löchert Anne sie am Telefon, aber so will sie auf keinen Fall darüber reden. »Nichts Besonderes. Kommst du morgen?«

»Morgen habe ich eine Fahrt nach Greifswald, von Zinnowitz aus. Übermorgen?«

»Ja, gut.«

»Okay. Behalte Joy, ich meine Sandra, im Auge! Du kannst ja auch noch einmal nach Colette fragen, was sie am Telefon gesagt hat oder so.«

»Mach ich.« Ina beendet das Gespräch und sieht zu Niklas hinüber, der mit finsterer Miene am Tisch hinter ihr hockt. Simon ist schon zum Strand gegangen. Wartet er auf Sandra?

Da kommt sie. Sie trägt jetzt einen etwas längeren Rock und keine bunten Leggings mehr. Offensichtlich will sie sich allmählich in eine normale Kellnerin zurückverwandeln. Auch die Schminke ist nicht mehr ganz so kräftig, dafür fällt ihre Ähnlichkeit mit Malte jetzt noch mehr auf.

Ina verkauft noch einen Becher Kaffee, dann sind keine Kunden mehr am Stand und die beiden Frauen setzen sich zu Niklas.

Der beachtet seine Tante gar nicht. Er beugt sich zu Sandra vor, nimmt ihre Hand und sieht ihr in die Augen. »Sandra, sei ehrlich, bitte! Was ist zwischen dir und deiner Mutter passiert? Warum willst du sie nicht sehen? Sie ist sehr krank, vielleicht stirbt sie bald. Du hast uns doch nicht alles erzählt, oder?«

Die junge Frau zieht ihre Hand weg und senkt ihren Blick auf die Tischplatte. Ina kann ihre Augen nicht sehen und erschrickt, als Sandra sich heftig eine Träne aus dem Gesicht wischt.

Niklas sieht seine Tante hilflos an. Er möchte seine Freundin in den Arm nehmen, wagt es aber nicht. Er hat Angst, sie würde etwas beichten, was er nicht hören will. »Sandra, du kannst mit uns reden! Wir wollen dir nichts Böses. Wir sind doch deine Familie.«

»Das weiß ich ja eben nicht!« Der Ausbruch kommt überraschend. »Sind wir das? Ist Rosi Baumert meine Mutter?«

Ina schluckt. In was hat das Mädchen sich da nur verrannt? Was ist passiert, dass sie sich wünscht, ihre Mutter wäre nicht ihre Mutter? Denn dass sie es sich wünscht, ist Ina klar, als Sandra fortfährt: »Vielleicht hat sie mich ja nur adoptiert?!«

»Wie kommst du denn nur auf so etwas? Sieh doch mal in den Spiegel! Uns ist aufgefallen, dass du unter deiner ganzen Schminke Malte total ähnlich siehst.«

»Ja, Malte. Vermutlich haben wir den gleichen Vater. Aber sieh dir doch mal Rosi an! Sie hat dunkle Haare, ich bin blond.«

»Gut, das hast du von deinem Vater.«

»Ja. Aber meistens setzt sich die dunkle Haarfarbe durch. Auch sonst habe ich überhaupt keine Ähnlichkeit mit ihr. Nicht die Figur, Augen, Nase, Mund, Charakter. Alles anders. Und zwischen uns gibt es keine Bindung, keine Gefühle, wie es zwischen Mutter und Kind normal wäre.«

Ina ist immer noch überzeugt, dass Sandra sich etwas einredet. »Was glaubst du denn, wer deine Mutter ist?«, fragt sie. »Und warum sollte die dich dann weggegeben haben?«

Die junge Frau zuckt mit den Schultern. »Weiß ich nicht«, murmelt sie. Dann rafft sie sichtlich ihren Mut zusammen. »Colette«, sagt sie, atmet tief ein und sieht Ina fest an. »Ich denke, es war Colette. Sie wollte mir etwas Wichtiges sagen, deshalb sollte ich unbedingt herkommen. Etwas, worüber man nicht am Telefon reden kann. Und sie klang so …«, ihre Stimme wird leise und sehr traurig, »so herzlich, so liebevoll. Wie eine Mutter mit ihrem Kind spricht. Rosi hat das nie getan.«

Beinahe hätte Ina ihr geglaubt. Wie sehr muss sie sich nach Liebe sehnen, wenn sie eine fremde Frau, die herzlich mit ihr spricht, für ihre Mutter hält. Aber Rosi hat sie doch geliebt, liebt und vermisst sie immer noch. Was ist da geschehen?

»Sie hat mich ›Joy‹ genannt.« Sandra hat ganz leise gesprochen, dann steht sie auf und geht in den Kiosk, vor dem sich Kunden eingefunden haben.

»Verstehst du das?« Ina sieht ihren Neffen ratlos an.

Er hat die ganze Zeit geschwiegen.

»Ich weiß nicht. Das klingt unwahrscheinlich«, fährt sie fort.

Er überlegt und schüttelt dann den Kopf: »Nein, es ist wohl nur eine Wunschvorstellung von Sandra. Allerdings kannte sie Colette nicht, hat sie nie gesehen.«

»Vielleicht war es auch eine Wunschvorstellung von Colette? Was ist denn mit ihrer Tochter passiert? Kann es nicht sein, dass sie sie schon als Baby verloren hat?« »Und im Keller vergraben?«

»Ja.« Auch Ina hat an das Kindergrab im Keller gedacht. »Sie wollte Sandra vielleicht fragen, was die darüber weiß. Ob Colettes Tochter Joy hieß?«

»Das kann man sicher herausbekommen. Der Name ist ziemlich ungewöhnlich. Jemand, der sie damals gekannt hat, wird sich sicher daran erinnern.«

»Fragt einfach Rosi! Ich bin sehr gespannt, wie sie reagiert.«

Sie haben Sandra gar nicht am Tisch stehen sehen.

»Komm, setz dich wieder zu uns!«, bittet Ina. »Wir wollen gemeinsam überlegen.«

Sandra beharrt darauf, dass Rosi auf keinen Fall ihre Mutter ist. Sie erzählt aus ihrer Kindheit und Jugend, anschaulich und glaubhaft.

Niklas und Ina bekommen allmählich ein neues Bild von ihrer Tante. Als Sandra weg ist, sie muss in der Gaststätte bedienen, rätseln die beiden weiter.

»Aber selbst, falls Sandra nicht übertreibt und Rosi eine miserable Mutter war, wie und warum hat sie die Kinder vertauscht? Denn dass sie Sandra bekommen hat, steht ja wohl fest. Oder meinst du, sie hat die Schwangerschaft und die Geburt vorgetäuscht?«

»Nein, das ist unwahrscheinlich.« Niklas schüttelt den Kopf. »Aber du vergisst den Keller. Es kann doch auch Rosis Kind sein, das dort begraben ist.«

»Mein Gott!« Ina sieht ihn nachdenklich an. »Dann passt alles. Sie hat dort unten um ihr Kind getrauert. Und Colettes Kind, das vermutlich etwa gleich alt war, als Sandra ausgegeben. Aber warum?«

»Und warum hat Colette das mitgemacht?«

»Wir müssen Rosi fragen! Wir sagen ihr, was wir wissen und bitten sie um eine Erklärung.«

Niklas schüttelt nachdenklich den Kopf. »Was wir vermuten, meinst du. Und nicht beweisen können. Wenn sie wirklich so ist, wie Sandra behauptet, wird sie es abstreiten. Dann hat sie uns die ganze Zeit etwas vorgemacht.«

Ina sieht ihren Neffen entsetzt an. »Dann hatte sie auch ein Motiv, Colette zu ermorden.«

»Ja, aber das kann sie doch nicht. Oder?«

»Vielleicht hat sie Malte angestiftet. Vielleicht auch zu allem anderen.«

»Du glaubst Sandra also auch. Dass Rosi falsch ist, kalt und böse und sehr gefährlich?«

»Niklas, ich weiß es nicht. Ich kann es eigentlich nicht glauben. Aber es würde vieles erklären. Nur, wie bekommen wir es heraus? Wenn sie wirklich hinter allem steckt, ist sie auch äußerst gerissen. Und sie wird nichts zugeben, was wir nicht beweisen können.«

»Das auf keinen Fall. Aber wir haben den Vorteil, dass sie nicht weiß, dass wir das Grab gefunden haben. Und dass Sandra hier ist und uns von Colette und vor allem von ihr erzählt hat.«

»Wir müssen ihr eine Falle stellen!«

»Ja. Und wenn sich dann alles als Hirngespinst herausstellt und ganz harmlos aufklärt, muss sie von unserem Verdacht nichts zu erfahren.«

»Das wäre das Beste, ich hoffe es wirklich. Ich werde dann auch alles versuchen, um Sandra und ihre Mutter miteinander zu versöhnen.«

45

Inzwischen hat selbst Nelda ihre Kleiderordnung gelockert und trägt nur noch ein helles, ärmelloses Seidentop zum dunkelblauen Rock. Fiona hat ihre langen, krausen Haare oben auf dem Kopf zusammengefasst und ein bunt bedrucktes Baumwollkleid angezogen, von dem Ina dachte, dass es das gar nicht mehr gäbe. So etwas haben die Frauen in den Fünfzigerjahren getragen. Das Gras im Vorgarten ist vertrocknet, Herr Braun hat seinen Rasenmäher schon seit Wochen nicht mehr angefasst. Selbst die Bäume sehen staubig aus und lassen die Blätter hängen. Schon morgens um acht ist es über dreißig Grad warm, die Luft steht still. Selbst die Jogger haben aufgegeben, die Leute auf der Promenade streben auf dem kürzesten Weg zum Wasser, die Hundebesitzer schleichen am Wegrand durch den Schatten und wischen sich den Schweiß von der Stirn, während sie ungeduldig an den Leinen ziehen.

In der Pension ist es erträglich, die großen Fenster befinden sich auf der Nordseite des Hause in Richtung Ostsee. Nelda verlässt als Erste das Haus, kurz danach verabschiedet sich Fiona. Im Hausflur trifft sie auf Rosi, die gerade aus ihrer Wohnung kommt, sie wechseln ein paar Worte.

Ina atmet tief durch und sieht Niklas an, der ganz ruhig und entspannt wirkt. Ihr selbst klopft das Herz bis zum Hals. Sie hofft nur, dass Rosi ihr die Nervosität nicht ansieht.

Die hat sich inzwischen, schwer auf ihren Gehstock gestützt, ins Zimmer geschleppt und lässt sich stöhnend in ihren Sessel fallen. »Ina, hast du schlecht geschlafen? Du bist ganz blass.«

»Die Hitze macht mir zu schaffen. Möchtest du Kaffee? Oder lieber ein Glas Wasser?«

»Nein, gib mir bitte eine Tasse Kaffee! Meine Tabletten habe ich schon genommen.«

»Ich glaube, ich habe in der Nacht wieder Geräusche im Haus gehört«, improvisiert Niklas.

Rosi sieht ihn erstaunt an. »Das kann doch nicht sein. Malte ist im Gefängnis. Und die Haustür war abgeschlossen, oder?«

»Ich denke schon. Vielleicht habe ich es mir auch eingebildet. Wir sollten wohl trotzdem mehr auf unsere Sicherheit achten. Vor allem auf deine, Tante Rosi. Tagsüber bist du ganz allein im Haus. Hast du dein Telefon eigentlich griffbereit und, vor allem, eingeschaltet, damit du uns anrufen kannst, falls mal was ist? Du weißt doch, dass ich dir unsere Nummern eingespeichert habe?«

»Ja, ja«, erwidert sie ungeduldig. »Aber ich kann gar nicht damit umgehen«, fügt sie dann hinzu. »Ich habe aber eure Nummern neben meinem Telefon liegen.«

Niklas und Ina wagen es nicht, sich anzusehen. Gestern am späten Abend, als Niklas von der Seebrücke kam, hat er bemerkt, dass Rosi ihre Übergardinen nicht richtig zugezogen hatte. Durch einen Spalt konnte er in ihr Zimmer sehen. Sie saß am Tisch, hatte einen Laptop vor sich und surfte im Internet. Als er Ina heute Morgen davon erzählt hat, konnten sie beide nicht darüber lachen. Im Gegenteil, Ina bekam eine Gänsehaut.

Dabei ist sie gestern noch mit einem sehr schlechten Gewissen eingeschlafen. Mit dem Abstand von einigen Stunden fand sie den Verdacht gegen Rosi völlig absurd. Sie hoffte nur, dass die niemals davon erfahren musste. Die arme, alte, kranke Frau.

»Übrigens war wieder jemand im Keller«, erwähnt Niklas beiläufig. »Eine der beiden Klappen zum Kohlenkeller stand offen. Das hat Nelda gesehen, als sie heute Morgen zu ihrem Auto gegangen ist. Sie kam extra noch einmal zurück, um es uns zu sagen.«

»Ja«, bestätigt Ina, »ich rufe nachher gleich die Polizei an. Wir wollten nur warten, bis du auf bist. Falls die Fragen haben, ob was gestohlen wurde, oder so.«

»Wie soll Tante Rosi das wissen? Sie kann doch gar nicht in den Keller gehen.«

»Nein, wir können ja nachsehen. Aber sie kann uns sagen, was da war. Wein zum Beispiel. Oder war da noch etwas, was man stehlen könnte?«

Rosi hat entsetzt von einem zum anderen geblickt. Sie räuspert sich. »Nein, nicht dass ich wüsste.« Dann, energischer: »Nein, da ist nichts. Nur Gerümpel. Es lohnt sich nicht, die Polizei zu holen. Die haben sicher anderes zu tun und die Einbrecher kriegen sie doch nicht.«

»Wenn du meinst.« Niklas nickt gleichmütig. »Ich kann die Klappen ja mit einer neuen Kette und einem Vorhängeschloss verriegeln.« Er trinkt seinen Kaffee aus und steht auf. »Aber jetzt habe ich keine Zeit mehr, ich muss zur Arbeit. Ich komme dann heute Nachmittag her, wenn ich Pause habe, und mache das. Du kannst den Kellerschlüssel hier hinlegen oder stecke ihn einfach in die Tür, dann muss ich dich nicht stören. Ich sehe mich dann auch ein bisschen um. Vielleicht kann ich feststellen, was der Einbrecher da unten getrieben und ob er was weggenommen hat, es ist ja sicher alles eingestaubt.«

Rosi nickt schweigend.

»Ja, ich muss dann auch … Brauchst du noch was, Tante Rosi? Tante Rosi?« Ina muss zweimal fragen.

Erst dann schüttelt ihre Tante den Kopf: »Nein, nein, alles gut. Geht ruhig!«

Sie gehen beide auf die Strandpromenade, am Fenster vorbei und hundert Meter weiter nach links hinunter zur Straße. An der Rückseite der Pension bleibt Ina stehen. »Ob ich Herrn Clausen anrufe und sage, dass ich später komme?«, flüstert sie.

Niklas sieht auf die Uhr. »Du hast doch noch Zeit. Das hier dauert nicht lange – glaube ich.«

Ina atmet tief durch. »Hoffentlich«, murmelt sie.

Geräuschlos schleichen sie sich durch die Kellertür ins Haus. Niklas hat gestern Nachmittag alles vorbereitet. Er ist durch die Kohlenklappe eingestiegen und hat so leise, wie es ihm möglich war, die Bretter vor der alten Tür entfernt. Der Schlüssel steckte noch von innen. Er ließ sich schwer bewegen, aber dann konnte er sie schließlich doch öffnen.

Im Keller müssen sich ihre Augen erst an die Dunkelheit gewöhnen. »Komm!« Niklas zieht Ina in den Weinkeller. »Hier sieht sie uns nicht gleich, wenn sie herunterkommt.«

Die beiden unterhalten sich leise. Jetzt, wo sie den Verdacht gefasst haben, fällt ihnen immer mehr auf, was diesen bestätigt.

»Ihre Wohnung hätte schon völlig verdreckt sein müssen, wenn sie sich kaum bewegen konnte. Sie hat mal gesagt, Frau Braun würde bei ihr putzen, aber das glaube ich nicht. Die hätten wir doch mal sehen müssen.«

»Nein«, bestätigt Niklas, »sie hat niemanden in ihre Wohnung gelassen. Das hatte schon seinen Grund. Was hat sie sich nur vorgestellt? – Psst …«

Sie hören, wie oben die Tür aufgeschlossen, dann geöffnet und wieder geschlossen wird. Durch den Türspalt fällt ein Lichtstrahl. Mit schnellen, kräftigen Schritten kommt jemand die Treppe hinunter, bleibt kurz stehen, wohl um die aufgebrochene Außentür zu betrachten und entfernt sich dann zur anderen Seite des Kellers.

Niklas hält Ina am Arm zurück, sie warten. Ganz leise öffnet er die Tür ihres Verstecks. Bewegungslos, mit angehaltenem Atem lauschen sie. Sie hören ein Schaben – die Kisten werden über den Betonboden geschoben. Noch einen Moment. Niklas nickt Ina zu, schnell gehen sie um die Ecke.

Rosi hat die Holzkiste weggerollt, sie steht da und starrt auf die Grabplatte. Als sie sich nach einer Weile umdreht, wirkt sie seltsamerweise weder erschrocken noch wütend. Sie lächelt. Traurig und resigniert, aber auch erleichtert. »Ich dachte mir schon so etwas. Dann ist es ja nun endlich vorbei.«

Schweigend sind die drei die Treppe hinauf und in ihren Gemeinschaftsraum gegangen. Sie haben sich vorher gar nicht überlegt, wie es weitergehen würde, wenn sie ihre Tante überführt haben.

»Rufen wir die Polizei?« Inas Stimme klingt unsicher.

»Zuerst die Familie!«

Nelda und Fiona können sich beide von der Arbeit freinehmen und sind in weniger als einer halben Stunde da, eher ängstlich als neugierig, was wieder passiert sein könnte.

Nun sitzen alle am Esstisch und blicken fassungslos auf ihre Tante. Niklas steht am Fenster und raucht. Rosi wirkt größer als sonst, was wohl daran liegt, dass sie aufrecht auf einem Stuhl sitzt und nicht wie sonst im Sessel hockt. Sie hat ihre Leidensmiene probehalber noch einmal aufgesetzt, aber nach einem Blick zu Niklas aufgegeben.

»Du hast Colette ermordet«, bricht Ina das Schweigen.

»Nein, Malte hat ...«

»Nein du. Malte hat ein Alibi«, improvisiert Ina. Ihre Stimme wird allmählich fester. »Und zu allem anderen hast du ihn angestiftet.«

Rosi sucht nach einem Ausweg, sie atmet tief durch, sieht sich unruhig um. »Ich wollte das alles nicht. Es ist völlig aus dem Ruder gelaufen. Ich liebe euch doch, ich wollte nichts Böses.«

»Hör auf!« Ina reicht es. »Du hast Schuld am Tod meines Mannes. Und an allem anderen. Sag endlich die Wahrheit! Das bist du uns doch wohl schuldig. Warum?«

Es dauert. Immer wieder haken sie nach, auch Nelda und Fiona stellen jetzt Fragen, Niklas findet deutliche Worte.

»Lügen«, »Verleumdung«, »Mordversuch«, »Mord«. Und immer wieder: »Warum?« Dann kennen sie Rosis Geschichte und die ihrer Familie.

Sandra ist gestorben, als sie vier Monate alt war. Plötzlicher Kindstod, sagt Rosi, vielleicht glaubt sie es selbst, vielleicht stimmt es sogar. »Er hat wirklich geglaubt, ich hätte mein eigenes Kind ermordet. Nur, weil er bei seiner Geliebten war.« Sie lacht verächtlich. »Er hat sich schon immer selbst überschätzt. Wir hätten Sandra auf dem Friedhof beisetzen und Joy offiziell zu uns nehmen können. Aber als ich endlich wieder klar denken konnte, war es zu spät. Niemand hätte mir mehr geglaubt, dass sie an plötzlichem Kindstod gestorben ist. Die ganzen Jahre musste ich meine Trauer verstecken und vorgeben, dieses fremde Kind zu lieben.«

Rosi konnte den Verlust nicht ertragen. Sie war bereits Ende dreißig, hatte sich jahrelang ein Kind gewünscht. Sie wusste auch, es würde das einzige bleiben. Nein, Manfred war kein schlechter Mensch. Seine Schwäche waren die Frauen. Sie haben es ihm leicht gemacht, er konnte nicht widerstehen. Geliebt hat er nur Rosi, seine Frau. Maltes Mutter hat er für sie verlassen. Ob Colette ihn verführt hat, oder er sie – egal. Sie war noch sehr jung, gerade zwanzig, sehr hübsch, sehr lebenshungrig. Ihre Tochter Joy war nur vier Wochen jünger als Sandra. Natürlich hat auch er um Sandra getrauert. Aber er hatte ein Kind, das er lieben konnte. Rosi konnte das nicht. Colette fiel es unendlich schwer, ihr Kind wegzugeben. Sie mochte Rosi nicht besonders. Aber Manfred hat sie davon überzeugt, dass es das Beste für ihre gemeinsame Tochter wäre. Sie könne doch gar nicht richtig für das Kind sorgen, bei ihm würde es ihr gut gehen, schließlich sei er der Vater. Sie hatte nicht viel Zeit, zu überlegen. Aber auch in den Jahren danach war sie der Meinung, sie hätte das Richtige getan, ihrer Tochter Joy, die nun Sandra hieß, ginge es gut. Aber sie blieb nicht in Ahlbeck. Sie wollte nicht sehen, wie ihr Kind an der Hand einer anderen Frau ging, wie sie Rosi »Mutter« nannte. Sie telefonierte regelmäßig mit Manfred, der ihr bestätigte, dass es dem Kind gut gehe, ihr manchmal Bilder schickte. Der hatte auch das Gerücht in Umlauf gebracht, dass Colettes Kind jetzt irgendwo im Ausland beim Vater leben würde, um niemanden misstrauisch zu machen. Nach Manfreds Tod verlor Colette den Kontakt. Ihr Leben war ruhelos, mit mehr Tiefen als Höhen. Sie ging keine feste Bindung mehr ein, bekam kein weiteres Kind. Achtzehn Jahre nach der Geburt ihrer Tochter nahm sie allen Mut zusammen und rief Rosi an. Sie wollte das Mädchen treffen, meinte, ihr Kind hätte ein Recht darauf, die Wahrheit zu erfahren, und sie sei alt genug, um sie zu verstehen. Jahrelang hatte sie auf diesen Tag hin gelebt, sie hielt die Sehnsucht nach ihrem Kind nicht mehr aus. Am Telefon hat Rosi ihr erzählt, dass Joy tot sei. Sie nannte sie Sandra, sie weinte, sie jammerte, sie behauptete, den schwachen Charakter hätte sie von Manfred geerbt oder von Colette, nach dem Tod ihres Mannes sei sie einfach nicht mehr fertig geworden mit dem Mädchen. Die sei schon mit sechzehn von zu Hause abgehauen, nach Berlin wahrscheinlich, dort sei sie vor zwei Monaten an einer Überdosis gestorben. Colette war daraufhin in ein tiefes Loch gefallen. Sie hatte zu trinken begonnen, hat ihre Arbeit verloren und ihre Wohnung, sich dann wieder gefangen, hat einen Neuanfang in einem anderen Ort geschafft, ist wieder abgerutscht. Und dann ist sie in diesem Jahr nach Ahlbeck zurückgekommen. Hier fühlte sie sich ihrer Tochter noch am nächsten. Als sie erfuhr, dass Rosis Tochter lebt, war sie fassungslos. Sie wagte kaum, es zu glauben. So gemein konnte doch selbst Rosi nicht lügen. Sie musste sofort mit ihr reden. Rosi konnte sie hinhalten. Sie behauptete, sie hätte Joy die Wahrheit erzählt, aber die wolle nichts von ihr wissen, könne ihr nicht verzeihen. Sie versprach sich, erzählte, dass die junge Frau in Hamburg sei, bei Simon im Hotel arbeiten würde. Um den Fehler auszubügeln, behauptete sie schnell, Joy käme in zwei Wochen nach Ahlbeck. Colette sollte die Zeit nutzen, sie wolle ihrer Tochter doch wohl nicht so gegenübertreten, wie sie jetzt aussehe: versoffen und verkommen. Das hatte zunächst geklappt, sie hat Zeit gewonnen. Dass Colette schon Verbindung zu Joy aufgenommen hatte, wusste sie nicht. Rosi hat sich öfter abends, im Dunkeln, aus dem Haus geschlichen, ist auch manchmal baden gegangen. Als sie dabei einmal Colette sah, hat sie, ohne lange zu überlegen, die Gelegenheit genutzt, sie loszuwerden.

Ina ist erschüttert. Ohne sichtbare Emotionen hat ihre Tante gerade zugegeben, die Frau ermordet zu haben. Nur um ihr Geheimnis zu schützen. Ob sie ihren Mann auch ermordet und den Unfall vorgetäuscht hat? Vielleicht ist der irgendwann zu Verstand gekommen und wollte das Ganze beenden, schon seiner Tochter zuliebe. »Warum habt ihr das alles überhaupt gemacht?« Sie versteht es nicht. »Ich meine, dieses Grab im Keller, das ist doch krank. Warum habt ihr euer

Kind nicht ganz normal begraben, auf dem Friedhof? Dein Mann hätte seine Tochter doch offiziell zu sich nehmen und du hättest sie adoptieren können.«

Niklas sieht die alte Frau gespannt an. Er hat einen Verdacht, wagt aber nicht, ihn auszusprechen. Das geht dann vielleicht doch zu weit.

Sie antwortet nicht.

»Aber was hatten denn unsere Eltern und wir damit zu tun? Alles, was Malte gemacht hat, das hast du dir ausgedacht? Hast du auch den Brief an meinen Mann geschrieben?« Fiona sieht ihre Tante mit großen Augen an und schüttelt fassungslos den Kopf.

»Fang mit den Gerüchten über unseren Vater an!«, befiehlt Nelda.

»Eure Mutter wollte dauernd das Kind sehen. Sie hätte doch gleich bemerkt, dass es nicht Sandra war. Ich wollte, dass sie hier wegziehen. Und ich war neidisch auf meine Schwester. Sie hatte den Mann, in den ich eigentlich verliebt war. Ich hatte mich falsch entschieden. Ich wollte ihr ihre glückliche kleine Welt kaputtmachen.« Sie blickt in die Gesichter und ihr fällt wohl ein, dass das die Familie ist, die sie zerstört hat. »Das hat mir dann ja auch leid getan. Ich habe Malte losgeschickt, um euch das Leben im Westen schwer zu machen, weil ich dachte, dann kommt ihr wieder zurück. Ich weiß bis heute nicht, weshalb sie das nicht getan haben.«

Ina setzt zu einer Erklärung an, sie versteht ihre Eltern, aber Rosi wird das sowieso nicht, es ist sinnlos. Sie schüttelt nur den Kopf.

»Und deswegen habe ich mir das andere auch alles ausgedacht. Ich wollte nur, dass ihr wieder herkommt, ich wollte meine Familie wiederhaben. Ina, ich konnte doch nicht wissen, dass sich dein Mann umbringt. Das wollte ich nicht.«

»Doch. Genau das wolltest du«, sagt Ina hart. »Sollte Malte mich auch umbringen, weil ich deinem Geheimnis auf der Spur war?«

»Nein! Das alles hier in Ahlbeck, mit Neldas Creme und Fionas Müsli, das war Malte. Ich konnte nichts machen, er hat mich erpresst.«

»Die Geister, die ich rief«, wirft Niklas spöttisch ein. »Und dann hast du ihm die Tabletten ins Bier gemischt, damit es wie ein Selbstmord aussieht. Noch ein Mordversuch.«

»Er wollte euch vertreiben, damit er mich beerben kann. Er hasst euch. Ich liebe euch doch.«

»Na, vielen Dank. Du hast uns deine Liebe wirklich ausreichend bewiesen.« Ina nimmt ihr Smartphone in die Hand. »Ich rufe jetzt Kriminalhauptkommissar Schneider an. Oder hat jemand was dagegen?«

Nelda und Fiona schütteln die Köpfe.

Niklas stößt sich vom Fensterbrett ab. »Ich gehe jetzt zu Joy und erzähle ihr alles, damit sie es nicht von der Polizei erfährt. Ist auch so schlimm genug.« An der Tür dreht er sich noch einmal zu Rosi um: »Vielleicht kann man an dem Skelett auch noch die Todesursache feststellen.«

Joy und Niklas sitzen am Tisch hinter dem Kiosk, als Ina ankommt. Sie sieht die junge Frau prüfend an, aber die wirkt recht gefasst. Vieles hat sie ja auch schon geahnt. Sie lächelt sogar ein wenig, als Niklas den Arm um ihre Schulter legt und seiner Tante erklärt: »Dann sind wir also doch nicht verwandt.«

Typisch Niklas, er kann sogar dieser Situation noch etwas Positives abgewinnen.

Auch Simon scheint bereits umfassend informiert. »Alles gut?«, fragt er, als Ina sich dazusetzt.

»Sie ist nun mal unsere Tante, aber ich bin froh, dass alles aufgeklärt und endlich vorbei ist.«

»Ich auch. Vor allem dieses ständige Misstrauen.«

»Aber ich wusste doch wirklich nicht … Tut mir leid!«

»Das muss es nicht. Wir waren ja alle nicht ehrlich, sondern hatten unsere Geheimnisse.«

Joy nickt. »Aber jetzt mal offen und ehrlich, Chef: Kannst du deine Restaurantleiterin noch ein paar Monate entbehren?«

»Ich habe schon so etwas befürchtet. Aber ich bin ja froh, wenn du im Herbst wieder nach Hamburg gehst und nicht ganz in Ahlbeck bleiben willst. Der neue Chef dort ist ein ziemlich guter und fairer Typ.«

»Nein, auf keinen Fall bleib ich hier. Und wenn alles gutgeht, bringe ich vielleicht sogar einen neuen Kellner mit. – Moment! Der ›neue Chef‹? Was soll das heißen?«

Joy und Niklas werden hellhörig. Inas Herz beginnt zu pochen, was die drei am Tisch aber zum Glück nicht mitbekommen.

Simon atmet kurz durch, jetzt hat er vermutlich etwas preisgegeben, das noch niemand erfahren sollte: »Das soll heißen:

Ich habe die Leitung abgegeben und jetzt arbeitet ein Geschäftsführer für mich. Die ewigen Überstunden, langweilige Sitzungen, Budgetpläne, endlose Meetings mit Controllern – ich hab schon lange keine Lust mehr darauf. Eigentlich wollte ich nur drei oder vier Wochen hier in Ahlbeck als Rettungsschwimmer arbeiten, aber was soll ich sagen? Mal davon abgesehen, was alles passiert und nun zum Glück überstanden ist. Dieser Sommer auf Usedom ist jetzt schon der schönste und längste seit ich klein war und ich fühle mich endlich wieder am Leben. Jetzt seid ihr um mich herum, und mit dem Geld, das für mich in Hamburg reinkommt, komme ich wahrscheinlich recht lange aus. Ich brauche das ganze Schickimicki nicht. – Okay. Ich muss jetzt … Treffen wir uns später alle auf der Seebrücke? Ich lade euch ein. Dich auch.« Das galt Anne, die gerade angeschlendert kommt. Simon geht, dreht sich dann aber noch einmal um. »Kiki, nun komm schon!«, ruft er und zu Inas Erstaunen springt der kleine Spitz unter dem Tisch hervor und läuft ihm fröhlich nach.

»Wo kommt der denn her?«, fragt Anne.

»Ich habe ihn aus dem Tierheim abgeholt. Ich wollte ihn nur besuchen, aber er war so traurig. Und meine Mutter hat ihn sicher geliebt. Da habe ich ihn mitgenommen. Aber eigentlich habe ich gar keine Zeit für einen Hund. Jetzt ist er tagsüber bei Simon auf dem Turm. Da geht es ihm gut. Wenn ich freihabe, kümmere ich mich um ihn«, berichtet Ina.

»Und ich«, ergänzt Niklas.

»Nachts ist er auch bei Simon. Seine Eltern mögen ihn ebenfalls, er ist wirklich lieb. Also werden wir ihn im Herbst vielleicht hierlassen. Und wenn Simon nun hierbleiben sollte, ist er ja sehr gut aufgehoben.«

Am Abend sitzt Ina mit Joy, Anne und Simon an der Bar, hinter der Niklas arbeitet. Eine einheimische Band spielt Seemannslieder und alte Schlager. Ina summt mit, sie ist völlig entspannt. Als es dunkel wird, geht sie mit Anne hinaus auf die Plattform der Seebrücke. Ihre leichten, kühlen Cocktails, die Niklas gemixt hat, nehmen sie mit. Ina hat ihrer Freundin schon von dem Kindergrab im Keller erzählt, auch dass ihre Tante hinter all dem steckte, aber Anne hat noch viele Fragen. Draußen können sie in Ruhe reden. Die Luft hat sich immer noch nicht abgekühlt, selbst hier über dem Wasser ist es windstill und schwül.

»Krasse Geschichte«, stellt sie dann fest, »eine Mörderin in der eigenen Familie. Noch dazu, eine so raffinierte.« Sie trinkt einen Schluck und schüttelt sich: »Warm schmeckt das Zeug nicht.«

»Was machst du denn nun eigentlich? Erbst du das Haus trotzdem? Willst du es sanieren lassen?«

»Nein, auf keinen Fall.« Ina schüttelt energisch den Kopf. »Wir wissen nicht, wer es erbt. Außerdem lebt meine Tante ja noch und ist gesund und munter. Von uns will jedenfalls niemand darin wohnen.«

»Das verstehe ich. Bleibt ihr trotzdem in Ahlbeck?«

»Ja. Sogar Nelda will sich hier eine Wohnung suchen. Und auch Fiona. Ahlbeck ist nun mal unsere Heimat. Wir hoffen, dass unsere Eltern auch herkommen. Es ist ja Unsinn, dass die Leute immer noch über sie reden, das hat Rosi einfach behauptet. Wahrscheinlich hat sie es sogar selbst geglaubt. Sie lebte eben in der Vergangenheit.«

»Und du?«

»Ich?« Ina sieht ihre Freundin erstaunt an. »Na, ich sowieso. Ich gehe nie wieder weg aus Ahlbeck.« Sie zeigt auf den Strand, die alten Villen auf der Promenade, deren Schönheit durch die Beleuchtung betont wird, die Heringsdorfer Seebrücke, die weit ins Meer hineinragt und auf die Lichter der großen Schiffe am Horizont. »Kann es irgendwo schöner sein?«

»Simon sieht das wohl genauso, oder kennst du einen anderen ernsthaften Grund dafür, dass er hierbleiben will?«

»Nicht wirklich, du weißt ja, er redet nicht so viel. Also warten wir es ab, wir haben viel Zeit.« Sie lächelt glücklich.

Während ihrer Unterhaltung haben sie gar nicht bemerkt, dass sich der Himmel verdunkelt hat. Es blitzt und donnert fast gleichzeitig, endlich fallen die ersten Tropfen, gleich darauf prasselt ein heftiger Regenguss auf die Holzplanken. Die Frauen sehen sich um, die Tische hinter ihnen sind leer, die Gäste werden jetzt alle drinnen sitzen oder an der Bar stehen. Ina wischt sich lachend das Wasser aus dem Gesicht. »Komm bloß rein, wir sind die Letzten hier draußen!«

Anne betrachtet ihr nasses T-Shirt. »Ja, unsere Plätze an der Bar werden wohl weg sein. Den Letzten beißen die Hühner.«

Liebe Leserin, lieber Leser, wir freuen uns über Ihre Bewertung im Internet!

Die Deutsche Nationalbibliothek verzeichnet diese Publikation in der Deutschen Nationalbibliothek; detaillierte bibliografische Daten sind im Internet über http://dnb.de abrufbar.

© Hinstorff Verlag GmbH, Rostock 2019

2. Auflage 2023
Herstellung: Hinstorff Verlag GmbH
Lektorat: Henry Gidom
Titelbild: Adobe Stock: Von pure-life-pictures
Druck: GGP Media GmbH, Pößneck
Printed in Germany
ISBN 978-3-356-02472-2